Agora está tudo bem

MAGDA MARIA CAMPOS PINTO

INTRODUÇÃO

Agora está tudo bem. Estêvão, Laura, Malu. Pedro, Lóri, Wolf. A amizade, feita de encontros que se sucedem, de entrecruzamentos de histórias, de uma infância, uma fazenda, uns quantos livros, a juventude, uma cidade, a resistência, algumas palavras partilhadas, cujo significado desliza a cada encontro. O livro, um convite a nós, leitores, para participarmos dessa rede que balança, instável.

Agora está tudo bem. O perigo dos reencontros, do tempo que passa e reconfigura as relações: nunca se sabe quem se vai reencontrar. Quem sobrevive, ainda? O atravessamento da vida, da morte, das cartas, dos livros e das fotografias reunidas em caixas e caixas que demandam do sobrevivente uma organização que salve do naufrágio a própria história: a história daqueles que envelheceram apesar da violência que caracterizou os anos de chumbo, da violência que arrefece, ressurge, não cessa, da violência que ousaram enfrentar, daquela que se esquivaram, da parcela de que foram cúmplices. A história dos laços que se rompem, do amor que repara, da amizade que sustenta.

Agora, está tudo bem?

Ana Araújo

AGORA ESTÁ TUDO BEM

CONTEÚDO

1   A hora mágica   1

2   Os dias   14

3   A manhã   157

1 A HORA MÁGICA

- "Será que também da festa universal da morte, da perniciosa febre que ao nosso redor inflama o céu desta noite chuvosa, surgirá um dia o amor?". Você lembra? Eu me lembro da sua maldade; você dizia que Mann só combinava com o doentio humor de Wolf.

Exaltando-se, Estêvão continuou:

- Um punhado de enfermos enclausurados numa montanha gelada, não era? Não, não, não... Importava a montanha, um cárcere branco e silencioso, cenário perfeito! O isolamento de uma montanha deserta revela a verdadeira natureza do homem. Mann escreveu tudo.

Cheio de saudades, Pedro se deliciava com a empolgação de Estêvão. Laura e Malu estavam impressionadas com tamanha disposição. Estêvão, que pouco falava, hoje parecia sem freios:

- Me encantava aquela sutileza: olhares fugazes, gestos lânguidos, meneios de uma cabecinha aflita. Wolf estava hipnotizado com uma implacável crítica à pretensão europeia. Ah, o eurocentrismo... Censura que, afinal, recai sobre todos nós! O mal está nas raízes desta civilização e talvez não haja sobreviventes. A montanha mágica... Lembra? Não se trata de um drama a mais.

Pedro saltou na cadeira:

- Verdade! Agora eu me lembro!

Malu remexeu-se e resmungou:

- Vai recomeçar...

Estêvão continuou falando, mas Pedro já não o ouvia. Via-se de pernas cruzadas, sentado sobre o tapete da sala de Lóri. Bebiam vinho e devoravam livros.

Nas noites de tapete, vinho e literatura, na intimidade do apartamento de Lóri, Estevão falava muito, Pedro lembrou-se. E Lóri parecia uma fada. Não, Lóri parecia uma borboleta voejando em torno dos três. Se Lóri estivesse ali, agora, na mesa do bar, ele perguntaria como distinguir fada e borboleta. Discorreria entusiasmada, inventaria semelhanças e eles conversariam longamente.

Estêvão, que continuava na montanha, chamou:

- Eiiii, você está me ouvindo?

Pedro voltou:

- Verdade, homem, verdade, a montanha branca, lugar perfeito para revelar a hipocrisia humana, mas Wolf...

A alegria de Estêvão irrompeu:

- Agora você admite! Por que não admitia naquele tempo? Wolf odiava o seu sarcasmo, ele compadecia da nossa triste aventura. E você desdenhava, desprezava montanhas e fantasmas.

Malu remexeu-se de novo e soletrou:

- Re-co-me-çou!

Laura fez uma careta e Pedro tentou falar:

- Não era bem assim, eu apenas...

Estêvão explodiu:

- Não negue! Encontramos o espelho onde se podia ver a partida e a chegada. A viagem e o destino. Ficamos desesperados, e você contestando, ou melhor, zombando!

Malu moveu-se com impaciência; ditou:

- Naquele tempo, Pedro queria ser marinheiro, mas agora ele está muito bem ancorado.

Pedro não a ouviu e, sorrindo, debruçou-se sobre Estêvão:

- Eu me rendo, meu amigo; admito tudo; inclusive que ainda não me conformo com tanta desventura!

Estêvão se acalmou. Aproximou-se mais, penetrou nos curiosos olhos de Pedro, sorriu, e retomou a voz serena:

- Tudo bem, eu compreendo, você está certo; temos a doença da inquietação. Ou da empolgação, quem sabe? Acho que, no fundo, é a mesma coisa. Febre de escarafunchar a vida. Wolf só quer saber do outro lado da lua; Lóri chora *"porque tudo que é sólido desmancha no ar..."*. E eu preciso das minúcias, confesso, quero os recantos... Sabe o que mais? Acho que você só não queria gostar do que já gostava... E discordava concordando.

Caíram na gargalhada. Estavam muito felizes. Chorando de rir, Estêvão disse estar possuído pelo espírito de Lóri; Malu praticamente berrou:

- Agora Pedro é um homem sossegado.

Laura emendou:

- Ele está certo! Estêvão devia aprender!

Todos já estavam um pouco bêbados. Os dois homens, cheios de saudade, mostravam-se cada vez mais entusiasmados. As mulheres, pelo contrário, estavam aborrecidas com tanta metafísica.

Pedro, leve e solto, perguntou sobre Lóri e Wolf. Laura tentou levantar-se e Estêvão, agarrando-a pela cintura, começou a beijá-la com suavidade.

Enfim, Laura viera conhecer a família e os amigos de Estêvão, mas não se sentia nada à vontade. O ritmo da vida no campo a incomodava demais. Laura sentia medo das matas e horror às picadas de inseto. Pior, não encontrava nenhum sentido em conversas inúteis e intermináveis. Mas se esforçava. Estava apaixonada por Estêvão e sabia que ele também a amava.

Por seu lado, Estêvão mostrava-se felicíssimo e fazia o impossível para agradá-la. Quando Laura chamava o lugar de primitivo e tosco, ele minimizava e contra-argumentava com paciência. Entretanto, Laura resistia:

- Será que ninguém tem nada para fazer? É irresponsabilidade tanto ócio!

Estêvão limitava-se a ouvir buscando convencer-se de que Laura tinha boas razões; e não a contrariava.

Ela deixou-se beijar entregando-se ao cristalino amor de Estêvão. Era uma mulher exuberante: mente aguçada e dourado corpo escultural. Laura sabia se cuidar.

Pedro sentiu-se tocado pelos beijos e procurou pela delicada mão de Malu. Encontrou-se seguro. Malu era uma companheira preciosa, sempre bem disposta e tolerante. Quando Pedro voltou da capital, depois da súbita morte do pai, ela o recebeu com bondade quase infinita.

Malu é pequena, delgada e, embora esteja sempre muito pálida, ou talvez por isso mesmo, é uma mulher linda. À primeira vista, parece frágil, quase uma boneca. Os cabelos sempre longos, negros e lisos, fazem um contraste impressionante com a pele de porcelana. Ela gosta de usar jeans, camisetas claras e sapatos sem saltos.

Pedro, àquela hora, sentiu vontade de colocá-la no colo, e não era a primeira vez. Ele sentia-se forte e corajoso ao lado de Malu.

Saboreando o interminável beijo de Estêvão e Laura, Pedro pousou a cabeça nos ombros de Malu e fechou os olhos. A morte do pai e a inexplicável necessidade de voltar vieram ao seu pensamento. Agarrado em Malu, Pedro soltou-se.

Fizera a coisa certa: abandonara os anos de perambulação e os devaneios sensuais. Agora, ele comandava uma fazenda, criava gado e cultivava café. Finalmente pusera claro objetivo em sua vida, ainda que, muitas vezes, se flagrasse distraído com o canto de um pássaro ou o desabrochar de uma flor.

Estevão recomeçou a falar queixando-se da vida de médico. Laura discordou. Achava que ele não valorizava devidamente o trabalho extraordinário dos médicos, esses incríveis profissionais; ele devia orgulhar-se mais de si mesmo.

Meio tonto, Pedro levantou a cabeça e se esforçou para abrir os olhos.

Estêvão dizia-se perdido entre venerações infantis e expectativas absurdas. Sentia-se num cerco, ou melhor, num circo, corrigiu-se. Às vezes, era tratado como mágico, outras, como santo; e noutras muitas vezes, como o próprio demônio. Nem mago nem santo, muito menos demônio, queria ser apenas médico. Mas a vida girava sempre na mesma ciranda estéril: a pressa, o dinheiro, a fama. E assim interminavelmente: a vida convertera-se numa acelerada repetição estúpida.

Estêvão desabafava livremente tocado pelo álcool e pela presença de Pedro, o amigo querido, que não sabia o que dizer, mas o compreendia; ele também se sentia escravo de uma cansativa roda sem graça.

Laura se irritou verdadeiramente:

- Delírios!!! Pra que tanta fantasia? Afinal o que vocês ganham com isso?

E repetiu o velho sermão: Estêvão era um romântico inconsequente, um livre sonhador, mal agradecido à própria sorte. Malu concordou e apontando o dedo para o Estêvão, advertiu:

- Sem dúvida, Laura está com a razão; você, vocês – e voltou o dedo para o Pedro - não podem falar desse jeito, são pessoas de sorte, têm tudo e ficam complicando, é isso, só complicam! São ingratos, uns diletantes!

O clima pesou e Estêvão pediu outro uísque. O bar estava cheio e Laura continuou falando, mas sem ouvi-la, Estêvão acariciava-lhe pescoço e ombros. Pedro, fechando os olhos mais uma vez, afundou-se no peito de Malu que, delicada, o acolheu afagando-lhe os cabelos.

Os pensamentos de Pedro espreguiçaram longamente e ele começou a subir a Rua da Bahia, 'eu entro na roda e canto as cantigas de amigo e irmão', dobrou a esquina da Avenida Afonso Pena, 'o menino com o brilho do sol na menina dos olhos sorri e estende a mão', e continuou apressado subindo a avenida em direção à serra do Curral, 'é como se eu despertasse de um sonho que não me deixou viver' e, chegando ao pé da serra, Pedro disparou montanha acima, 'e então, de repente, eu chegasse ao fundo do fim... '.

Uma noite para não se esquecer. Amanhece. O sol lança

suas primeiras luzes lá embaixo, pintando de ouro a cidade aos pés da serra. O vento sopra de leve e Lóri, livre e solta, exibe-se dançando sobre o muro baixo que marca o mirante no topo da montanha, '... e a vida explodisse em meu peito com as cores que eu não sonhei... '.

Então, Estêvão, despertando de sua profusão de beijos, anuncia quase aos berros:

- Agora estamos lendo Pablo Neruda, a obra inteira! 'Puedo escribir los versos más tristes esta noche...'

Pedro levantou a cabeça outra vez e abriu os olhos sentindo-se mais tonto. Laura também quase berrou:

- Contra a minha vontade e para o meu desgosto...

Pedro não conseguiu dizer nada e Estêvão mudou de assunto:

- E quanto a vocês... Quais são os planos?

Malu desconversou e pediu para segurar a pulseira de Laura que ela observava havia algum tempo. Laura entregou-lhe dois círculos dourados, interligados e recobertos com pequenas pedras preciosas. Exemplar da refinada arte oriental, explicou. Malu mal acreditava no que tinha nas mãos.

Laura pediu um cigarro girando o corpo num movimento bem ensaiado. Pedro, que deixara de fumar havia poucos meses, respondeu:

- Eu vou buscar...

E dirigiu-se ao balcão do bar. Demorou-se. Sentia-se confuso, excitado e aflito, tudo ao mesmo tempo. Feliz e infeliz, ao mesmo tempo.

Voltou à mesa querendo dizer algo definitivo, mas não conseguiu. Entregou o cigarro à Laura, ela o pegou sem agradecer e segurando-o no ar, sem tirar os olhos de Malu, esperou que alguém o acendesse. Pedro levantou-se novamente e saiu à procura de fósforos. Estêvão, bebericando o uísque, emudecera. Não estava presente.

Quando Pedro voltou, Malu ainda estava fascinada e Laura segurava o cigarro na mesma posição. Falavam sobre as mulheres; injustiçadas e sobrecarregadas nesta vida moderna, falavam sobre homens desleais e cheios de privilégios, da aborrecida administração doméstica e difícil educação dos filhos... Concluíam que se pudessem nascer novamente gostariam de nascer homens. Estavam de acordo com toda certeza.

Pedro engoliu um seco.

Explodiu um alarido fora do bar. Gemidos de pavor e gargalhadas misturaram-se à correria das pessoas em direção à explosão. Tomados pelo mesmo impulso, Pedro e Estêvão também se levantaram pediram que, por segurança, elas esperassem sentadas ali mesmo.

Na porta do bar eles se depararam, primeiro, com a lua prateando a praça. Em seguida, viram, no meio de uma multidão tresloucada, uma bola de fogo que saltava e clamava.

Muitas pessoas lutavam aos socos e pontapés; várias rolavam no chão e sangravam. Alguns gritavam 'socorro!', outros 'polícia!' e outros 'pelo amor de Deus!'. A maioria estava completamente bêbada.

Pedro e Estêvão paralisaram estarrecidos. O caos era repugnante e, ao lado deles, alguém murmurou:

- Tocaram fogo na Zen.

Trêmulos, chocados pelo impensável, Estêvão e Pedro agarraram-se automaticamente. Estevão deixou escapar:

- A mais bela flor do paraíso.

E Pedro ecoou:

- A mais bela flor do paraíso.

O cemitério, cercado por um muro baixo, bom de subir, ficava ao lado da igreja no alto da colina. Quase ninguém passava por ali; talvez sentissem medo dos mortos, talvez tivessem preguiça de subir o morro. Ou, quem sabe, as duas coisas ao mesmo tempo. A suave Malu dizia que escalar muro de cemitério era pecado.

Estêvão, Pedro e Lóri gostavam de assistir ao pôr do sol, sentados naquele muro, de onde, tranquilamente, admiravam a aldeia. Sobre o muro do cemitério, acima de todos, eles não podiam ser vistos. Fosse pelo manto verde das árvores que recobriam a colina, fosse pelo medo e preguiça das pessoas, o fato é que ali eles passavam tardes inteiras, sozinhos e serenos, experimentando outra realidade.

Era um frio fim de tarde e, sentados sobre o muro, bem quietos, eles liam a 'A Ilha', livro retirado às escondidas da biblioteca do pai de Estêvão. Devoravam a fábula submersos na estranha beleza de tudo. A exuberância das paisagens, a gentileza das pessoas, a paz das almas, o amor natural...

De repente, um ruído entre as árvores os trouxe de volta ao alto da colina do cemitério. O vento assobiou. O murmurinho das folhas aproximava rapidamente. Alguns pássaros voaram. Surpreendidos pelo inimaginável, eles se agarraram apavorados: seriam os mortos? Os vivos? Quem vinha?

Então, em pânico, os três viram surgir do meio das árvores, uma mulher magra e linda, de longos cabelos louros. Vestia saias coloridas e leves. Os punhos estavam cobertos de pulseiras douradas e enormes brincos balançavam entre os cabelos.

Ela não falou; sorriu com tranquila alegria e, subindo no muro, sentou-se ao lado deles. Entreolharam-se boquiabertos, a bela mulher apenas sorria.

Lóri, atrevida como de hábito, recuperou-se primeiro e, voltando à realidade da ilha, recomeçou a leitura.

E assim, absorvidos pela ilha de Huxley, os quatro permaneceram sentados sobre o muro, enquanto o sol escorregava para trás das montanhas.

O dia já se despedia quando a sorridente mulher começou a dançar sobre o muro; como se voasse, ela corria livremente, saltitando e cantarolando uma melodia pura. Em seguida, desceu, ainda voando e, com uma reverência de mãos e cabeça, falou:

- Adeus! Não se esqueçam da mais bela flor do paraíso e vivam a paz.

Flutuando, a mulher desapareceu colina abaixo. Estêvão, Pedro e Lóri ficaram em êxtase sentindo-se habitantes de uma mágica ilha desconhecida.

A noite assomava silenciosa e fria e Lóri começou a chorar. Entre soluços, balbuciou que gostaria de calar-se para sempre, mas que se sabia proibida de calar-se para sempre, que nunca seria uma pessoa, seria para sempre um fantasma. Para sempre, um desnecessário e indesejado fantasma. Pedro e Estêvão não compreendiam, mas jamais esqueceriam a aguda comoção de Lóri.

Desolados e inconsoláveis, os três se agarraram mais uma vez. E permaneceram assim, quietos e infelizes, até que a lua, majestosa e muda, insinuando-se entre as montanhas, coloriu de prata o lugarejo ao sopé da colina.

Eles nunca falaram sobre a mais bela flor do paraíso; e

sempre se lembravam do desejo de Lóri de silenciar-se.

Ensandecidas, as sirenes da polícia impuseram a estridente realidade da praça derrubando Estêvão e Pedro do paradisíaco muro baixo do cemitério.

O tumulto se multiplicou; começou um tiroteio e a bola de fogo se extinguia. Amortecidos, Pedro e Estêvão reentraram no bar, voltando as costas para a barbaridade.

Laura e Malu, ainda agarradas às pulseiras, gesticulavam francamente revoltadas. Agarrando Pedro pelo braço, Malu gemeu:

- Graças a Deus você voltou!

E Laura, irritada, pálida e trêmula, gritou:

- Vocês desapareceram! Esqueceram-se da gente!

Estêvão abriu os braços oferecendo-lhe o peito enquanto lágrimas queimavam-lhe os olhos. E, derrotado, Pedro jogou-se nos braços de Malu.

Com um estremecimento, Estêvão lembrou-se da carta de Wolf. Mantendo a cabeça de Laura contra o peito, ele retirou do bolso do casaco um pequeno envelope amarelo. Observou-o por um momento quase eterno e estendeu a mão para Pedro:

- A carta de sempre.

Lá fora, uma lua inarredável iluminava a desventura dos homens.

A carta de Wolf

Pedro, meu amigo:

Sobre duas coisas eu quero lhe falar hoje. A primeira é para mim imperativa: confirmadas as profecias de Mann.

Devemos nos preparar: a religião e o terror; a fragilidade do Estado e a falência da razão, o império da perversão e a irrelevância das ideologias. Exatamente como ele previu, como você bem sabe.

E também preciso lhe falar sobre o ritual da morte, em especial sobre o ritual hindu. Mann escreveu sobre os mitos do oriente, mas, infelizmente, não os lemos juntos. Você já havia partido quando os descobrimos. Lembrei-me da sua vontade de viajar e pensei que você gostaria de participar de um funeral budista.

A maioria dos budistas é cremada quando morre; acreditam que assim ajudam a alma a escapar mais rapidamente das impurezas do corpo. Os rituais variam de região para região; às vezes, variam até mesmo de um vilarejo para o outro, mas guardam sempre a mesma essência: a cerimônia é conduzida pelo membro mais velho da família ao som de orações e hinos; colares de flores, perfumes e arroz são colocados junto do morto para ajudá-lo em sua nova caminhada; servem também para agradecer aos deuses pela vida dele.

Normalmente, as cinzas são jogadas num rio; preferencialmente no Ganges que, sozinho, representa toda aquela civilização maravilhosa. Você sabe, trata-se da decisão de peregrinar até a inexistente nascente do rio. As geleiras do Himalaia derretem e formam centenas de regatos que vão se juntando entre o pico mais alto da montanha e o mar. Assim também, fragmentada, é a foz do Ganges. O rio se desfaz outra vez em centenas de regatos que se derramam separadamente no Oceano Índico. Um ciclo verdadeiramente sublime, você vê?

Chora-se muito durante os funerais. Para os budistas, o

ritual da morte é o mais belo sacramento da vida. Ficam por perto, tranquilos, até a pira extinguir-se totalmente. Exceção feita às orações e hinos - que falam da vaidade e vacuidade do corpo, da morte de tudo que é vivo, do desapego, do fim do sofrimento e da beleza do espírito - o silêncio é obrigatório. Só o silêncio é obrigatório.

Quero também lembrar-lhe do funeral tibetano, que chamam de enterro no céu. No Tibete, depois dos hinos, os familiares levam o corpo para um lugar distante nas montanhas e, com uma faca bem afiada, cortam a carne do morto em pedacinhos finos, para que os abutres possam devorá-lo mais rápida e simplesmente. Em pouco tempo, a carne do falecido desaparece e, então, os ossos são recolhidos e triturados sobre uma rocha; depois, misturados a uma farinha, são novamente oferecidos aos abutres. É assim que se alçam os mortos aos céus, compreende?

Saudades profundas. Votos de que você esteja em paz.

Wolf.

p.s 1: O livro do Thomas Mann chama-se 'As Cabeças Trocadas' e fala do amor puro e imortal. Podemos ler de novo quando você voltar.

p.s 2: Pensei em acompanhá-lo ao Oriente quando você for; sei que, um dia, você viajará para o Oriente.

2 OS DIAS

1.   O dia de Malu

Lóri se desmancha em palavras; gosta de brincar na linha dos sentidos. Agora, com o estágio na biblioteca pública, vive no céu; passeia por entre estantes e atravessa corredores saltitando no reino encantado da poesia.

Mas devaneios felizes evaporam e, de repente, Lóri se sente culpada. E se esquecesse da faculdade, da família e dos amigos? E se folgasse em seu paraíso particular abandonando tudo e todos?

Devaneios infelizes também evaporam! Então, a culpa desaparece e Lóri se deixa hipnotizar pela capa azul do livro que lhe surge adiante. Em êxtase, acaricia letras douradas na superfície límpida de um lago tranquilo. "Suave é a noite".

"É tão tarde, a manhã já vem... Todos dormem, a noite também... Só eu velo por você, meu bem... Dorme, anjo, papai vai te ninar... Boi, boi, boi... Boi da cara preta, pega essa menina que tem medo de careta...".

Lóri está no céu. Mas, de repente, do nada, se vê jogada no chão, derrubada por duras vozes desagradáveis. Está de volta à tirania do tempo e à autocensura.

Lóri vive assim, aos tropeções, equilibrando-se nas indizíveis linhas do pensamento. Mas, apesar dos embaraços, contradições e tombos, Lóri é feliz descobrindo a verdade na impermanência dos sentidos. Se num instante ela desmorona no chão, no seguinte se alça na primeira ideia que lhe acena da primeira esquina. E dança. Trapezista no circo da existência, Lóri voa na vida.

Ama Pedro e Estêvão; apenas os dois.

E suporta a censura de ser uma pessoa antissocial. Suportar, ela suporta, mas muito se entristece. Quase sempre, demasiadamente, pois as medidas de Lóri são desmedidas e, no mais das vezes, assombrosas. O mundo tangível não lhe interessa. Coisa verdadeiramente censurável, ela murmura encontrando mais uma razão para remorsos. Então, Lóri se castiga: indesculpável, execrável, nefasta...

É assim, mastigando oximoros, metáforas e metonímias, que Lóri existe no labirinto de palavras onde, no fundo, gosta de se perder.

Lóri louca. Ela pensa. Pensa também: tauromaquia e tauródromo. Que horror! Ou nem tanto...? É sublime um tango flamenco... Profunda a alegria de uma guitarra cigana... 'Solo tu corazón caliente, y nada más... '

Irremediavelmente, Lóri se lança em elucubrações minotáuricas.

Naqueles dias, havia outra abundante fonte de meditações. Alugara um quarto e sala e se imaginava num palácio. Amava o dia a dia doméstico e se entregava a intermináveis trabalhos manuais. Gostava de se imaginar Penélope.

Para a maioria, Lóri era pura insensatez. Diziam-lhe incoerente e, muitas vezes, delirante. Afinal, não amava somente palavras? Por que se entregar também a intermináveis tricotagens e a gastronomias exóticas? Sorrindo, Lóri declamava:

'Chora a poesia

O desamparo da louça

Abandonada sobre a pia...'

Estêvão e Pedro sorriam e comiam poesia na cozinha de Lóri.

Wolf zombava do entusiasmo deles; 'estão enfeitiçados... ', gostando de ouvir histórias de uma moça que se dizia alada.

Em seu canto, quase clandestinamente, Lóri cultivava a ingenuidade; divertia lançando-se de uma ideia para outra e cantava:

"La Donna è móbile, qual piuma al vento.. muta d'accento e di pensiero...'

Naquela tarde, em meio a radicais manobras mentais, ela se lembrou da reunião na universidade. A roda viva dos seus pensamentos também se embrenhava na complicada situação social daqueles dias. A luta pela democracia, a reforma agrária, a distribuição da renda, a organização política dos trabalhadores... E mais, e enfaticamente, se entregava a inflamados enfrentamentos ideológicos.

Lóri se aplicava a tudo com confiante entusiasmo.

'Podem me prender, podem me bater... Podem até deixar-me sem comer... Que eu não mudo de opinião... Daqui do morro eu não saio não'.

Mas lhe era difícil partir para os atos como Pedro e Estêvão tanto gostavam. Eles comandavam assembleias, iam para as ruas e gritavam palavras de ordem. Lóri desgostava; desconfiava e só queria saber de conversa. 'Conversar é a verdadeira prática' repetia. 'Imprescindível é conversar à exaustão'. Estêvão não concordava e contra-argumentava veementemente. Pedro não se decidia e acabava seguindo as razões de Estêvão.

Lóri mantinha horas e horas de conversação. Os três passavam noites, muitas vezes semanas, entregues a extraordinários debates. Rendidos à otimista chama da palavra, os dois homens deixavam-se banhar na enraizada esperança daquela mulher fugidia. Entregues à vivacidade do diálogo puro, os três se amavam.

Novamente Lóri se lembrou da reunião daquela tarde. Muito alvoroçado, Pedro havia falado do encontro em que votariam pela greve geral, da qual Wolf, finalmente, concordara em participar. Pedro contara, quase sem fôlego, contaminado com a excitação de todos, que seria uma reunião secreta, somente para líderes, que Lóri teria de faltar ao trabalho, ela não poderia ficar de fora... Ao que ela, em seu costumeiro discurso superlativo, respondeu:

- Não, não, não, nem pensar! Eu não posso correr o risco de perder o meu lugar no céu.

Lóri descia a escada para o primeiro andar da biblioteca, lançada nos abismos do pensamento, brincando com ideias de um universo emaranhado, quando, de repente, desabou espantada. Diante de si, ao pé da escada, com um imenso sorriso branco, estava Malu, rodeada de malas e sacolas.

Meio tonta Lóri correu escada abaixo e abraçou a amiga de infância que derramou algumas lágrimas:

- O que aconteceu? Você está bem?

Sorridente entre derramadas lágrimas, Malu respondeu que estava ótima e que resolvera fazer uma surpresa. Continuou falando, perguntando, atropeladamente, do apartamento novo e do estágio na biblioteca; falava da alegria com tão boas notícias e do desejo de conhecer a capital; que a viagem fora cansativa, fora mesmo horrível, que agora estava feliz; que morrera de medo, mas, abraçada à você, estou ótima; tudo é maravilhoso e o...

Malu falava muito alto, sem tomar fôlego, soprando uma voz instável e estridente. Ofegante, tropeçava nas próprias palavras. Tagarelava alheia à reprovação das pessoas que se remexiam em seus lugares e resmungavam. Lóri sentia-se atordoada. Confusa, procurou bem no fundo de si algum pensamento sereno:

- Você precisa esperar-me em casa, meu trabalho termina às dezoito horas e à noite podemos conversar; teremos a noite inteira. Estou com saudade, sim, estou com saudade; vou avisar ao Pedro e ao Estêvão e, com certeza, eles vão adorar a surpresa...

Malu continuou falando enquanto Lóri chamou um taxi; explicou-lhe o caminho e os detalhes do seu palácio quarto e sala.

Malu à vontade, tranquila, senhora de si. Como sempre, Lóri se lembrou. E se reviu aterrorizada na presença da amiga. Também como sempre, repetiu-se.

Assim que Malu entrou no taxi, Lóri percebeu-se absurdamente angustiada. A satisfação de Malu dava-lhe náuseas. Sabia disso, pensou outra vez. Malu serena, Lóri inquieta; Malu impassível, Lóri, desassossegada. Malu direta, Lóri sinuosa. Malu segura. Lóri cheia de perguntas.

Lóri ruminava tristemente abatida. Reviu a infância e viu a eterna tranquilidade de Malu. A mesma perturbadora estabilidade. A sorridente menina de longos cabelos negros oferecia o maior pedaço de bolo e o último chocolate. Cedia o melhor lugar no cinema, e sorria. Oferecia para carregar a mochila, e sorria. Emprestava a boneca, e sorria.

Veio a vertigem e o antigo mal-estar. Lóri segurou o estômago aflito e suportou a autocensura. Queria não gostar de bolo nem de chocolate. Mas gostava. Queria não ter gostado. Queria não ter recebido a boneca. Queria ter tido a coragem de não trocar de lugar no cinema. Mas amava cinema!

Não havia saída. O redemoinho que na infância a envolvera tantas vezes acenou-lhe no horizonte. Havia tanto tempo! Tempo de vendavais e de mundos revirados. Tempo de se encontrar perdida entre as gentes, odiando as pessoas, estranhando tudo. Pedindo para morrer. Tempo que Malu estava sempre pertinho e tão longe de suas angústias.

Reviveu tudo. Soube que o passado não passara e, por um momento, vislumbrou o eterno. Estarreceu-se. Paralisou-se enfeitiçada pela olhadela no sem fim.

Alucinações!!!, Lóri reagiu. Que horror, que aberração! Não quero isso.

Mas é a pura verdade...

E daí?

Malu voltara...

Era fato e precisava recebê-la.

Mas... Como?

Tentou reconsiderar. Respirou fundo e concluiu: 'nada demais'. Uma boa e velha amiga chegava para uma visita.

Simples reencontro. Nada demais. Precisava se convencer: 'está tudo bem'. 'Estamos todos bem'. Garantiu-se.

Mas, de repente, se perguntou: 'O que é a bondade?'. E sentiu-se ruir.

Respirou fundo outra vez e se pediu autocontrole. Ordenou a si mesma: 'calma!' Apenas uma visita. Apenas uma pessoa de carne e osso, esforçando para não se intimidar.

Mas não funcionou.

Instantes depois Lóri considerou-se desatinada e ridícula. Era incapaz de abraçar Malu. Seria verdadeiro desastre. Não sabia o que fazer e tudo se transformou num espantoso nó. A vida era uma ruína indestrutível.

Tentou racionalizações; procurou em si verdades plausíveis, qualquer coisa que lhe oferecesse orientação. Uma resposta; bastava uma!

Lóri não conseguiu tranquilizar-se e, enfim, declarou-se definitivamente incapaz de uma atitude inquestionável.

Olhou o relógio. Pedro e Estêvão estavam na reunião; Wolf estava com eles. Começou a morder o polegar e odiou a humanidade. Malu!

Precisou de Pedro com irremediável urgência. Ou de Estêvão. Imprescindível. Ouviu a palavra dentro da sua cabeça e quase sorriu. Era uma rara lembrança feliz. Mas não podia perder tempo; precisava deles, não havia dúvida, iria ao encontro deles, deixaria o trabalho, deixaria tudo. Repetiu-se e se repetiu. Iria encontrá-los de qualquer maneira. Estevão e Pedro podiam salvá-la. Dar-lhe-iam chão, Lóri se consolava.

Queria estatelar-se no chão e não conseguia. Só se estatelava sem querer. Mais uma vez se torturou: estúpida, inadequada, neurótica...

Mas protestou: eles a compreenderiam, disso não duvidava. Procurou acalmar-se: tolices de um imaginário espalhafatoso, disse para si mesma. Riu de si e amou as invisíveis teias da vida. Sentiu-se normal e respirou aliviada.

Abriu devagar a porta da chefia. Pediu licença, disse que não se sentia bem, precisava sair para...

- Claro, claro... Cuide-se... Melhoras!

Lori percebeu, mais uma vez, que complicava muito; as coisas podiam ser mais fáceis. A verdade era que sempre errava os cálculos. Sabia disso, tentava se justificar: 'seria mais excitante se pudéssemos arquitetar a vida'.

Lamentou que gostasse tanto de inventar enredos para os fatos... Mas, de fato, crio belos enredos, belíssimos... E alegrou-se de novo.

E se entristeceu: 'a beleza insiste em se esconder... '. Verdade? Beleza e verdade se confundem? Pensou que sim. Mas, de verdade mesmo, no mais das vezes, os acontecimentos não confirmavam os seus enredos. Desconcertante Malu.

Lóri continuou ruminando e, assim, trôpega, balançando entre razão e fé, perdeu-se. Não se queixou. Sabia-se mais viva quanto mais perdida se encontrava. Sentia-se mais honesta quando perdida e, assim pensando, tentava se apaziguar.

Nada, o tempo passava e ela precisava encontrar os amigos.

Sentindo-se irremediavelmente viva e lúcida, aprisionada na consciência da liberdade, Lóri chamou outro taxi e dirigiu-se à universidade.

Pensou que o táxi avançava rapidamente demais. Amava

as imensas árvores centenárias do bairro da universidade e queria agarrar-se a elas esquecendo-se de tudo. Mas Malu esperava...

Desceu do carro, segurou outra vertigem, ziguezagueou entre as árvores e chegou à severa dignidade das colunas da entrada do prédio de Ciências Humanas. Colunas dóricas. Abandonou-se, num instante, entre gregos, deuses, tragédias e oráculos. E se repreendeu: não podia se distrair. Difícil não se desviar, mas não agora! Agora não podia se dar a esse luxo. A plácida presença de Malu era a poderosa realidade. Estava ali por causa de uma embaraçosa tranquilidade; implacável força de gravidade, Lóri rimou. E quase se distraiu. Resistiu acusando-se desvairada.

E precisava chegar discretamente, disfarçadamente, ao nono andar; a reunião era secreta e não podia complicar o trabalho dos rapazes. Mas precisava deles. Urgentemente. Precisava. Histericamente, considerou. Mas precisava.

Respirou profundo, despediu-se das colunas simétricas e entrou no prédio. Decidiu pelas escadas imaginando um elevador bloqueado. Imaginando. No terceiro andar imaginou que o bloqueio do elevador revelaria a reunião, e no quarto, imaginou que poderiam ter inventado uma manutenção qualquer. Prosseguiu sem verificar a verdade sobre o elevador. O coração estava sem ritmo e as pernas pesadas. O pensamento açoitava: estava no lugar errado, na hora errada, por razões erradas. É certo, tudo estava muito errado. E Lóri continuou subindo...

No oitavo andar foi barrada. Um rapaz forte – pareceu-lhe muito forte – estacou na sua frente sem dizer palavra. Os dois já se conheciam, mas o rapaz não cedeu. Ela respeitou, mas não desistiu:

- Tenho notícias urgentes, para o Pedro ou para o Estêvão; agora...

Voz firme e olhos faiscantes estamparam. O rapaz se assustou; resmungou contrariado, assoviou para um companheiro, ordenou-lhe que a vigiasse; esbaforido, o rapaz correu para o andar de cima.

Lóri estava pálida e tremia. Quis chorar; desejou que o chão se abrisse e a engolisse para sempre. Não encontrava justificativa; pior, não podia recuar. Era mesmo um ser inviável, definiu-se. Sem dúvidas. Um ser kafkiano, imaginou e insinuou um sorriso. Mas se conteve.

O homem, que ela não conhecia, mantinha-se rígido e mudo ao seu lado. Pensou: imbecil. Pensou: idiota. Cão de guarda. E logo quis apagar pensamentos tão descabidos.

Com alívio imensurável – como soe acontece se se trata de Lóri - viu o Pedro correndo escadaria abaixo.

Ela o abraçou e, arrastando-o, sussurrou, com voz grave e cabeça baixa, que Malu acabara de chegar e que não sabia o que fazer. Lóri tremia e estava prestes a chorar. Pedro segurou-se para não gargalhar.

Ela percebeu e sentiu-se calma; deu graças a Deus que o Pedro fosse o Pedro, o querido Pedro, capaz de compreendê-la sempre, capaz de acolher seus momentos mais disparatados.

Pedro falou generosamente, reproduzindo a sussurrante voz grave:

- Entendo, entendo; calma e volte para casa; aqui não demora, tudo está correndo bem; depois, telefono e saímos juntos. Combinado?

Lóri abriu o maior de seus sorrisos e, pela primeira vez na vida, pensou: 'Pedro é o homem da minha vida'. E tudo ficou límpido e leve. A vida percorreu as veias com a alegria dos riachos da infância. Pedro a abraçou com coração de mãe, beijou-lhe a testa e deu meia volta.

De volta aos ares, Lóri começou a descer as escadas. Esqueceu-se outra vez do elevador. Pedro ocupava-lhe mente, alma e corpo. 'Ouvi dizer que são milagres noites com sol, mas hoje, eu sei, não são miragens, noites com sol, peço um amor que me conceda noites com sol, noites com sol são mais belas, certas canções são eternas, pode abrir as janelas, deixa entrar o sol, deixa rolar nas retinas, deixa o sol entrar...'

Não tomou conhecimento de escadas nem de colunas, nem viu as árvores. Amava o Pedro.

Chegou ao apartamento cantando as canções eternas; tocou a campainha e Malu abriu a porta imediatamente. Então, pela segunda vez no dia, Lóri despencou diante de Malu: um esmerado banquete estava servido.

A amorosa Malu colocara uma mesa impecável. Aromas da inconfundível comida mineira enchiam o espaço e Lóri sentiu-se embriagada e ensandecida.

Sorrindo, Malu recomeçou a falar pelos cotovelos. Perdendo-se nos detalhes e repetindo frases, contava muitas histórias ao mesmo tempo. Marina estava namorando o Oto; a casa do Beto desabara por causa de um incêndio, Beto estava hospitalizado, praticamente desenganado; Jussara estava grávida, o pai de Jussara ameaçava matar o Válter, o namorado; e Dona das Dores havia morrido...

Lóri engasgou; lembrou-se da primeira professora. Brincadeiras, brigas, castigos e desafios misturaram-se no sabor da comida. Um tédio insípido também chegou. Tudo lhe pareceu distante e alheio.

Malu continuava com impressionante fluência. Lóri ouvia, não compreendia. Perdia-se em conjecturas sobre a alegre satisfação de Malu: uma pessoa pacífica, solidária, sem dúvidas tampouco ansiedades. Tentou desmerecer a amiga. Malu era tola, alienada, um xarope intragável. Mas não se convencia: impossível desmerecer pessoa tão amável. Conseguiu apenas culpar-se mais um pouco.

Cabelos negros e lisos emoldurando um rosto impassível, grandes olhos negros e brilhantes, um sorriso permanente: Malu era, indubitavelmente, encantadora. Indubitavelmente, indecifrável. Lóri remoia.

Ao longe (pareceu-lhe), Malu deu um gritinho: 'venha ver seus presentes' e correu para o quarto. Cheia de preguiça, Lóri a seguiu e encontrou o próprio quarto repleto de pacotes em tamanhos e cores diversas. Um excesso asfixiante, cogitou. Em seguida, se repreendeu.

Malu começou a abrir os pacotes ainda falando ininterruptamente: panos de prato bordados, mantas, toalhas, blusas, chinelos, sabonetes, perfumes, bijuterias...

Antes que Lóri pudesse abrir a boca, Malu emendou que queria ser útil, que arrumaria a cozinha, organizaria os armários, costuraria as roupas, limparia...

Lóri estava muda e Malu se movimentava sem parar. Lóri queria desaparecer e se imaginava abominável. Pensou ser alienígena; ou, quem sabe, um doente mental, apenas isso, provavelmente, talvez, com certeza. Uma pessoa doente. Malu era perfeita; impossível não amá-la. Uma amiga incondicional.

Voltou à infância. "Todo incondicional é uma forma de abandono". Lembrou-se da resposta à professora que pregava o amor incondicional. Lembrou-se do castigo —

"por atrevimento e irresponsabilidade" – e lembrou-se do complacente sorriso de Malu.

Tanta lembrança causou tonteiras. Sentiu náuseas. Sentiu-se dissolver na amorosa naturalidade daquela mulher simples, confiante e dócil. Um amor de pessoa. O amor em pessoa. Um ser humano inteiro. Uma esfinge!! Lóri pensou e segurou um pânico.

Começou a se debater em mais uma ruidosa tempestade de seu oceano íntimo. Sentia-se nua e desamparada nas calmas ondas de Malu. Prestes a ser devorada.

Mas, de repente, iluminou-se. Lembrou-se de Pedro: 'só posso existir quando alguém está do meu lado'. Continuou sonhando: 'preciso de alguém, alguém a quem falte um pedaço... '. E delirava: 'serei capaz de ser um pedaço de alguém... '.

Malu tagarelava caminhando pela casa e abrindo gavetas. Lóri falou sobre a saída com os amigos, que viriam mais tarde, que estavam animados... Malu não prestou atenção. Continuou abrindo gavetas e pacotes, e falando.

Finalmente, o telefone tocou e Lóri correu. Pedro contava alegre, despreocupado: o sucesso da reunião, o programa da noite, uma boate, apresentar Malu à noite belohorizontina e o melhor: Wolf também viria. Lóri ia conhecer Wolf... Pedro não se cansava. Pedro não se continha. Em duas horas, eles se encontrariam. Lóri ouviu tudo muito feliz. Estava tudo bem. Tranquilizava-se: Pedro estava do seu lado.

Mas a calmaria não durou. Assim que desligou o telefone, os pensamentos voltaram a jorrar: epopeias, tragédias, comédias. Lóri não conseguia discernir a toada do dia e imaginou uma farsa. Talvez. De repente, teve certeza de que seu coração estava parado e de que se obrigava a respirar. Explodindo de angústia, desabafou em voz alta:

- Ainda bem que o Pedro existe; ele é o meu chão; por causa dele posso ficar no mundo...

A voz de Lóri ecoou no silêncio.

Algum tempo depois, distraída, abrindo outra gaveta, Malu falou:

- Você não pode continuar aqui, volte logo, lá você tem amigos e eu cuido de você...

Continuou arrumando o armário. Lóri não respondeu e se voltou para o guarda-roupa. Precisava escolher o que usar e observou os vestidos. Pensou 'extemporâneo' e recuou. Olhou os sapatos: viu 'irrisório' e suspirou. Visitou os anéis: 'redundantes'. Considerou intimamente: 'tudo revirado, tudo desgarrado na ventania, um furacão impiedoso, barulhento e indiferente... Talvez sorridente! Mas certamente uma tremenda tempestade varria a sua casa. Talvez morresse afogada em pouco tempo... '.

A voz de Malu interrompeu o devaneio: 'inauguraram um shopping, impressionante, muito impressionante... '

Lóri trocou de roupa várias vezes; prendeu e soltou os cabelos. Prendeu novamente. Maquiou-se e tirou a maquiagem. Maquiou-se outra vez.

Malu continuava: as novas tecnologias são impressionantes, é o fim das distâncias, o futuro já chegou... E remexia mais uma gaveta.

Lóri falou que já era hora de se aprontar. Ouviu um 'está bem' e Malu foi para o banho. Voltou pouco depois vestindo calça jeans, camiseta branca e leves sapatos sem salto. Os cabelos estavam displicentemente presos com um grampo dourado. Sem maquiagem. Os olhos negros brilhavam e o sorriso era esplêndido. Estava linda. Lóri invejou.

Finalmente, a campainha tocou e as duas saíram. Pedro desceu do carro, abraçou Malu com alegria, cheio de saudades. Ela gritou e pulou com o mesmo entusiasmo. Estevão também a abraçou e ela voltou a gritar e a pular. Foi apresentada a Wolf e o abraçou da mesma maneira. Lóri ficou quieta. Ganhou beijos de Pedro e de Estêvão; e Pedro disse a Wolf:

- Eis a mulher!

Sem saber o que fazer ela estendeu a mão e, divertido, Wolf a beijou de modo teatral. Pedro e Estêvão gargalharam e Lóri sentiu-se incendiar. 'Demônios angélicos', pensou intimamente feliz.

Wolf era um homem magro e alto. Moreno, cabelos curtos, barba bem feita, profundos olhos negros, mãos grandes e dedos compridos. Vestia-se simples e caprichosamente. Sem adornos. As mãos estavam livres, diferentemente dos outros que sempre carregavam grandes mochilas amassadas. Desde a infância, Lóri, Estêvão e Pedro discutiam por causa de mochilas; Lóri só gostava de carregar livros. Tudo isso, ela viu e pensou nos segundos em que Wolf beijava-lhe a mão teatralmente.

Entraram no carro. Pedro na direção. E a palavra foi de Malu: histórias da viagem, da cidade do interior, da alegria de estar aqui... Pedro e Estêvão ouviam animados. Ela ainda falava quando Pedro estacionou o carro.

A boate era grande e havia pouca gente. Uma música suave, um violão e voz, preenchia o espaço sombreado. Algumas pessoas dançavam. Sofás vermelhos e mesinhas de madeira escura circundavam uma pista redonda. Ao fundo, degraus levavam ao bar, onde, alguns solitários absortos bebiam.

Sentaram perto da pista. Pedro pediu cervejas; Malu recusou e preferiu suco de uva. Ela examinava o lugar com algum desdém, mas mantinha o sorriso e a expressão tranquila. E retomou as histórias da cidade pequena: os namoros, os nascimentos, as brigas em família, o desaparecimento da Zen, a louca que ninguém via há meses...

Lóri sobressaltou-se; queria os detalhes do sumiço da mulher. Malu disse que não sabia mais nada. Wolf também se interessou e começou a fazer perguntas. Malu recomeçou:

É uma mulher magra e desgrenhada, louca. Anda sem rumo pela cidade, ninguém sabe de onde veio, nem quando apareceu; não fala coisa com coisa, não se importa com ninguém; de vez quando, assim do nada, torna-se totalmente selvagem; grita, prague ja e atira pedras. Um bicho. Tem medo de telhados, foge para o mato e carrega pedras — grandes, por sinal. Conversa com elas. Outras vezes, fica engraçada, verdadeira palhaça. Faz tudo o que lhe mandam fazer e aceita presentes: comida, roupas, perfumes, adora chocolates. Tem manias. Por exemplo, não bebe leite, odeia a cor roxa e adora o azul. Quando está feliz, coloca flores nos cabelos e sai cantando pelas ruas. Louca. Tem boa voz e sabe várias canções. Alguns dizem que é esquizofrênica e fugiu do hospício; outros, que foge do pai maluco que a acorrentou ao pé da cama por muitos anos; dizem também que foi abandonada no dia do casamento. Quem poderá dizer? Eu tenho pena, mas tenho medo também. Muito medo; coisas de outro mundo, eu acho. Lóri compreende melhor; ela se entendia com a Zen...

- Foi você quem deu esse nome a ela, não foi?

Lóri fez 'sim' com um movimento de cabeça e se encolheu; Pedro e Estêvão ficaram calados. Houve um silêncio comprido.

Pedro sussurrou: 'sau-da-des-da-Zen' e Estêvão começou a contar de uma mulher jovem e triste que se recusava a dizer o próprio nome, a contar de onde vinha e como vivia. Inútil segui-la; ela simplesmente aparecia e desaparecia. Pedro lembrou-se da coleção de pedras que, um dia, ela lhes mostrou em segredo; lembrou o sorriso largo quando Lóri a chamou 'Zen', palavra nova que aprendera naqueles dias. Todos começaram a chamá-la 'Zen', ela gostava. Eles eram crianças encantadas com a mulher de olhos verdes e cabelos longos que caminhava sozinha pelo mundo. Todos ficaram excitados por algum tempo atropelando lembranças, escavando memórias e vivendo saudades. Lóri queria chorar, mas chegou um novo silêncio escuro e ela se conteve.

Malu quis dançar; Pedro e Estêvão levantaram-se animados e Lóri os seguiu de má vontade. Wolf permaneceu sentado e pensativo. Não sabia exatamente o porquê, mas estava começando a gostar da noite. Tentou lembrar-se de uma mulher magra de cabelos longos e olhos verdes. Ouviu um cantarolar distante. Não conseguia distinguir, mas parecia lembrar-se. Era agradável e aconchegante. Fechou os olhos e viu uma mulher magra e jovem que dançava e cantava lindamente.

Os quatro ocuparam a pista e, por algum tempo, dançaram soltos animadas músicas alegres. Depois, se ouviu uma música séria e terna. Pedro abraçou Malu, Estêvão abraçou Lóri. E Elis Regina cantou: "Pois é, fica o dito e redito por não dito, e é difícil dizer que inda é bonito, cantar o que me restou de ti, daí, nosso mais-que-perfeito está desfeito, e o que me parecia tão direito, caiu desse jeito sem perdão...".

Lóri estava distante, Estêvão quis saber o porquê, ela respondeu 'nada, nada, está tudo bem'. Ele quis abraçá-la, ela não quis; quis beijá-la e ela fugiu. Estevão se aquietou. Pedro e Malu embalavam-se felizes e permaneceram juntinhos.

Estevão e Lóri deixaram a pista e se juntaram a Wolf.

Estêvão começou uma conversa sobre Hermann Hesse, sua maior paixão daquela hora. Lóri não o conhecia e, empolgada, soltou as perguntas despropositadas que ela bem sabe fazer: 'Ele escreve de pé como Fernando Pessoa? Escreve à máquina fumando madrugada afora? É um pobre homem que deixa de comer para comprar papel? É filósofo e sabe como salvar a humanidade?'

Riam. Para Estêvão, Hesse era o maior acontecimento literário do século XX; depois dele, tudo seria diferente. Era capaz de salvar a humanidade, que talvez não queira ser salva, mas estava convencido que ele transformaria o mundo; sozinho, podia mudar o pensamento ocidental. Estêvão acreditava num futuro de harmonia e justiça.

Wolf concordava, com muitas reservas; Estêvão, como sempre, empolgava-se demais. Admitia que ele também fora arrebatado por Hesse e compartilhava – com restrições - do otimismo de Estêvão, não via razões para tanto, para uma confiança tão benevolente. Mas andava otimista embora lutasse com intuições sombrias e previsões trágicas. Hesse trazia alento, queria acreditar no amor e na paz. Estêvão se surpreendia com a fluência de Wolf que, normalmente, era contido. Sentiu-se maravilhado e tímido quando Wolf disse que gostaria ser como ele, Estêvão, homem de fé. E continuando, Wolf confessou amor especial por 'O lobo da estepe'; sentia-se menos sozinho depois de ler o livro. Wolf estava emocionado e não se preocupava em disfarçar. Deixava que as emoções fluíssem livremente; Lóri foi arrebatada e Estêvão vibrava. Estavam nas alturas. Wolf propôs um brinde. *"À alcateia, o melhor que conseguiremos ser".* Lóri se emocionou às lágrimas e sentiu-se inexplicavelmente devedora.

Estêvão, tocado pela eloquência de Wolf, indescritivelmente feliz, começou:

- "Eu, o Lobo da Estepe, vago errante pelo mundo errante de neve recoberto; um corvo sai de uma árvore adejando, mas não há corças por aqui, nem lebres! Vivo ansiando por achar a corça, ah! Se eu desse com uma... Tê-la em meus dentes, entre as minhas garras, nada seria para mim tão belo; havia de tratá-la tão cordial, de cravar-lhe nas ancas os meus dentes, de beber-lhe o sangue até a saciedade, a uivar depois na noite solitário...".

Lóri aplaudiu eufórica; adorava o prazer de Estêvão em declamar; ela não se atrevia e invejava-lhe a espontaneidade. E, então, pensou que a vida era...

Wolf continuava:

- "... nós vivemos no gelo etéreo transluminado de estrelas; não conhecemos os dias nem as horas, não temos sexo nem idades. Vossos pecados e angústias, vossos crimes e lascivos gozos, são para nós um espetáculo como o girar dos sóis. Cada dia é para nós o mais longo. Debruçados tranquilos sobre vossas vidas, contemplamos, serenos, as estrelas que giram, respiramos o inverno do mundo sideral; somos amigos do dragão celeste: fria e imutável é nossa eterna essência, frígido e astral o nosso eterno riso".

Lóri sentiu-se nos céus. Permanecia encolhida e imóvel, mas os olhos brilhavam como brasas; via o mundo do alto. Wolf viu e gostou. Estêvão brindou à vida de Hermann. Sentiram-se irmãos e se amaram.

Wolf quis saber da biblioteca e ironizou a surpresa de Lóri; perguntou por que se envergonhava de ser enigma e ela enrubesceu; conhecia dois homens que só se ocupavam em decifrá-la. Lóri sorriu verdadeiramente envergonhada e Estêvão, divertindo-se, falou que coisa realmente extraordinária estava acontecendo: nunca a vira desnuda. Wolf fez cara de interrogação e Estêvão se explicou: 'nunca a vi assim envergonhada!'. Gargalharam. Lóri sentia-se arder. Tentou desconversar dizendo que a noite era de Malu.

Permaneceram calados, à espera, e, sem saída, Lóri começou a falar. Vivia no céu. Diariamente descobria tesouros e os acariciava; lia uma página de cada um, uma dose de cada vez. Lia dezenas de páginas todo dia. Cercada de livros por todos os lados, pensava que havia morrido; pensava também que o mundo havia acabado e ainda pensava que todo mundo estava no paraíso.

Estevão a abraçou com força:

- Wolf!! Minha Lóri se apresentou!

Wolf sentiu-se rico, cheio de amigos.

Pedro e Malu voltaram; Lóri e Estêvão ainda estavam abraçados. Pedro pediu mais cervejas; Wolf pediu uísque e Malu retomou a palavra com a mesma alegria; não mudava tom nem o ritmo; dizia tudo com rapidez e despreocupação. Descreveu os presentes que trouxera, detalhou os casacos de lã que tecera para cada um dos meninos. Falou assim: 'para os meninos'. Eles riram, ela disse que faria um para Wolf, que recusou declarando-se muito chato. Já se sentia grato, desculpou-se educadamente. Malu deu de ombros e continuou seu leve falatório.

Pedro queria beber mais e Wolf perguntou se ele queria se acabar naquela noite. Pedro concordou, queria que o mundo acabasse naquele exato momento. Completamente embriagado, cantarolando *gracias a la vida, que me ha dado tanto...* arrastou Malu de volta à pista de dança.

Estêvão disse que, pelo contrário, não queria que o mundo acabasse, queria apenas voltar para casa, envolver-se em seus lençóis e usufruir a noite de um dia extraordinário. *Que nada nunca se complete...*, sorrindo, ele declamou como quem faz uma prece. Wolf olhou diretamente para Lóri: 'eu não sei dançar, mas podemos ficar e conversar se você quiser'.

Lóri fez 'sim' com a cabeça; movimento que era apenas um olhar. Pensou-se importante e se corrigiu imediatamente: estava viva. Repetiu para si mesma: viva! E pareceu-lhe que vivia uma desconhecida espécie de vida. Estêvão se despediu com abraços macios e demorados enquanto Lóri se via diante de uma bela planície; amava os homens que amavam os homens que se amavam; e amava especialmente os homens daquela noite. Sentiu-se com os pés no chão e abraçou Estêvão mais uma vez.

Wolf pediu uísque e Lóri não bebia uísque. Ele murmurou que um bom uísque tem seus momentos e ela começou a bebericar. Permaneceram calados. Ouviam a música, observavam o redor e saboreavam o uísque.

Lóri pensou que amigo é mago. Wolf pensou que Lóri se calava quando estava feliz e, então, sentiu imperiosa vontade de penetrar o silêncio de Lóri. Começou cantar baixinho:

'*Vento solar e estrelas do mar, a terra azul da cor do seu vestido, vento solar e estrelas do mar, você ainda quer morar comigo, se eu cantar não chore não, é só poesia, eu só preciso ter você, por mais um dia, ainda gosto de dançar, bom dia, como vai você?...*'.

Ele derramava as palavras saboreando; pausava e modulava a voz como se estivesse afinando um instrumento. Aparentemente não se importava com significados, deixava que sua voz profunda envolvesse o corpo de Lóri como macio cobertor. Lóri entregou-se e se desmanchou sobre o peito de Wolf.

Calaram-se.

Lóri quis continuar: '*sol, girassol, verde, vento solar, você ainda quer morar comigo, vento solar e estrelas do mar, um girassol da cor de seu cabelo, se eu morrer não chore não, é só a lua, é seu vestido cor de maravilha nua, ainda moro nesta mesma rua, como vai você?, você vem?, ou será que é tarde demais?*'...

Banhavam-se com as palavras como quem se entrega às ondas do mar. Estavam parados e as luzes que acendiam seus rostos, seus corpos, não se traduzem. Foi tempo de vagar. Vagaram.

Usufruíram das palavras, da música, da luz, do uísque... Do tempo.

Lóri voltou a sussurrar: no more lonely nights; peles calientes; risos mefistofélicos; olhares imarcescíveis; argênteos espelhos incorruptíveis; brisas eloquentes...

Wolf continuou baixinho: acetinado aconchego ávido, breve brilho bruxuleante, candente carinho claro, digna dádiva divina, errante eclipse efêmero...

Lóri moveu-se e o olhou mais de perto. A palavra gratidão, que ela leu beatitude, estava na face de Wolf. Em seguida, com voz baixa e titubeante, Lóri recomeçou a falar.

Eles se afastaram um palmo.

Vivo um dia estranho, interminável, talvez infinito. Muitas vezes escapo de mim, outras me aprisiono em mim. Estou aqui, mas, ao mesmo tempo, posso não estar. Tenho medo de mim e de você. Eu não te conheço, mas sei quem você é. Estranho o mundo, não gosto do mundo e posso não gostar de você... Eu posso te matar, desculpe, sinto muito, mas pode acontecer; posso ser horrível e, algumas vezes, enlouqueço. Odeio os cordeiros e amo os lobos... Mas eles podem ser indistinguíveis. Algo se me revela agora, não é claro, não compreendo bem, sinto medo e frio, sei que não vou me acovardar, quero muito mais... Muito mais. Tudo pode não ser. O dia começou com sol feliz e à tarde explodiram trovoadas. Não no céu, no meu peito. E agora, aqui, sinto-me chovendo. Não chove lá fora, chove em mim, ou melhor, sou chuva, quero dizer, eu me derreto, derramo no chão. Molho o piso, escorro pelas ruas, inundo a cidade... Penso assim, quero que seja assim... Pode ser má, e posso não ser. Quero poder não ser...

Wolf sorriu e soprou-lhe:

- Eu sei, eu sei, quero apenas não ser...

Eles olharam para a pista e viram que Pedro e Malu beijavam-se apaixonadamente.

Lóri estremeceu de leve e Wolf a abraçou mais forte. Murmurou:

- Cordeiros e lobos podem ser indistinguíveis.

Lóri não respondeu; fechou os olhos e se abandonou nos braços de Wolf. Perdera-se dos pensamentos.

Wolf resolveu que era hora de sair; acenou para Pedro e Malu que se embalavam com a perfeita música que preenchia tudo. 'Clareia manhã, o sol vai esconder a clara estrela ardente, pérola do céu refletindo teus olhos, a luz do dia a contemplar teu corpo sedento, louco de prazer e desejos, ardentes, clareia manhã...'.

Wolf chamou um taxi, eles permaneceram de mãos dadas, calados, amando as faiscantes luzes da cidade.

Quando chegaram, Wolf desceu, pediu ao motorista que o esperasse e a acompanhou ao portão. Beijou-lhe a testa, desejou boa noite. Ela respondeu 'boa noite', abriu o portão, fechou o portão e esperou uma eternidade pelo elevador.

Entrou em casa e se dirigiu ao quarto sem acender a luz. Deitou-se sem se despir. A linha do seu pensamento continuava interrompida.

O dia amanheceu e Lóri não sabia se havia adormecido.

A campainha tocou. Levantou-se automaticamente e abriu a porta. Um mensageiro entregou-lhe um pacote bem embalado num papel pardo.

Abriu-o também automaticamente. Era um exemplar de "O lobo da estepe" e, sobre a capa, um cartão branco, manuscrito com uma letra grande e firme, dizia:

'Hoje a partir das quatro,
No teatro mágico, só para loucos,
Entrada ao preço da razão,
Para os raros somente".
Boa leitura, Wolf."

Lóri despertou em estado de graça. Respirou profundamente e espreguiçou alongando-se devagar; sorriu entre lábios, sentiu-se bonita e abençoada.

Um livro novo! E o fio do pensamento reconstituiu-se brilhante e poderoso. Recomeçou a saltar. Havia um lindo dia de trabalho pela frente.

Malu não estava em casa.

AGORA ESTÁ TUDO BEM

2. O diário de Estevão

09 de março:

Estou aflito, quero escrever, sou muito embaraçado com palavras, papéis e livros. Sempre assim. Gosto de escrever, e não sei como. Sinto-me angustiado, confuso e feliz, tudo ao mesmo tempo. Talvez eu escreva um diário. Durante toda vida, de uma maneira ou de outra, eu escrevi, o tempo todo, vivi escrevendo, ou melhor, rabiscando. Copio palavras, pensamentos, páginas; até livros eu já copiei; depois jogo tudo no lixo. Gosto de estudar; estudo escrevendo; depois jogo tudo no lixo, então fico aliviado. Ando achando tudo uma merda, quero dizer, a vida é está ficou insuportável. Intrigado, ando intrigado, eu não era assim. Um dia (faz tempo), Lóri leu um poema do Leminski dizendo que o poema era a minha cara. Não gostei; só me lembro do verso 'éter na mente'. Não gostei. Coisas assim estão me aborrecendo novamente (nova mente e eu quase rio, mas, na verdade, estou puto).

Pedro voltou para BH na semana passada. O casamento acabou, mas ele parece tranquilo, eu não. Pedro voltar para a cidade me deixa feliz. Tenho vertigens e uma pedra dentro da cabeça, isso não é novidade, vivo tonto e cheio de dores. O apartamento em Santa Teresa está quase vazio; Pedro diz que gosta de desertos. Não quer comprar móveis, utensílios, decoração, etc. Trouxe os livros; o resto, ele deixou com Malu. Esse desfecho me deixa revoltado.

Laura está irritadíssima com ele, mas foi Malu quem terminou o casamento; eu nunca imaginaria, Malu é a pessoa mais previsível do mundo. Ela falou: 'acho melhor não continuar' e saiu. Simplesmente virou as costas e saiu como quem pede licença e se levanta da mesa depois do jantar (comentário de Lóri). Pedro não discutiu; fez as malas e voltou. Não pode ser assim, está errado, as coisas não ~~são~~ podem ser tão simples.

Estou feliz com a volta do Pedro, não nego, estou angustiado também, aflito, não acredito nessa tranquilidade, é aparente. Pedro está não pode estar bem. É meu amigo, fico preocupado; o pior é que fico imaginando que Pedro não voltou; pelo contrário, parece que o Pedro foi embora para sempre. Para mim, o Pedro não voltou, foi é embora de vez. Difícil explicar. Ando estranhando tudo.

'Malu obedeceu à Laura, só isso', Wolf falou, Pedro resmungou 'rummrrumm' e mudou de assunto. Tranquilo! Papo furado. Somos o tipo 'não há vida sem paixão'. Fomos? Lóri sumiu; não me atende ao telefone. Quer dizer, pode não ter sumido, mas não me atendeu.

Deve haver explicação, uma razão. Laura diz que Pedro é o culpado; 'cretino, filhinho da mamãe', esbravejou. Ele não parece culpado; na verdade, parece até aliviado, eu não consigo ~~acreditar~~ entender. Por quê? Estou me repetindo. Não acredito! Sei de mim: estou arrasado. Só me sinto bem com as crianças; o mais, eu mal suporto. (isso soa ~~meio~~ muito escandaloso).

Laura mal fala comigo. Empolgada com o trabalho, cheia de planos, projetos e certezas. E reclamações, é claro. Acha que eu sou negligente, que não tenho ambição, não penso no futuro, que mimo as crianças, que sou um pai ausente. Mentira. Apenas desconheço o futuro, só isso. Não acredito nele, acredito em presente, é simples, muito simples, mas Laura não entende.

Eu queria ser como meu pai.

Os meninos são apegados a mim, brutos com a Laura, fico chateado, ela nem percebe, continua dizendo que tudo é culpa minha, que não ponho limites. Crianças têm limites demais, é o que eu penso; abraços são os únicos limites que crianças precisam.

Ulano: palavra de origem turca; cavaleiro armado de lança nos antigos exércitos austríaco e alemão. Feligresia: não encontrei nos meus dicionários, talvez um neologismo, mas não compreendi o contexto; ver com Wolf.

Laura só vê perigo na vida; eu não, não vejo, quero uma vida simples, sossegada; odeio exaltação; Laura está sempre correndo, eu entendo, a vida que ela quer, exige. Talvez Laura esteja certa e a vida seja uma guerra. Não me sinto cego, tampouco acredito em guerras e Laura me deixa tonto. Eu só queria viver em paz. Quando ela souber que Pedro, Wolf e eu estamos nos encontrando todo dia, não vai gostar nada; dirá que me divirto enquanto ela trabalha, 'folgados, alienados, riquinhos', vou ouvir. Estou com vertigens, minha ~~grande preocupação~~ apreensão é a calma do Pedro. As coisas não ~~ficar~~ são assim. Não são.

23 de março

Ontem, Pedro e eu fomos à casa de Wolf. Lóri não foi junto. Wolf é o mesmo de sempre; desde que o conhecemos mora na mesma casa, mantém a rotina de professor e o humor tranquilo, e orgulhoso. Quando encontrou a Lóri foi exceção; ficou agitado, feliz, falante. Tenho ciúmes, sinto, – talvez inveja – mas gosto de vê-los juntos. São pessoas melhores, amam a vida.

Lóri é pura, preza a intimidade, não gosta de gente e sabe viver sozinha. Engraçado, acabo de definir a Lóri, mas acho que falei de mim mesmo. Mas não sei viver sozinho. Gosto de intimidade, ao mesmo tempo, fico estressado. É certo. Eu me sinto revoltado e preciso de solidão. E, ao mesmo tempo, eu ~~muito~~ preciso das pessoas. Sou arrebatado; e ressentido.

O dia, hoje, amanheceu colorido, multicolorido, cores quebradas (li em algum lugar).

Lóri sabe ficar sozinha na presença dos outros, Wolf também sabe. Intimidade é coisa infinita e calada; intimidade e infinito são, na verdade, a mesma coisa. Lóri é infinita. A noite do acidente é uma lembrança linda, absurdo de pensar, quase morremos na derrapagem da moto. Na verdade, não foi bem assim, nada grave, pequenas escoriações e Lóri torceu o pé. Noite inesquecível.

Todo mundo tem medo da Lóri, inclusive eu; droga, eu tenho medo dela. Wolf não tem. Intimidade não ~~cabe pertence~~ combina com a contemporaneidade, somos peixes fora d'água. ~~Eu queria ter uma história~~ Eu queria saber contar uma história. Mas tenho medo. O medo não me deixa.

Sinto-me feliz agora (aqui e nesse momento: expressão bonita – aqui e nesse momento – certamente li; não sei onde); estou feliz porque estou escrevendo. Talvez haja um feitiço entre nós. Não acredito nesse tipo de coisa: feitiços, macumbas, magias, etc. Superstições. Lóri diz que acredita; duvido, ela gosta de inventar histórias. Somos de outro tempo, outras circunstâncias. Intimidade não convém à contemporaneidade, questão de tempo, ou de falta de tempo; tudo é de pressa agora. Não gostamos de coisas corridas. Laura está mesmo sozinha. ~~Outro~~ Idiotice. Antigo! Eu!

24 de março

Amar é a capacidade de viver a intimidade, entregar-se ao infinito sem ~~não~~ se perder. Não sou capaz. Laura vive bem sem intimidade. Malu também. Eu sinto tudo muito demais.

Não me encontro **no** meu corpo. Complicado explicar, desconheço o meu corpo. Sei que tudo pode ser diferente. Não encontro o **meu** corpo. É certeza.

Filegresia: palavra coloquial em espanhol; trata-se de uma paróquia; equivalente à freguesia; filegresia é usada em Portugal para territórios sob jurisdição de determinados concelhos – do latim *concilium* –. Como Wolf sabe desse tipo de coisa?

01 de abril

Laura preocupada com as notas dos meninos. Outro mal entendido. Notas escolares não deviam ser motivos de preocupação, mas não estou disposto a discussões com Laura. Saudades do meu pai. Como ele consegue manter-se animado? Eu podia escrever pelo menos uma carta. E não me animo.

Pensando nesse diário. Gostaria de escrever memórias. E rio porque sei que sou incapaz. Escrever ~~um~~ memórias é mais difícil que escrever diário (Lóri descordaria). Não rio de mim, sou um homem sério, nasci em meados do século XX. O que significa nascer em meados do século XX e ser um homem sério? Sou aflito porque não sou alienado. A nossa vida foi (?) uma refinada brutalidade e, no fim, todo mundo está sozinho. (Talvez! Lóri não parece sentir-se sozinha). Por que Pedro aceitou a decisão de Malu? Assim, sem mais nem menos, sem explicação! Inaceitável. Não consigo ~~aceitar~~ compreender.

10 de abril

Salas de espera me horrorizam. Ontem, aconteceu de novo. O desespero de uma solidão ruidosa e cheia de gente. Palavras dizem da vida, mas, às vezes, dizem apenas, e tão somente, da morte. As conversas das salas de esperas são espantosas. Fui ao cinema; melhor dizer que fugi de uma sala de espera para o cinema no meio de uma tarde de terça-feira. Não havia ninguém no cinema; tive uma sessão exclusiva. Não foi a primeira vez que isso me aconteceu. É apavorante. (acho que Lóri já falou disso também)

15 de abril

Sonhei um sonho da infância. Quase idêntico ao de quando eu tinha dez anos.

Jesus Cristo era um gigante de mais ou menos cinco metros de altura, vestia uma túnica púrpura e usava sandálias franciscanas. Os longos cabelos castanhos eram cacheados; a barba, bem aparada como a do meu pai. Era um homem bonito e, ao mesmo tempo, parecia os anjos barrocos das igrejas de Ouro Preto. Não era exatamente 'um homem'. Um homem-pássaro-anjo-deus.

Andava nos ares, não voava, caminhava firme, saía do

horizonte da colina do cemitério para o horizonte da fazenda do Pedro. A direção da caminhada era importante, mas, agora, ~~totalmente~~ me esqueci de que importância era. O gigante carregava uma lata de tinta azul e um pincel pequeno. Impliquei com o tamanho do pincel; não combinava com o tamanho do deus que, com um gesto, só um, coloria o céu de horizonte a horizonte.

O mundo era cinza, tudo era cinza e o azul, azul celeste lindo, em linhas, ia criando o céu. ~~Essa Era isso~~ Víamos a criação do céu. A túnica vermelha de Jesus e o azul que fluía da mão dele eram as únicas cores que existiam.

Eu estava triste porque procurava meu pai e não encontrava. Multidões enchiam as ruas; eu, à procura do meu pai.

Com ligeiro movimento de cabeça, Jesus avisou que criado o céu acabava o mundo e, acabado o mundo, começava o juízo final. Fiquei empolgado; um tremendo sentimento de vingança me invadiu. É indecente, mas admito. Fiquei entusiasmado com o sabor da vingança.

O mundo entrou em pânico; eu, pelo contrário, sentia-me cada vez ~~maior~~ melhor. Milhares choravam desesperados; rezavam; eu achava ridícula a lamentação, um punhado de imbecis que, finalmente, encontrariam castigo. Enfim, o juízo! E eu teria todas as respostas. Todas. O problema era não encontrar meu pai.

Uma barafunda. Bruxos, cientistas, filósofos e devotos digladiavam à procura de uma saída. Jesus, tranquilo, continuava seu trabalho. Pensei na artimanha das artes e na simplicidade da vida e, quando pensei nisso, a ~~urgência~~ necessidade de encontrar meu pai ficou mais aguda. Encontrei-me desolado e iludido.

Acordei gritando 'pai!'. Acordei perplexo.

Procurei Lóri. Contei do sonho, do juízo final, das respostas, do sumiço do meu pai. Não falei de vingança. Ela ficou brava, praticamente gritou: 'acorda, acorda, vamos ler Hamlet outra vez!'. Lóri, Lóri. Não me entende. Ninguém entende. Ninguém quer falar sobre a separação do Pedro e Malu.

O flagelo desperta... Esquisito; a frase – *o flagelo desperta...* - fica ecoando dentro da minha cabeça, não sei de onde vem. Tampouco sei o que significa.

02 de maio

Não tenho motivos para sentir medo, mas me ~~vejo~~ sinto aprisionado na lembrança. O medo e o amor, o amor e o medo, desgraçadamente, ligados dentro de mim. E também o ódio, eu penso. ~~Acho apenas acho~~ Odeio admitir que exista ódio em mim, mas tive vontade de escrever **'ódio'**. Escrever bem grande. Pessoas capazes de sentir ódio são piores. Vejo a folha em que ~~estou~~ escrevo, vejo as letras literalmente embaraçadas. Sou um nó; isso é tudo. Todo mundo fala na minha bondade; até Lóri, que é diferente, me chama de 'um amor de pessoa'. Odeio isso. É injustiça verem apenas bondade em mim. Tenho pena de mim, e não me envergonho.

~~O meu primeiro amor foi pelos dicionários e aconteceu por causa do medo. Eu não compreendia a razão do medo que eu sentia e procurava a resposta nos dicionários. O medo da minha mãe era maior que tudo, maior que o sorriso, a coragem e o amor do meu pai, ainda não sou capaz de explicar.~~

~~Hoje é aniversário da minha mãe.~~

03 de maio

Ele vivia trancado no quarto, rodeado de dicionários, examinando palavra por palavra. A chave protegia-lhe do enigma da mãe, uma mulher bonita e temperamental que, inesperadamente, explodia numa ira negra e viscosa. Só a presença do pai consolava-o. Na ausência dele, na lenta passagem das horas, o menino se debruçava sobre os livros e, ao mesmo tempo, ansioso, perscrutava as paredes procurando sinais de explosões iminentes. As rebentações lançavam impropérios pelas 'quinze bandas', como bradava a bela mulher enfurecida. Descabelada e agitada, a mulher vociferava: 'vocês vão todos para as quinze bandas do inferno'.

Tombado sobre dicionários, o menino se imaginava lançado, como lança, pedra ou dardo, numa banda qualquer do inferno. Nas ladainhas da igreja, a que se obrigava a frequentar na esperança de desvendar os infernos, diziam: 'pela saúde dos enfermos' e o menino repetia consigo: 'pela saúde dos infernos'. Parecia-lhe justo rezar pela saúde dos infernos.

Por infinitas tardes, examinou com vagar os nove círculos do inferno de Dante e não vislumbrou uma única banda; não distinguiu sequer uma faixa do inferno vociferado pela bela mulher morena.

Sem se encontrar nem no inferno dantesco, o tímido menino assustado, encontrou-se para sempre perplexo, deslocado, estrangeiro.

As quinze bandas do inferno da mulher eram

estrondosas. Saraivadas espetaculares. Saliva e grunhidos. Torrentes. Cólera, danação, desgraça, carniça, chacina, massacre, carnificina...

A mulher mãe conhecia a infinitude da execração e o filho restava horrorizado e afogado. Naufragado em palavras cortantes, sonhava com letras envenenadas.

(se o medo acabasse, talvez eu conseguisse escrever ficção)

08 de maio:

Horror: sm (lat horrore) Estremecimento ou agitação causada por coisa espantosa; aquilo que causa medo; susto, pavor; aversão; coisa repelente; caráter do que é medonho, sinistro; *pop* grande número, quantidade espantosa de coisas; padecimento insuportável; crime bárbaro.

Copio palavras do dicionário nas minhas infinitas horas de pavor.

09 de maio

Três dias sem fazer nada; não durmo, não como, não vou ao trabalho.

Recordei a infância; ruminei os dias de exaustão e as fugas do quarto. Agora pensei: estou fugindo do Pedro. Estou fugindo do fim do casamento do Pedro. ~~Preciso~~ Devia entender que não tenho nada a ver com isso. Só eu ~~só~~ me ocupo com desfechos.

Pulava a janela. Podia abrir a porta e simplesmente sair. Preferia pular a janela e comportar-me como prisioneiro. Na rua, respirava fundo como quem escapou da forca.

Esgueirava-me como fugitivo e pensava: a compreensão do inferno só pode estar no céu. Examinava o céu com ansiedade, mas a falta de respostas só aumentava minha angústia. Eu saltava a janela de volta para o quarto e, prisioneiro outra vez, debruçava-me sobre os dicionários. Nunca falei sobre isso com ninguém.

Um dia minha mãe nos mandou para as tais quinze bandas do inferno e pegou o trem. Deixou os dicionários. Meu pai ficou tranquilo. ~~(aparentemente, eu devo dizer, pois pensando melhor, não conheço os sentimentos dele; é um absurdo escrever isso, eu conheço os sentimentos dele).~~ Eu fiquei indignado. Não. Fiquei horrorizado. Não. Não sei dizer que palavra me descreveria.

Essas coisas aconteceram antes de eu conhecer a Lóri; com ela, vieram os quintais e eu me esqueci das bandas do inferno.

10 de maio

Acordei numa cama fria. É madrugada e estou de plantão. Simplesmente aconteceu: virei médico.

Nos hospitais, todo dia é noite. O sol não atravessa paredes, marcas nos corpos são irreversíveis. Aprendi: tudo no corpo é eterno. O diabo é que não me encontro no meu corpo. Perdi-me ouvindo a história de uma insônia. Eu quero gritar.

Quando eu era criança, todo mundo gostava de ver o pôr do sol e esperar as estrelas. Elas chegavam uma a uma, suaves e silenciosas, piscando no céu; logo o céu aparecia negro, faiscante como um manto rendado de prata. Meu pai se jogava na rede e ficava quieto; eu perguntava o que ele estava fazendo e ele dizia: 'estou vendo o tempo passar, não me atrapalhe'. Algumas poucas vezes eu vi o tempo passar. Ele passa silencioso, imponente e nobre. Eu o perdi. Não vejo mais o tempo passar.

Meu pai sabia ser engraçado. Gostava de dar boa noite para a noite, de brincar de assombração, de pega-ladrão, de ler histórias, de inventar acontecimentos. Quando ele estava comigo, eu dormia tranquilo.

Lóri gosta de ouvir as histórias que meu pai contava. Ela gosta, e eu gosto de contar.

Hoje, aqui, agora, no papel, acho tudo absurdo, sem sentido. Penso: suficientemente latino-americano; gosta de si sem desgostar de ninguém. *A mí me gusta mucho.* Li: *'este ar era ar do meu ar... '.* Coisa de latino. Nada disso é absurdo. Latino é engraçado, intenso, conta histórias e inventa a si mesmo. (Wolf diz que não é nada disso; inveja dele).

12 de maio

Beijávamos dentro do carro estacionado em frente ao portão. Laura era macia e acanhada. Delirante e apaixonado, eu a agarrava ~~meio~~ cego e ~~completamente~~ tonto. O perfume me embriagava mais. Laura gostava de conversar; falava sobre tudo, fazia planos para nós dois e desenhava os mínimos detalhes do futuro médico. Eu. Eu ouvia com gosto e me deixava levar. Laura resolvia tudo; era (é) incansável.

Eu interrompi o beijo e liguei o carro. Ela ficou quieta, muda, eu aumentei o volume do radio. "And here's to you, Mrs. Robinson, Jesus loves you more than you will know... Wo, wo, wo... God bless you, please, Mrs. Robinson, heaven holds a place for those who pray, hey, hey, hey..." Essa canção me comove e, estupidamente, me constrange. Ainda. Ainda devo estar por aí.

Imóvel, distraída, Laura olhava os prédios fugindo da janela do carro.

Quando fechei a porta do motel, ela continuou quieta; abri a porta do carro e a puxei pela mão. Não disse palavra. Subimos uma escada e, abrindo a porta do quarto, eu a peguei nos braços e a levei para cama. Ela se assustou, não esperava aquele impulso macho. ~~Nem eu, na verdade.~~

Laura permaneceu quieta, de olhos arregalados. Comecei a tirar-lhe a roupa, ela continuou quieta; eu disse que a amava, ela não disse nada. Laura, na cama, é quieta e muda. Quieta e muda. Eu deveria conhecer os sentimentos da Laura. Deveria. Vontade de chorar.

Hoje, após o almoço, saímos juntos para o trabalho. Uma buzina aflita repetia um refrão estridente. Do outro lado da rua, a perder de vista, uma fila dobrava a esquina. Pra quê fila tão comprida? O chiado chocante de freada. Choro doído de criança atormentada. Atropelamento. Trinta segundos de sinal vermelho é muito tempo.

Laura descabelou-se porque ia se atrasar; espremeu a buzina aumentando o coro irritante. Caos de ruídos lembra-me dos infernos da minha mãe.

Laura não viu a fila, nem ouviu o choro da criança atropelada. Pela manhã, ela havia gritado e puxado o João pelos cabelos. Birrento, ele estacou dizendo que ia esperar o atrasado dela acabar. Ela queria gritar comigo e me puxar pelos cabelos. Fico mudo nos momentos de desespero dela. Penso que Laura sabe melhor de todas as coisas; penso também o contrário, penso até que gosto do desespero dela;

penso que sou um bandido.

30 de maio

"Sim. *Sitiado* era a palavra: como uma manada de erínias, de eumênides, de fúrias; como cães de Hécate, estavam aí, a toda hora, postados no *bistrot* da frente, na *tabac* da esquina, nas padarias próximas, vigiando, olhando para sua porta, esperando que ele saísse, para atirar-se sobre ele e destruí-lo, lacerá-lo, com suas ferozes exigências de dinheiro. 'Ah, o que não faria para ter os poderes de um tirano da América Latina e limpar a Rue Geoffroy L'asnier de malandros e sacripantas como em Nova Córdova havia feito o generoso amigo que agora lhe falava!'". (O recurso do método, Alejo Carpentier, pag. 85).

11 de junho:

Sentado à mesa perto da janela, eu olhava o mar de montes em verdes cinzados a perder de vista. Entre ele e os montes, uma infinidade de seres e histórias: risos, choros, nascimentos, dores, sexo, mortes, desafinos e harmonias. A infinitude. De longe, da janela, eu me ponho a imaginar. Perto de mim, alguém conta uma história que não ouço. Imagino: 'é preciso reinventar o tempo' e me repito: nasci em meados do século XX. O que significa isso? Talvez signifique ser prisioneiro. Falta de sentido. A vida se revela na falta de sentido. Penso outra vez: 'reinventar sentidos e reencontrar o tempo'.

O homem conta a história de uma insônia e eu volto a uma cozinha antiga onde se contavam histórias. A geladeira azul contrasta com o fogo vermelho na fornalha a lenha; tudo cheira a limpeza e a aconchego. Abrigo seguro. De repente, a mistura 'azul e vermelho' revira meu estômago e destrói o abrigo seguro. Estou tonto. Emerge um pensamento: esconderijo de bruxas. O fogo crepita na fornalha diametral à geladeira. Sentado no chão, atravessando o caminho da minha mãe, sou o guardião do fogo e do gelo, ao mesmo tempo. Fogo e gelo. Trago inscrito em minha barriga, em transverso, o enigma em vermelho e azul. Fogo e gelo. Penso tal insensatez.

O amarelo de Lóri trouxe-me trégua. Penso tal insensatez e me sinto melhor. Hoje, gosto de tardes amarelo-azuis e de montes verde-cinzados. 'Pensamentos embaraçados, gelo na barriga e fogo no peito'. Talvez seja um autorretrato.

Esqueci-me da história da insônia do homem sentado diante de mim.

16 de junho:

Ouço um jovem que parece um homem muito velho. Tem rugas em torno de olhos sem brilho e narinas abertas como cavernas aflitas. A voz desafinada se esforça para escapar da garganta apertada. O homem está sendo esganado.

Usa a estúpida roupa do hospital com um carimbo no peito. Penso que o jovem tem mil anos de idade e que o conheci em Auschwitz. Há séculos, ~~parece-me,~~ Lóri disse: 'eu a conheci em Auschwitz', apontando para Zen, a louca. Lóri viveu magnetizada muito tempo pela palavra 'Auschwitz'. Impossível pronunciar, mais impossível imaginar. Éramos duas crianças órfãs perdidas no mundo. Eu e Lóri. Acabei de pensar isso. Adotamos *'conheci em Auschwitz'* para encontros indecifráveis. Isso não tem sentido para ninguém; aliás, só falamos assim entre nós. Nós. Primeiro eu, Lóri e Pedro. Depois, eu, Lóri, Pedro, Wolf, Malu, Laura... ~~É confuso. É muito confuso.~~

É doído. Distâncias e inexplicações me desorientam (Lóri inventa palavras para não se perder; e se explicar). Não sei o que Laura e Malu pensam sobre 'conheci em Auschwitz'; Wolf se aborrece; fica puto. Diz que não sabemos de nada; ~~sei~~ penso que sabemos, talvez mais que ele. Nele, dói demais da conta. Encontros indecifráveis me atordoam. Às vezes, Wolf se parece comigo, mas Wolf não esperneia.

A resistência de Lóri à dor. Põe o dedo na própria ferida e observa. Falei sobre isso com ela, quis fazer piada: 'é meu jeito de masturbar'. Mulheres não falam em masturbação e etc. Estou errado; Lóri é uma mulher. ~~Devo ser machista.~~

Olhei novamente para o jovem vindo de Auschwitz e perguntei-me o porquê de nossa teimosia. O jovem disse que é insone desde a infância. Pensei: 'ele está na infância' e a palavra infância levou-me para a adolescência.

Criei um caderno de contabilidade no tempo do colégio, tempo de amor por uma menina de uniforme marrom. A menina surgiu dentro do ônibus com livros nos braços e cabeça baixa. Eu me apaixonei. Comecei a registrar, num caderno de capa dura, carinhos possíveis, beijos molhados, saudades e promessas. A contabilidade não fechava. A menina dizia que importante era o quadrado da hipotenusa, Pitágoras resolvia todos os problemas. 'Pitágoras calcula distâncias e elimina diferenças', dizia ela. Mantive meu caderno de contas e a menina escolheu um homem bom em geometria.

Fiquei sozinho com livros cheios de sinais em todas as direções. Não segui nenhuma e não me livrei do caderno de contas. Não formulei o significado preciso de 'contabilidade', nem de 'Auschwitz'. Não existe significado preciso, eu sei. Mas não acredito.

18 de junho

Tenho de ouvir, mas não ouço: 'os problemas causados pela sua mãe não têm solução'. É certo, nem todos os problemas têm solução; muitos não requerem solução, e isso não me ajuda. Ou melhor, solução é somente uma das respostas possíveis. Preciso ouvir, mas não ouço.

Retas paralelas se encontram no infinito, só no infinito existe o coincidente. Sou eu novamente embaraçado no infinito. Lembro-me das histórias do pai de Wolf; enigmas, oráculos e adivinhações que Wolf, às vezes, deixa escapar. Histórias de guerra.

Debrucei-me sobre a ideia de testemunho e não compreendi nada. Lembro-me de que nunca mais tive notícias da minha mãe. E de que tenho náuseas quando me deparo com paralelas, infinito e inexplicações.

Saudades de Lóri.

A tristeza é um abismo magnético. Estou copiando febrilmente para resistir ao magnetismo. Não sei escrever, eu gosto de copiar. Não quero aborrecer meus amigos.

'Será que não durmo por causa de um trauma de infância, doutor?' 'Pode ser'. O homem insone começa a chorar. Penso que os homens confundem espaço e tempo (as mulheres... Pedro faria uma piada, eu não consigo fazer piadas). Estou à espera do século XXI. Ou de um jardim que visitei em sonhos na noite de ontem.

Wolf disse que a partir um ponto pode-se conquistar o mundo. Queria acreditar nisso e livrar-me da mãe, de ser filho da mãe. Penso: não tenho nenhum ponto. De repente, eu ouço: 'escuta, escuta, o céu está piscando... Vai chover bonito'. É a amorosa palavra do meu pai. Não quero livrar-me da lembrança do meu pai. Mas repenso: preciso livrá-lo de mim. Antes, porém, preciso distinguir: pai, mãe, contabilidade, infinito, dicionários, vida. Eis a equação. A morte. Não sei como essas coisas se relacionam. Essas coisas se relacionam com a morte.

19 de junho

Andamos de bicicleta pelas trilhas da fazenda; eu e as crianças. Paramos na margem do lago e pescamos. Rimos. Não preciso de mais, as crianças bastam. ~~Eu me sinto egoísta~~ ~~(sou egoísta).~~ Eu queria congelar a vida naquele momento: eu e as crianças pescando no lago na fazenda. Não preciso escrever livro nenhum.

22 de julho

Estou de plantão. Uma mulher velha, muito velha, falava do ódio que sente dos homens, da brutalidade dos homens e da infelicidade das mulheres. Pensei no ódio que sinto pelas mulheres e, ao mesmo tempo, na vergonha de sentir ódio, pensei tudo junto. Pensei no amor que sinto pelos homens.

Penso demais. A mulher continuou: o peso da maternidade, a injustiça com a mulher, com todas as mulheres, as mulheres vítimas dos homens e da história. A mulher não falava de si, falava dos outros, só dos outros, e eu pensei em mim mesmo.

Não sei se pensei ou se ouvi a história das mulheres vítimas. Não posso ter pensado porque penso o contrário: os homens são vítimas das mulheres, é o que eu penso. Penso também que é um completo absurdo, ninguém é vítima de ninguém. É lógico.

A mulher disse que estava deprimida, que tinha vontade de se matar, mas não tinha coragem. Ridículo. Nunca pensei em me matar. Na verdade, penso que não há diferença em estar vivo ou morto. Que diferença haveria?

Desde que Pedro voltou, estou me distanciando dos amigos. Esquisito escrever tal coisa, ~~pois~~ ~~pois~~ temos nos encontrado sempre. Todos estão bem. Estão bem.

25 de agosto

Entendi que não escreverei livro nenhum; estou melhor. Fiquei ~~feliz~~ aliviado – 'não preciso escrever nenhum livro' – e quero escrever sobre a infância. O começo da vida é mágico: a mãe é dona de tudo. Palavras de mãe são mágicas. Lembro-me da minha mãe e vejo a Laura. Aconteça o que acontecer, tudo gira em torno das mães. Não estou convencido disso. Digo melhor: mágico faz qualquer coisa parecer verdade. Desisto.

27 de agosto

Na magia tudo se cala. As coisas simplesmente acontecem; a magia não existe, ela é. Noutras palavras: mãe não existe, mãe é. Um dia, o mágico vai embora. A gente só começa a existir quando a mãe vai embora. Faz sentido. Se o mágico for fada madrinha, fica tudo bem, novas fadas aparecem no mundo. Se o mágico for uma bruxa má... Nesse caso, ele não vai embora nunca, e nada existe, tudo é.

31 de agosto

Plantão.

Uma mulher fala de uma melancolia infinita, a voz chega de um lugar distante. Melancolia é um jorro de palavras moles, sem osso, escapando de um subterrâneo seco.

Fada madrinha vai embora; mas a magia fica. Bruxa má não vai embora. Nunca vai, fica com a magia negra e tudo o mais. Hora em que a morte fica. Existem várias mortes? Talvez seja impossível desvencilhar-se disso.

Estou confuso. Não sei se falo de mim, dos meus filhos, da mulher melancólica que odeia os homens ou se estou inventando histórias de dicionário para resolver os truques da minha mãe.

Meu nome foi escolhido por meu pai; é grego, significa 'coroado'. Nome do primeiro mártir do cristianismo e tem algo a ver com epifania. É um nome complicado e não quero pensar sobre isso. Gosto do meu nome.

01 de setembro:

'Não se engane, nós te amamos'. Palavras de Wolf que chegaram como bofetadas. Algo subterrâneo entre nós. Lóri diz que eu estou muito chato; Pedro tem mais paciência e me pede para relaxar. Wolf não se altera. Perdi alguma coisa; não sei do que se trata. Acredito no amor do meu pai e na magia negra da minha mãe. Eu não existo propriamente. ~~Penso isso.~~ Talvez eu não saiba viver sem horror; talvez eu precise de ~~poções~~ porções de conflitos para viver. Não sei discernir amor e desamor. Posso ser ridículo assim. ~~Poções mágicas.~~

12 de setembro

Novos conflitos com Laura. Considerações mal feitas, culpas, ambivalência, palavras soltas. Nossa vida sexual: por que sinto que há sempre um estupro? Um saco essa reverberação viscosa.

14 de setembro

Há um estupro.

Talvez eu seja uma criança mimada; talvez Wolf tenha razão. Sinto raiva. Como um homem abandonado pela mãe pode ser uma criança mimada? Agora, escrevendo dessa maneira, faz sentido. Talvez eu me esqueça de que já sou um homem. Laura também é uma criança mimada.

~~Uma criança mimada pode ser uma criança lutando pelo direito de ser criança; talvez essa criança nunca desista de seu direito, mesmo sendo um adulto, a criança fica. Uma burrice. Mas leva-se uma vida nisso. Nada a ver.~~

15 de setembro:

Laura é mulher sofrida. Ontem, ela falou durante três horas; sem vírgula, ponto nem reticências. Atacou-me por trinta minutos e pelos trinta minutos seguintes defendeu-se. Depois, fez planos para o futuro. Examinou hipóteses, premissas, projetos, possibilidades e probabilidades. Sem interrogações nem exclamações. Sem fôlego. Só certezas. E eu, mudo. Pobre Laura. Ela pensa que, depois do desabafo, está tudo bem e, a bem da verdade, eu nem sei qual era o problema. Horror de mim e compaixão da Laura. ~~Não sou um bom marido.~~

16 de setembro:

Dificuldades para distinguir humanidade e desumanidade (meu pai não pode sonhar que escrevo esse absurdo).

Para Wolf sentir pena de alguém é uma defesa; pena é medo do ódio. Explicação de Wolf: 'se você não aceitar o ódio, sentirá pena, pena é maneira dissimulada de destruir o outro'. Entendo. Só não aceito. Não perdoo a minha mãe; tenho pena de mim; tenho medo do ódio. Dói o ódio que eu sinto. Dói. Preciso de ajuda.

Soou engraçado. Devo considerar com vagar: pre-ci-so-de-a-ju-da. Arrisco? Lóri? Não arrisco. Ela não sente ódio.

18 de setembro:

Estávamos bêbados e desandei a falar: encontrei a tristeza nos olhos dela quando abri os olhos e ela, deitada do meu lado, vigiava meu sono. Aquela tristeza era minha tristeza, marca da minha alma. A tristeza dos olhos dela era minha: momento pleno da minha vida.

Eu abri os olhos e ela estava ali; a cabeça sobre o braço dobrado, os cabelos soltos sobre o travesseiro e a minha tristeza nos olhos dela. Mais nada. Exatamente isso: olhos tristes, olhos meus, iguais aos meus. Ela sorria.

Eu vi os meus olhos nos olhos de Lóri quando dormimos juntos. Estávamos cansados, exaustos. Eu, de mim mesmo. Ela, eu acho, cansada de mim. Naquela noite dormimos abraçados, mutuamente amparados.

Pedro e Wolf rosnaram simultaneamente. Desconsiderei. Meus silêncios e desabafos acontecem em horas erradas. O certo é que eles grunhiam e eu continuei falando. Estávamos, eu e Lóri, num entendimento tão absoluto que só queríamos dormir. Quem sabe morrer? Não morremos. Pelo contrário, acordamos descansados e resignados às imperiosas ordens da vida. Tomamos café, Lóri regou as plantas, eu lavei a louça e saímos. Cada um para o seu trabalho. Estava tudo bem.

Wolf riu entre dentes e, abusado, repetiu que, segundo os cânones vigentes, eu sou uma mulher perfeita, aquela que só diz sim. Não entendi, não quero entender, mas dei risada, gosto disso, gosto de rir quando não entendo nada.

Pedro ficou calado, sério. Depois me perguntou se, quando saímos pela manhã, Lóri não havia dito nada. Lembrei-me: ela disse que tenho uma inocente alma sensual; e que me ama. Disse também que alma é questão de escolha; escolha diária. Todo dia, a cada dia.

Não me conformo; não aceito vida tão trabalhosa, tanta responsabilidade. Lóri me repreendeu; disse que tanta teimosia ainda vai acabar comigo. Disso - da teimosia e censura de Lóri - eu não falei. Contei da inocente alma sensual e que ela me ama.

Bebemos muito. Calados e introspectivos.

Bastava - estou pensando agora - que eu ~~aceitasse~~ escolhesse uma inocente alma sensual, mas não escolho, o ódio é maior. Não encontro meu corpo. Como posso escolher uma alma?

20 de setembro

Ontem, ouvimos Aretha Franklin, Amazing Grace, muitas vezes. Presente do Pedro para Lóri. Ela chora copiosamente ouvindo Amazing Grace. Pedro também. Wolf parece encantado. Não sei o que perdi. Antes, antigamente, eu chorava.

21 de setembro:

Em cada mulher existem no mínimo duas. Laura e Malu são exceções, não se multiplicam, são sempre iguais.

Casei-me apaixonado com a irrefutável lucidez de Laura; com o tempo, agora, escrevendo, aqui, tantos anos depois, tudo mudou, sou assombrado com o que é estável.

Tentei conversar com Pedro sobre seguranças e estabilidades. É certo que ouvimos à exaustão: 'primeiro, ter estabilidade; é preciso buscar estabilidade'. Fiquei falando sozinho; Pedro não abriu a boca e ficou triste. Malu é a pessoa mais previsível do mundo. Na adolescência, diante de qualquer obviedade, dizíamos: 'como dirá a Malu... '. Éramos cruéis; éramos.

22 de setembro

Lóri é o contrário; folha ao vento, tranquila, não se ocupa com coerências. Mas Lóri é sempre uma folha ao vento; então, Lóri também é estável. Leve, fresca e voa. Sempre. Acho que Lóri não é uma mulher; é uma imaginação; quer e gosta de ser imaginação. Ao lado dela, eu me sinto um homem bom. Nem Lóri, nem meu pai, podem me salvar.

23 de setembro

Que merda. Estou louco ~~e, talvez,~~ perdidamente apaixonado pela Lóri. Eu me sinto horrível. A intimidade com Lóri é um mergulho na infinitude. Na paz. Eu lhe disse isso. Ela não respondeu. Vou direto ao assunto: o sonho da noite passada.

Eu estava incomodado, fisicamente mal. Uma chuva forte havia; ninguém se importava comigo, nem com a chuva. Eu queria manter a elegância, era fundamental e, no caso, elegância significava não me queixar. Pensei na confusão entre elegância e indiferença (pensei no sonho). Alguém disse: 'é injusto pagar' e dirigindo-se a mim: 'você não fez o trabalho e eu vou pagar... '. Pensei: 'contradição!' Absurdo: o trabalho estava feito, não era reconhecido, mas se pagava! Alguém estava mentindo.

Eu trabalhava muito; tinha um chefe. Vi as mãos dele colocando o meu dinheiro no próprio bolso, que já estava cheio de notas verdes. Fiquei quieto como se não tivesse visto nada, mas, como era impossível que eu não tivesse visto tudo, a verdade é que deixei que a mentira prevalecesse. É confuso mesmo.

Apareceram crianças. Elas eram dali, do redor. Meu trabalho acontecia numa casa bacana e as pessoas, donas da casa, viviam amontoadas e miseráveis em casebres escuros em torno da casa. Uma criança começou a chorar; estava doente. Era uma menina bonita, de cabelos louros e olhos azuis. Peguei a criança no colo e ela começou a vomitar. Procurei pelos pais e dizendo 'está tudo bem' – eu mentia novamente - vi que a criança estava entupida de fezes; a barriga estava para estourar. Fiquei desesperado. A criança falou com voz de adulto: 'Eu já vomitei três vezes, é desagradabilíssimo, isso não é só um mal estar'. Ela falou desagradabilíssimo, como Lóri gosta de falar.

Preferi não ouvir. Saí da casa carregando a criança, entrei numa espécie de gueto e encontrei o casebre dos pais. Uma multidão de pais, avós, filhos, netos, tios e primos. Eu distribuí conselhos e meu desespero aumentou. Senti infinita compaixão pelas crianças. Dei as costas, queria retornar ao trabalho na casa bacana, mas atravessei a porta do casebre, e me vi diante de um longo caminho estreito que atravessava uma floresta e seguia até um horizonte distante. Fiquei mais triste; comecei a caminhar, dizendo-me que eu gostava de caminhar e que era a única maneira de voltar ao trabalho. Eu mentia descaradamente.

Nuvens começaram a se reunir como se reuniram à janela do meu quarto na infância. As nuvens tomavam a forma do próprio deus que me censurava. Agora, entretanto, no sonho, eu disse: 'não sou mais criança' e continuei andando descontente com a distância absurda que se abria diante de mim. Logo, se me impôs uma legião de deuses. Tentei ser irônico, lembro-me disso, mas não consegui. Trovejou um trovão. Com triunfantes ares:

- O fato é que sua mãe te odeia e não tem importância se ela sabe disso ou não. Fato é fato.

Trêmulo e ousado, procurei pelo trovão. Vi a nuvem-deus e, pelo bigodão, achei que era Nietzsche. Pensei: 'esse cara sempre foi um arrogante', mas outro deus, entre as nuvens, trovejou:

- Posso listar os fatos.

Olhei enfezado, irado, pronto para explodir e, reparando bem, entrevi muitos deuses nas nuvens. Vi Descartes, Kant, Hegel, Marx, Freud, vi também Einstein, não me lembro de quem mais, eram muitos. Todos começaram a trovejar ao mesmo tempo. 'Que putaria!', pensei eu, e berrei:

- Pois quero os fatos!

E os fatos começaram a chover:

- A sua mãe te odeia, a sua mãe te odeia, a sua mãe te odeia...

Era a canção da chuva nas pedras do caminho, nas folhagens da mata, nas ondas do vento. Eu caminhava e sentia a chuva na pele; eu caminhava e avançava, mas o horizonte estava cada vez mais distante. Trovejava, ventava, relampejava, e choviam os fatos. Totalmente enfezado, repetindo que eu não era mais criança, decidi que era hora de resolver a questão dos fatos fundamentais. Entre raios me partam e vocês vão todos à merda, vociferei:

- Prefiro um corpo celeste mais digno!

Trovejou:

- Por exemplo?

Explodi:

- Sem mãe!

Ouvi gargalhadas. Indignado, resolvi acabar com a palhaçada e sentei-me à beira do caminho. Ordenei que se fizesse sol e pensei: 'que merda de trabalho é esse?'.

Vi que ali, à beira do caminho, era um bom lugar para nascer. Mas, lembrando-me de que nascer é mero começo, decidi: 'melhor começo é facilitar o inevitável fim; tenho muito trabalho pela frente, trata-se de escrita de outra ordem' e, ao pensar assim, o cenário mudou. Havia um tecido macio, em vários tons de vermelho. Havia uma mulher ao meu lado, à esquerda. Ou talvez, à minha frente; ou, quem sabe, sobre mim. Senti, com indizível alegria, que aquela mulher era a escrita de outra ordem. As palavras: leveza, canto, espanhola, flor, dança, graça, delicadeza, cor, paz e alegria existiam. Palavras da mulher. Havia uma mulher comigo.

Acordei com pena de acordar.

O silêncio não existe. ~~Deve~~ precisa ser inventado sempre. Em relação a. Quero pensar a questão da latinidade. Ser latino. Isso faz sentido?

24 de setembro:

Dei de sonhar. Quero dormir para sonhar mais.

Sonhei que a vida é caminhada sobre um fio. Sem solo e sem rede. Pensei: 'coisa de Lóri'. Ela sorriu dizendo: 'Hoje há música e perdão, vamos para Abu Dhabi'.

Coisa improvável de Lóri dizer, vale dizer. ~~Lóri não gosta de viajar.~~ Eu disse que não queria ir, preferia dormir, mas Abu Dhabi já brilhava entre meus cílios e, por mais esforço que eu fizesse, as pálpebras não me obedeciam. Luzes, em consistente paz, me envolveram.

Corri em disparada sobre o tal fio e percebi que eu corria diretamente para o meu passado. Revi tudo durante a corrida. Concluí: 'tenho motivos para sentir saudades'.

Naquele momento, eu realmente gostava de mim, tudo era perdão. Cheia de carinho, Lóri chegou para me beijar. Disse: 'um presente por dia, todo dia, a cada dia'.

Às vezes, é muito difícil acordar.

08 de outubro

'Penso na morte, como sempre que me desperto. Mas já não tenho medo da morte. Vou recebê-la de pé, firme, embora perceba, há muito tempo, que a morte não é combate nem agon – mera literatura, senão entrega de armas, vencimento aceito, ânsias de sono para burlar uma dor sempre possível, sempre ameaçante, com acompanhamento de agulhas hipodérmicas, seu martírio de Sebastião – corpo furado e refurado -, a chegada de drogas ao olfato, uma saliva de areia e a sinistra chegada dos balões de oxigênio, tão anunciadores do fim quanto os óleos da extrema-unção. Tudo o que peço é poder dormir sem padecimentos físicos – embora me foda pensar no bando de cabrões que, lá, ficarão alegres ao receber a notícia da minha morte. De qualquer forma, para que fique na História, devo pronunciar uma frase na hora em que me leve a danada. Uma frase. Eu a li nas páginas rosadas do Pequeno Larousse: Acta est fabula". (O recurso do método, Alejo Carpentier, pag. 312)

Primeiro, eu fui para a França, depois me envolvi com a guerrilha urbana, de onde fui diretamente para um trabalho social no interior de Minas. Encontrei essa anotação numa gaveta, ~~não reconheço.~~ Alguma verdade subterrânea.

Acta est fabula.

18 de outubro

Mil anos se passaram e ele volta à mesma janela, ao pôr do sol, à estrela vespertina. Ainda lá. O sol se foi, a noite chegou, a cidade se acendeu e a estrela também. E mil anos depois, o dia nasceu, a cidade se apagou e a estrela ainda lá, em pleno sol. Mil anos de equívocos. Uma noite milenar de equívocos.

O despertador tocou a primeira vez e ele resmungou. Virou para o lado e dormiu. Ou quis dormir, talvez sonhar, mas lhe veio o pensamento: 'de ilusões vive o homem'. E em seguida: 'sou um mentiroso', e logo depois: 'Meu Deus, de novo apaixonado!'.

E reviu aqueles olhos de mar, às vezes verde-azuis, outras da cor do pôr do sol sobre o mar, sim, assim, molhados, brilhantes, ouros velhos.

E assim, meio dormindo, meio acordado, agarrado à cama com unhas e dentes, sonhou que chegava de mansinho por trás da poltrona, onde ela, distraída, cochilava e, debruçando sobre os seus ombros, sussurrou – ninguém podia ouvir – ele sabia que estavam ali sozinhos, mas o amor era segredo. 'Diga que me ama' – e ela, virando o pescoço, aqueles olhos sorrindo, profundos verdes-azuis, disse: 'venha aqui, eu te amo' e, com o peito em chamas, ele foi.

O sonho saltou. E, agora, ele se viu sufocado pelo trabalho, exausto e, ao mesmo tempo, enjoado de tudo, com um demônio soprando dentro da cabeça: 'como aceitar gastar os melhores anos, preso numa universidade, só para aprender a mentir?'.

Sentiu-se medíocre, exausto de não ser ninguém. Decidiu reagir. Mas, antes disso, ela voltou, em pleno horário de trabalho e ele, sentindo-se trêmulo, cheio de frio na barriga, vacilava, enquanto ela caminhava devagar e diretamente para ele.

Ela chegou, envolvendo-o pela cintura, arranhando-lhe o pescoço, sussurrando com aquele jeito manhoso: 'adoro essa linda barba de dois dias', 'me dá um beijo', e ele, 'ah, dou, sim, dou, dou um monte de beijo'. Esse beijo bom e eterno. Quente e macio. Beijo só seu. Ou melhor, só meu.

Talvez, um dia, quem sabe, eu escreva.

18 de outubro (fim de tarde)

Camadas de sentido; camadas do sentido. *Mantenha seu temor, e nele envelhecerás'.* Sinto-me estúpido.

Passei o dia puto comigo mesmo e, ao mesmo tempo, estranhamente feliz. Repeti, várias vezes, a debochada gargalhada do Pedro: 'bananas para o Freud'. Bom de dizer: 'bananas para o Freud'.

Encontrei num pedaço de papel: Epônimo/ Despectivo/ Perempção/ Bovarismo/. Estudar a expressão 'por suposto' no sentido de verdade inverificável. Por suposto, eu não estudei.

23 de outubro:

Disse ao psicanalista que não contarei nenhum sonho; ficou calado, naturalmente. ~~Sou o próprio idiota no mais vezes. Duplamente idiota.~~

A cidade está silenciosa e vermelha. Melhor: o mundo se constitui em tons de vermelho. Explico: não eram vermelhas as coisas, nem existiam coisas; o mundo era a cor vermelha em tons diversos; a vida era paz e insinuação. Gosto de pensar numa vida que é só insinuação (disparatadas ideias de Lóri).

Eu perambulo pela cidade - não por ruas e esquinas -, perambulo como quem voa sobre uma cidade, pois me vejo entre telhados, torres e nuvens. Entretanto, me sinto com os pés bem plantados no chão.

Feliz e flutuante, eu não penso: voo, contemplo e gozo. Eu a encontro sorrindo, também perambulando, também feliz, voando com os pés no chão. Entendemo-nos sem palavras, como sempre. Melhor aqui e agora, naquele momento, quando nem palavras existiam, somente cores havia.

Ela está linda e em paz: saia longa de seda, em babados, em azuis; profundo azul entre os vermelhos do eterno pôr do sol da cidade de três mil anos. Está magra – como sempre. Descalça, cabelos curtos, quase raspados, e uma ternura infinita. Sentimos, ao mesmo tempo, o aroma e a brisa de um mar que não se via.

Caminhamos voando pela cidade aparente paraíso. Existe uma casa de flores vermelhas. Logo, ela me aparece sorrindo, mergulhada numa banheira aquecida, coberta de espumas perfumadas. Brinca, em silêncio, com bolinhas de sabão.

Eu me sento na enorme janela de flores, balanço as pernas como se estivesse nas nuvens e sou decidido como um arcanjo. Brinco com o obediente sol que avermelha tudo.

Sirvo uma comida colorida que saboreamos devagar. A vida é de silêncios e a alegria é pura.

Aparecem duas mocinhas vestidas de flores que nos convidam para passear. Aparentemente é convite; na verdade, tem força de intimação.

Quebrou-se o encontro; agora, tudo é desconforto, sinto-me atrapalhado, não consigo encontrar roupa adequada para passeio e Lóri me tranquiliza. Parece resignada e, paciente, mostra-me a roupa certa. É azul suave.

Lá fora, o mundo continua em vermelho. As mocinhas, como um comentário banal, dizem, em coro, que estamos mortos. Ficamos contentes, como se tudo se esclarecesse e sorrimos.

Chegamos aos portões da cidade e, subitamente, tudo é azul; não há mais vermelho. Estou feliz. Lóri também. Fico comovido: ela é muito jovem, quase criança, e tem a serena expressão de um velho sábio. Com movimentos leves e lentos, ela me aquece num abraço que é um belo sorriso.

Estamos dentro de densa bruma azul marinho e aparecem crianças que agitam meu coração. As duas mocinhas dizem: 'são seus filhos'; eu os vejo transformados em pequenos demônios cínicos lutando ferozmente por pedaços do meu coração. Avidamente elas devoram grandes pedaços ensanguentados. As crianças são muitas e meu coração é imenso. Fraquejo, estremeço e, pela primeira vez, Lóri sussurra: 'esperaremos'.

Eu me acalmo e esperamos aquele inferno passar. Passou. Recomeçamos a caminhada.

O azul suaviza e, adiante, entre claras névoas azuladas, surgem adolescentes surdos e frios. Estão armados com paus, pedras e palavrões e, às cegas, começam a atirar em nós. Não há mais silêncio, o barulho é ensurdecedor, infernal. As mocinhas repetem: 'são seus filhos'. Minha cabeça é confusão, lembro-me de que é impossível morrer – já estamos mortos - e meu cérebro anoitece. Não sei explicar. É assim: meu cérebro anoitece. Novamente, o sereno sorriso de Lóri me tranquiliza e ela murmura: 'esperaremos'. Meu coração ritma em ritmo de blues.

Os adolescentes desaparecem entre as névoas. Vencemos mais uma vez.

Continuamos avançando entre azuis que vão se clareando silenciosamente até que tudo se torna branco.

Estamos à beira mar e o mar é silencioso. Ondas vêm beijar nossos pés sobre uma areia-açúcar. As mocinhas se despedem sorrindo e caminham mar adentro. Desaparecem.

Acordei, é de manhã. Um sol suave atravessa a cortina branca e amarela o quarto.

Impossível sair da cama até a tarde, quase noite.

27 de outubro

Amanheci cansado e triste.

Eu tinha quatros anos quando acompanhei minha mãe ao quintal, numa noite negra e relampejante, para que ela recolhesse as roupas no varal antes da tempestade. Ela sentia medo. Única lembrança de uma mãe ordinariamente humana.

Vejo-me eternamente a esperar por minha mãe: viajou para o Rio de Janeiro, falou que eu ficasse bonzinho, que voltava logo, que me traria presentes. Não voltou logo e, quando voltou, não havia presente. O tempo desandou, agigantou, apequenou, parou e, finalmente, dissipou sua imagem. Só minha espera continuou.

Esperei quando uma bomba irrompeu na rua, no meio do meu caminho e a polícia me espancou. Quando a dor me explodiu a cabeça e eu só queria gritar 'mãe!'. Esperei quando, na noite de natal, a ceia ficou posta e vieram apenas as doze badaladas da meia noite. Esperei quando fiz trinta anos tal como fizera quinze: sozinho. A espera foi inimiga e, depois, companhia.

Uma noite, no cinema, a espera tornou-se medo: tomou forma de '*O EXORCISTA*' e nunca mais foi embora. Eu não esperava nada: levava o medo sempre comigo. Para sempre confundido: não sei se sinto é medo do demônio ou medo que o demônio desapareça. O que viria no lugar do demônio?

~~Tornei-me indecifrável equação para mim mesmo.~~

Tenho três amigos a quem ~~me~~ amo profundamente, uma mulher corajosa embora me considere um bobalhão piegas, três filhos lindos e um pai verdadeiro. E não me basta. É um absurdo.

O que disse Lacan? O sujeito evanescente. Essa minha idiotice lacaniana é mera tentativa de consolo. A medicina, a religião e a filosofia também. Vacilo quando tento escrever poesia.

Penso que, na arte, não há consolo, mas fim. E ~~quase~~ tudo parece desculpa para escapar do pensamento verdadeiro. A morte. A morte. A morte. Lembro-me dos amigos. Mas a morte... Do pai, dos filhos, das mulheres... Mas a morte.

05 de novembro

Dezenove horas. Sempre sobra trabalho do dia para o plantonista da noite. Existem muitas razões para acúmulo de trabalho, mas me ressinto do acúmulo por ~~mera hostilidade~~ pura rivalidade entre colegas. Laura diz que sou rancoroso. Reconheço.

O século XX acabou com as 'vocações'; só existem 'trabalhos competitivos', se não forem competições não importam. Dizem-me ingênuo, melindroso e simplório por desgostar-me disso tudo. Penso que nessas condições não é preciso trabalhar, basta simular trabalho, inventar resultados. Se fosse vocação, não haveria ranking. Penso assim, e fico ~~aflito~~ nervoso.

Competição é coisa interminável e estéril; trabalho interminável e estéril é indignidade, e a medicina tornou-se o trabalho mais cruel da perversa modernidade. Meu discurso sobre a medicina é magoado, exaltado, amargo, triste, irritante e incompreendido. Não quero fazer mais nenhum discurso sobre a globalização estúpida. Preciso perder a esperança. ~~Que frase absurda!~~ Na adolescência, esperança e teimosia se confundem. Não sou tão jovem. Posso contar cinco mil e uma histórias verdadeiras.

Lembro-me da Silvia. Ela não se chamava assim; nunca se soube seu nome, ou qualquer outra coisa que fosse indiscutivelmente dela. Decidi chamá-la assim, não me recordo o porquê. Era bonita, uma mulher saudável ~~— que estou dizendo? —~~ de olhos negros, dentes grandes e brancos, pele negra e farto cabelo crespo. Uns vinte anos. Trazida pela polícia, encontrada na rua, seminua, na chuva, atrapalhando o trânsito: era o que estava escrito no registro de entrada. Recusava-se a falar. Não reagia nem se agredida.

Algumas vezes, foi encontrada sangrando e quieta. Não dizia palavra. Quieta. Sentada. Deitada. Comendo. Tomando banho. Engolindo pílulas. Ela não ia ao banheiro, mas evacuava e urinava quando lhe mandavam ir ao banheiro. E dormia quando lhe mandavam dormir. Sílvia era a obediência. Ditava-se e ela executava.

Eu a visitei três vezes por semana durante cincos anos e ela nunca tomou nenhuma iniciativa. Eu mandava chamá-la, ela vinha; mandava sentar, ela se sentava; perguntava como se sentia – ou outra coisa qualquer -, ela não respondia. Eu esperava, ela também. Eu desistia e a mandava sair; ela saía.

Silvia não olhava para ninguém. Fixava o horizonte e carregava o corpo com altivez. Caminhava como uma rainha. Quando se sentava, sentava-se como rainha.

Certa manhã, eu cheguei exausto, desolado, infeliz e raivoso. Mandei chamá-la. Estava decidido a fazê-la reagir. Custasse o que me custasse. Quando ela chegou, com elegância de manequim, fixando o horizonte, indiferente, aguardando a próxima ordem, desabei. Chorei, falei aos borbotões, vomitei dores e lamúrias. Ela não se moveu. Berrei que queria ir embora e que não sabia aonde ir.

Nesse momento, Silvia levantou-se e saiu.

Fiquei paralisado por segundos. Então, corri atrás dela, chamei, gritei, ordenei. Ela continuou andando e voltou para sua cama; deitou-se na posição de sempre, em decúbito dorsal, fixou os olhos no teto e se imobilizou. Passei o dia vigiando-a, chamando e me desculpando. Ela não se moveu. À noite, trouxeram-lhe as pílulas e ela as engoliu. Sílvia adormeceu, eu não. Pela manhã, ela abriu os olhos, mas não se moveu. Eu disse 'bom dia'. Não me respondeu. Eu disse:

'como vai?' Não respondeu. Eu disse: 'venha comigo'. Ela me acompanhou.

Fiquei desesperado e mandei que ela voltasse para o quarto. Ela voltou.

Não voltei a esse trabalho.

05 de dezembro

João Francisco foi atropelado por um caminhão dirigido por um homem bêbado. Meu pai deixou-me dormir no colo dele. Laura está em choque; hospitalizada; não fala com ninguém; melhor, só fala com Malu. Que não fala comigo. João foi

18 de dezembro

Não durmo há dias. Antônio e Davi tentam cuidar de mim. Meu pai também. Todo mundo quer cuidar de mim.

Vejo o mundo, ouço o mundo e sinto ódio. Não quero ver Wolf, nem Pedro, tampouco Lóri. Tenho horror do olhar deles. Lóri chora muito. Malu não sai de perto de Laura. Laura maltrata todo mundo que se aproxima dela, não quer sair do hospital.

Quero o colo do meu pai. Que me diz que vai ficar tudo bem. Vejo Antônio e Davi: fico apavorado. Meus filhos. E João

24 de dezembro

Uma data absurda. Peguei as crianças e fomos para a fazenda. Finalmente, Pedro, Lóri e Wolf concordaram em deixar-me sozinho. Fizeram discursos, eu disse 'não' e 'não'. Sinto-me um sujeito mau e quero ser cruel. É pura verdade.

Eu e os meninos passando horas olhando as estrelas; falam sobre o João; repetem histórias: do atropelamento, do céu, da doença da mãe, da felicidade futura. Eu ouço.

Laura continua no hospital; não quer ver ninguém. Contam-me que ela se agita e, muitas vezes, precisa ser contida. Os meninos ~~aparentemente~~ aceitaram: 'mamãe ficou doente, mas vai ficar boa logo logo'.

A vida é uma idiotice. Eu quero morrer. A morte é uma idiotice.

31 de dezembro

Continuo com as crianças na fazenda. Recuso visitas.

Laura saiu do hospital; mandou dizer que vai voltar ao trabalho imediatamente. Não compreendo. A última coisa que penso é em voltar ao trabalho. Sonhei com o João; mas não sei o que sonhei. Meu pai está bravo comigo. Eu não quero ver ninguém. Queria conversar com Laura, ela se recusa.

05 de janeiro:

Meu pai veio contra minha vontade. Sentou-se e me mandou ficar calado; disse que não era uma conversa. Olhou-me com aqueles enormes e perplexos olhos azuis e disse que estava cansado da minha estupidez. Esgotado com minha teimosia e desrespeito. Eu o deixo envergonhado. Disse que o céu está azul e os ventos continuam soprando.

Que é preciso merecer a vida. Levantou-se e saiu. Fiquei paralisado. Estou apavorado; tenho medo que ele vá embora.

Ele não entende que eu gostaria de ser como ele, mas não consigo.

15 de janeiro

Wolf telefonou e eu atendi. Quer vir à fazenda e eu respondi que *'tudo bem'*. Acrescentou: 'Pedro e Lóri também irão'. Cedi.

Não se morre porque alguém morreu. Disse o meu pai. Gostaria de convencer-me disso.

Davi desenha aviões; quer ser aviador. Meu pai se alegra, vibra, conta-lhe histórias de aviões, voos e viagens. É preciso viver pelos vivos. *"E disse a outro: Segue-me. Este respondeu: Senhor, deixa que primeiro eu vá enterrar meu pai. Mas Jesus lhe observou: Deixa aos mortos o enterrar os seus mortos; porém tu, vai e anuncia o reino de Deus." (Lucas, 9, 59-60).*
~~Droga.~~

20 de abril:

Voltei para a cidade há quase dois meses, mas abandonei completamente o trabalho. Laura trabalha dia e noite. Quase não fala. Cuido das crianças. A vida parece normal. Meu pai parece feliz. Alguma coisa me escapa. Estudo. História e teologia.

Voltamos a nos encontrar para leituras diárias em casa de Wolf. Sugeri que lêssemos os salmos e o livro do Eclesiastes. Wolf quer reler Goethe, Lóri está afundada em

Whitman e Pedro nos segue tranquilo.

Estamos todos muito tristes. Pedro fala em voltar às viagens e me convida; ainda não me decidi. Penso nas crianças. Laura não permitirá que eu as leve comigo.

Poe e Fernando Pessoa. Estranha associação, disse eu. Lóri discordou; Wolf sorriu e balançou a cabeça censurando-me. Pedro gosta de me abraçar.

"Profeta, disse eu, profeta - ou demônio ou ave preta!
Fosse diabo ou tempestade quem te trouxe a meus umbrais,
A este luto e este degredo, a esta noite e este segredo,
A esta casa de ânsia e medo, dize a esta alma a quem atrais
Se há um bálsamo longínquo para esta alma a quem atrais!
Disse o corvo, "Nunca mais".

Profeta, disse eu, profeta - ou demônio ou ave preta!
Pelo Deus ante quem ambos somos fracos e mortais,
Dize a esta alma entristecida se no Éden de outra vida
Verá essa hoje perdida entre hostes celestiais,
Essa cujo nome sabem as hostes celestiais!"
Disse o corvo, "Nunca mais".

Que esse grito nos aparte, ave ou diabo!, eu disse. Parte!
Torna à noite e à tempestade! Torna às trevas infernais!
Não deixes pena que ateste a mentira que disseste!
Minha solidão me reste! Tira-te de meus umbrais!
Tira o vulto de meu peito e a sombra de meus umbrais!
Disse o corvo, "Nunca mais".

E o corvo, na noite infinda, está ainda, está ainda
No alvo busto de Atena que há por sobre os meus umbrais.

> *Seu olhar tem a medonha cor de um demônio que sonha,*
> *E a luz lança-lhe a tristonha sombra no chão há mais e*
> *mais,*
>
> *E a minh'alma dessa sombra que no chão há mais e mais,*
> *Libertar-se-á... "Nunca mais!".*

Não compreendo. Nunca mais! Nada acaba.

16 de julho

Pedro voltou do Oriente, está feliz; noites agradáveis de conversas, leituras e a boa comida na casa deles. Lóri gosta de cozinhar. Nunca aqui em minha casa, nunca. Laura não suporta, é o que se diz. Não sei se é a verdade.

Tenho me esforçado, pois não tenho mais vontade de escrever. Meus amigos me aconchegam, eu gosto. Laura trabalha; só fala com Malu, horas e horas ao telefone. Estamos cada dia mais distantes. Dia desses, eu as ouvi ao telefone: pensam que somos marginais – eu, Pedro, Wolf e Lóri. Eles não se importam. Wolf, inclusive, diz que têm razão. Eu não me conformo.

Prebenda = Sinecura: questão complicada; normal na vida cotidiana; inadmissível para mim.

Ressaibo = há disso em mim.

25 de novembro

Sou um homem mau. Não sei como evitar.

Ela vai se atrasar. É tudo tão previsível. Veremos: tudo pode mudar se ela perguntar pelas compras. Se ela perguntar pelas compras, nada muda. Tudo é tão previsível.

28 de novembro

Sinto-me culpado com os meninos; minha alma foi embora com o João. Mas penso que é ~~só uma~~ desculpa para que eu possa, definitivamente, odiar a vida. Só uma coisa me dá prazer: dirigir pelas estradas, sentir as paisagens passando velozmente pela janela do carro. Gosto de ficar sozinho na fazenda, mas gosto mais das estradas.

Escrever é muito arriscado.

3. Laura

Meio-dia. Indiferente às brancas nuvens densas que escondiam o céu, um impiedoso sol transformava a terra num escaldante caldeirão de luz escarlate.

A multidão arrastava-se colina acima desafiando a atmosfera febril que punha à prova qualquer compaixão. Lágrimas espessas e suores acres jorravam, mas tudo continuava seco e áspero. O zumbido de uma abelha aqui e ali, ou o soluço engasgado que teimava em escapar, avolumavam o silêncio.

Na cabeceira da cova, Laura mantinha-se de cabeça erguida. Os braços fortemente cruzados contra o tronco, dentes cerrados e lentes escuras que escondiam grande parte do rosto, criavam-lhe um sólido escudo. Ao seu lado, atormentada, Malu retorcia as mãos e balançava a cabeça não se atrevendo a aproximar-se da armadura de Laura.

Na ponta oposta, o pai de Estêvão esboçava e interrompia pequenos movimentos, gestos somente insinuados que imploravam delicadeza aos coveiros. Lágrimas salgadas embaçavam-lhe os olhos.

Acima, no ponto mais alto da colina, Pedro, Lóri e Wolf, afastados da multidão que se acotovelava em torno da cova, mantinham-se de pé, imóveis, mudos e sozinhos.

Bem mais cedo, ainda em meio às trevas da madrugada, desterrados e estarrecidos, eles haviam subido a colina. Lóri e Pedro, cada um por um lado, caminharam a esmo no silêncio negro que envolvia as tumbas. Examinaram lápides, acariciaram o muro e abraçaram as árvores. Nada disseram. Wolf permaneceu quieto, de pé, fixando a vastidão escura que, aos poucos, lhe revelou o mar de montanhas que, dali, se avistava. Não falavam.

Esperavam.

Nada a esperar, mas esperaram. Ouviram o galo da manhã e, logo, perceberam finíssimas raias de luz cortando as sombras. Ouviram a algazarra dos bem-te-vis e viram o sol erguer-se absoluto, insano e incendiário. Não se incomodavam; deixavam-se arder.

Quando perceberem os primeiros movimentos e vozes ao pé da colina, Pedro, Lóri e Wolf automaticamente se aproximaram numa procura inconsciente de abrigo. Aterrorizados e rígidos, viram o caixão negro ziguezagueando entre um formigueiro de cabeças que rastejava montanha acima.

Mais mudos e mais aterrorizados, ouviram o horrível coro desafinado que rasgou o silêncio faiscante e íngreme. *'A nós descei, divina luz, a nós descei, divina luz; em nossas almas acendei, o amor, o amor de Jesus'.*

A última coroa de rosas vermelhas foi delicadamente depositada sobre o túmulo recém-aterrado e, então, a multidão, que se amontoava ao redor da cova, dispersou-se atropeladamente colina abaixo. Em instantes, o coral torturante tornou-se um atropelo de pedregulhos em cascata e palavras mal sussurradas ao vento.

Sem abrir a boca, tampouco os braços, Laura misturou-se à multidão na descida desenfreada. Malu tentava alcançá-la, mas continuava sempre dois passos atrás.

Em minutos, o pai de Estêvão ficou sozinho. Lóri, Wolf e Pedro se viram sozinhos. E permaneceram assim, fixando as flores que murchavam rapidamente, drasticamente destroçadas pela inclemência do sol. Outra vez, o zumbido de uma abelha ecoava o silêncio. Ninguém se mexeu.

Não se sabe dizer quanto tempo custou para que o desumano sol começasse a recuar. Uma imperceptível brisa tremulou as folhas das árvores e o sabiá saltitou sobre a terra vermelha soltando a flauta límpida.

O canto do pássaro carregou Lóri para cima do muro do cemitério, bom de subir. E ela desmoronou. Jogou-se nos braços do pai de Estêvão e libertou a dor. Os gemidos de Lóri ecoaram no entardecer. Sabiá e brisa fugiram. A noite chegou sólida e fria. E, nessa hora, tudo pareceu realmente acabado.

Laura abriu a porta da casa da fazenda seguida a dois passos por Malu.

Encontraram um ilimitado vazio. Malu balbuciou incompreensivelmente, Laura ordenou que ela se calasse *'por favor'* e, automaticamente, dirigiu-se ao escritório. Pousou a mão sobre o trinco de ferro e hesitou. Uma ridícula ideia de templo profanado se lhe assomou, mas, buscando apoio no ódio mais profundo, Laura escancarou a porta.

Primeiro, foi barrada pelas sombras das árvores que entravam pela enorme janela. No enredo dos galhos escuros, pressentiu um movimento disfarçado de pássaros furtivos.

Laura obrigou-se a atravessar a porta. O perfume de flores, o perfume de Estêvão, coçou-lhe as narinas. Quis recuar, mas estava embaraçada num emaranhado de azuis e vermelhos. A insólita composição cromática envolveu-lhe o corpo e a imobilizou. Livros, papeis, objetos de arte, papeis, livros, objetos de arte, livros, objetos de arte, papeis. O lugar parecia imenso, azuis e vermelhos piscavam sem se misturarem.

Laura, temendo ser sugada por um sorvedouro cintilante, apoiou-se na mesa. Atrás, Malu sibilou aterrorizada na voragem de um infinito indomável.

No centro do escritório, duas mesas grandes de pau-brasil, com gavetas soberbas, cercadas por confortáveis poltronas de couro sanguíneo, estavam cobertas por papeis multicoloridos, revistas e livros desalinhados. Uma desordem.

Num segundo olhar, suspeitava-se de um arranjo indecifrável e desafiante.

Emoldurando a imensa janela, estantes magrelas, pintadas em azul escuro, guardavam dezenas de cerâmicas do Vale do Jequitinhonha: santos, anjos, homens e animais, murmuravam inaudível conversação misteriosa. Jesuses, Marias e Josés executavam singelas tarefas cotidianas na inefável inocência da cerâmica do Vale. As prateleiras, repletas de indescritíveis seres de barro, tremulavam; as suaves esculturas sussurravam enigmáticos falares. Paredes cobertas por centenas de livros refletiam palavras diluídas em cores de céus sanguíneos.

O burburinho inexprimível, pontuado pelo desavisado assovio agudo dos pássaros camuflados nas sombras das árvores, ensurdecia as duas mulheres aterrorizadas. Laura fechou os olhos e tapou os ouvidos.

Malu tremia às soltas e arregalava os olhos.

Mas, de repente, tudo se aquietou.

Malu enrijeceu-se num corpo travado. Laura arregalou os olhos, respirou fundo e reagiu. Sentou-se e, inabalável, puxou uma gaveta.

Espiou um volumoso caderno encapado com a cor das romãs. Folhas soltas, pastas, envelopes, cartões, pedaços de papel rasgado, recortes de jornais e revistas. Levantou uma folha: letra de Lóri. *'Considerando que a relação entre as coisas e as sombras não está definitivamente esclarecida'.* Embaixo, a letra de Estêvão: *'As forças da imaginação têm poder de realidade'.*

Conversas intermináveis, códigos absurdos e um escandaloso ócio cambalhotaram no estômago de Laura. Engoliu a náusea, dominou a repugnância, amassou a folha calmamente e atirou-a no lixo.

Malu balbuciou: *'um copo d'água?'* e Laura resmungou 'não' com seca impaciência.

Abriu outra gaveta. Folhas em branco, manuscritos, impressos, cadernos, blocos, páginas arrancadas de livros, revistas. Muitas folhas com palavras escritas em série, organizadas como dicionários.

'Louco! Ele estava escrevendo um dicionário'.

Colagens em cartolinas azul safira. Minuciosos mosaicos. Mandalas alucinadas.

Sob a desordem de papeis, apareceu uma pasta robusta, escarlate, muito bem lacrada com fita adesiva. Suspendeu a pasta; era pesada. Segurou-a com ambas as mãos e, com o cuidado de quem avança em campo minado, Laura começou a puxar a fita. Depois de exaustiva cautela, encontrou um pacote de páginas impressas bem amarrado com larga fita de seda azul celeste.

Tremendo imperceptivelmente, exigindo-se autocontrole de domador de leões, Laura começou a ler.

Oratório pode ser a palavra do orador. Pode ser também o lugar onde se guarda o santo. Seja um pequeno móvel escavado em madeira, seja escavação em parede, será sempre para expor a coisa sagrada. Uma pequena capela é um oratório. A música dramática de grandes solenidades religiosas também é. É o nome da casa e da congregação anexa a uma paróquia, onde jovens religiosos vivem e oram. O lugar em que condenados à morte rezam antes da execução também é um oratório.

O Brasil se distingue pela quantidade e diversidade de oratórios; são obras marcadas pelo sincretismo da cultura brasileira, com predominância da inspiração barroca. No interior do país persiste, até os dias de hoje, a tradição colonial de oratórios domésticos. Especialmente no sertão, existem cidades mapeadas e organizadas por oratórios em praças e esquinas. Romarias, que são festivas peregrinações a oratórios, têm força de organização social e deslocam milhões (milhões) de pessoas anualmente. Entre outros: Aparecida do Norte (SP), Círio de Nazaré (Belém do Pará), Juazeiro do Norte (CE), Menino Jesus da Lapa (BA), Serra da Piedade (MG). (pesquisar o oratório festivo criado por São João Bosco, o salesiano, e sua relação com a cidade de Brasília).

Oratório é um gênero musical do período barroco, especialmente com Händel, autor de 'O Messias' e 'Judas Maccabeus'; Bach e Vivaldi também compuseram oratórios. O nome tem origem na 'Congregação do Oratório', coral de jovens que entoava cânticos religiosos nas ruas de Roma entre 1571 e 1594.

No teatro, oratório é um poema dramático musicado, de tema religioso.

Mas 'Oratório' também se refere à oratória, ao discurso, à oração, ao conjunto de palavras que expressam um pensamento. É obra de eloquência; é fala, sermão, conferência e palestra.

'DAS DORES DE ORATÓRIOS' é uma canção do mineiro João Bosco. Uma lembrança da infância se tornou canção: o grito desesperado da noiva abandonada no altar numa tarde ensolarada. Obra-prima. Não me canso de ouvir; posso ver a mulher clamando na tarde iluminada. Imaginação de uma mulher gritando ao sol. Posso ver.

Um 'Oratório' está gravado em mim.

A canção diz: 'Porque o amor é como fogo; se rompe a chama, não há mais remédio; foi por amar que ela se amasiou com a tal solidão do lugar; foi por amar que ela só pecou nas noites de sonho ao gozar; foi por amar que ela só ficou só, ele a deixou, só ficará. Foi por amar! Foi no altar que ela ficou noiva que um andor podia carregar; foi no altar que ela, dor que a própria dor de Das Dores será; foi no altar que ela... Não virá? Não. Ele virá... Não, não virá. Foi no altar... Era um lugar... Era Salvador Maria de Antonio e Pilar. Era um lugar. Era seixo que gastou de tanto esperar. Louca a gritar. Ela... Esquecer, quem há de esquecer o sol dessa tarde... Sol a gritar'.

Leu até o fim e amassou a folha. Inerte, Malu observava o silencioso tremor de Laura. Tentava se mover e não podia. Viu Laura socar a própria cabeça e a ouviu gritar: 'Não, não, não!'. Malu, emudecida.

Então, novamente controlada, Laura puxou novas folhas da gaveta.

Cansei de estudar religião. Mil livros. Nenhum explicou a cicatriz: tenho um oratório vazio no peito. Uma incorporeidade, uma inexistência, um não lugar no corpo. Não há o que dizer. Se eu tivesse coragem, emudecia como a Sílvia. Quando ainda éramos crianças, Lóri queria se calar para sempre. Éramos crianças quando Lóri disse que não conseguiria calar-se para sempre e chorou. Lóri chorou. Eu falo, vejo e ouço. Sinto dor, calor, frio e medo. É infernal. O oratório vazio em mim e o meu caminho barrado.

Eu já senti o cheiro de Deus. É bom. O teto da igreja era todo de vitrais. Atravessados pelo sol, os vitrais criavam cenas paradisíacas. Eu, Pedro e Lóri, gostávamos de nos perder visitando o paraíso no teto da igreja. A igreja era silenciosa e vazia como eu. Mas, ali, naquele tempo, o cheiro de Deus preenchia tudo. Eu não falava sobre o cheiro de Deus para eles. Nunca falei.

O cheiro de Deus me levava à textura das pétalas, à conversa das abelhas e à música do vento tamborilando as folhas das árvores. Revelava-me desconcertantes abismos no céu, as flechas molhadas atiradas pelas nuvens, as danças dos pássaros e os gemidos de pedras sedentas. Encontrava riachos que abraçam a chuva, borboletas que dançam sem música e flores que espirram cores. Pedro roubava bocas-de-lobo nos jardins de Deus para oferecer à Lóri. Eu tinha medo de perder o cheiro de Deus; medo dos castigos de Deus, mas não falava nada para ninguém.

Não sei se vou sentir novamente o cheiro de Deus. Mas não posso dizer nada a ninguém. Sei que está tudo guardado no fundo do meu futuro.

Laura se levantou e começou a rasgar calmamente as folhas. Rasgava-as com paciência e delicadeza, minuciosamente, como quem apaga os rastros de um crime.

Voltou-se para Malu que tremia vertiginosamente. A

face rígida, os olhos vidrados e os dentes cerrados aterrorizavam. Ordenou que Malu saísse. E Malu só pode obedecer.

Em silêncio e cabisbaixa, Malu foi para a cozinha e, para se sentir no controle, deu ordens à empregada. Depois, caminhou sem rumo pelo casarão indo diretamente para o quarto das crianças. O quarto calado, carrinhos imóveis, bolas vazias e super-heróis quebrados. O coração de Malu recuou. Relembrou os conflitos entre Laura e Estêvão, pensou em novos conflitos com o avô das crianças. Sentiu-se mínima, inútil, desnecessária. Recomeçou a chorar caminhando sem rumo pela fazenda vazia e fria.

Sentou-se na sala bem iluminada e admirou a decoração limpa, retilínea, clara, própria de Laura, contrastando com a antiguidade tortuosa e sombria casarão. Disse a si mesma que tudo ficaria bem. Repetiu que não sairia do lado de Laura. Estaria para sempre com Laura. Repetiu. Jurou.

O mundo reapresentou-se calmo. A noite descansava. Apenas as lágrimas de Malu rolavam silenciosamente pelo seu rosto e desciam-lhe pelo pescoço molhando o peito. Uma sonolência abraçou seu corpo e a dor teve repouso. Nada acontecia e Malu adormeceu na poltrona da sala.

Houve um grito. E logo, um estrondo de despedaçamento seguido por um ensurdecedor desmoronamento de pedaços quebrou o sossego e ocupou o mundo. Ecoaram palavrões e grunhidos.

Malu saltou e tropeçou no desespero de Laura. Cerâmicas, livros, papeis e pedaços voavam. Laura rolava no chão, arrancava os cabelos e derrubava tudo que lhe aparecia pela frente. Engolia pedaços de papel, batia a própria cabeça contra os objetos e berrava palavras chulas. Malu tentava contê-la, suplicava calma, implorava paciência e chorava. Incontrolável, Laura atacou Malu. As duas mulheres se embolaram entre cacos, ódios e papeis. Ambas sangravam e Malu gritou '*socorro*'.

Laura desceu do ônibus no centro da cidade. Ergueu a cabeça, desamassou o corpo, retificou a coluna e começou a caminhar. Levava nas costas uma mochila de couro maltratado, uma bolsa de pano a tiracolo e pequena mala escura de plástico marrom. Estava tranquila.

Subia a Avenida Afonso Pena observando vitrines e pessoas como se as visse pela primeira vez. Na esquina do parque municipal, dobrou à esquerda e entrou numa rua estreita. Chegou a uma praça sossegada. Uma discreta fonte de água clara desabrochava no centro da praça e alguns pombos perambulavam distraídos. Sentados num banco de ferro, dois homens conversavam monossílabos hipnotizados pelas aves saltitantes. Do outro lado, à sombra de um arbusto, uma mulher magra lia um livro, indiferente aos habitantes da praça e vigiada de perto por um cão deitado aos seus pés.

Laura estava feliz e olhou para além da praça. Observou de longe a nova moradia. Era um prédio robusto, retilíneo, exemplo da arquitetura moderna do começo do século vinte, quatro andares de paredes sólidas, em cor cinza. Janelas com grades escuras completavam a aparência enérgica do casario, escondido detrás de um poderoso portão de ferro. O edifício parecia dar as costas para a praça. Laura sorriu satisfeita com a pose da casa nova.

Atravessou a praça com passos leves e tocou a campainha. Uma senhora de seus sessenta anos, usando óculos e avental azul, apareceu imediatamente. 'Bem-vinda, o quarto 304 está preparado; as normas estão fixadas na porta'.

Laura sorriu alegre e cumprimentou-a com um movimento de cabeça. Adiantou-se e esbarrou numa escada estreita de degraus curtos. Tudo estava sossegado e cheirava à limpeza.

Ao fechar a porta do quarto, quis gritar. Conteve-se. A agressiva melancolia da mãe, o alcoolismo do pai, a ruidosa aflição dos irmãos, a vizinhança miserável e suja pareceram-lhe um passado longínquo.

O quarto era bem iluminado e agradável. A cama, encostada na parede, tinha uma colcha de retalhos coloridos. Sob a janela gradeada, uma mesa antiga combinava com a pesada cadeira. Na parede oposta à cama, à direita da porta, havia um armário escuro, com duas portas levemente empenadas. Laura depositou mala e mochila sobre a cama e, com a bolsa ainda atravessada no peito, entrou no pequeno banheiro de ladrilhos verdes. Viu-se no espelho ovalado sobre a pia de louça branca e se achou bonita.

Dormiu sem sonhos e acordou bem disposta. Arrumou o quarto: roupas no armário, livros sobre a mesa e maquiagem no armarinho do banheiro.

Vestiu-se com capricho e deixou o quarto brincando

com as chaves entre os dedos. No primeiro andar, à direita da escada, uma porta de vidro mostrava um refeitório com mesas longas e bancos pesados. Não havia ninguém. Mas assim que Laura entrou, apareceu uma adolescente de avental azul e cabelos presos, '*bom dia, vou servir seu café*'.

Laura sentou-se; estava vazia, leve e forte. Enquanto servia café com leite, pão de queijo, biscoitos, geleia e frutas, a mocinha pediu que Laura agendasse dia e hora para a lavação de roupas. A lavanderia era comunitária e os moradores deviam seguir uma escala. Laura disse 'sim' com amável sorriso. Estava feliz. Estava radiante.

Comeu o desjejum saboreando o dia. Não tinha pressa. Despediu-se da mocinha e se lembrou: era seu aniversário. Dezenove anos. Estava muito feliz.

Trabalhava, desde os dezesseis, como vendedora numa boutique no centro da cidade. A roupa *prêt-à-porter* ganhava espaço e, a cada dia, surgiam novas lojas de moda. O bom gosto e a agilidade eram grandes aliados no seu trabalho.

Tudo acontecia depressa: a cidade crescia e a moda industrial florescia na mesma velocidade. Laura aprendia com rapidez. Deixava o trabalho às dezoito horas e saía direto para a faculdade; só voltava para casa às vinte e três horas. Levantava-se diariamente às cinco da manhã. Nos finais de semana, estudava, cuidava de si e do quarto que, cada dia, ficava mais aconchegante. Em poucos meses, Laura era querida por todos no agitado pensionato.

Passavam as horas, passavam os meses e Laura

trabalhava. Não se deu conta da passagem dos anos quando foi promovida à gerente da maior filial da *Betina's Confecções e Comércio de Roupas e Acessórios de Moda.* Tampouco percebeu quando se mudou para um pequeno apartamento no centro da cidade, com Ana Maria, a colega de trabalho. Não parou quando terminou a faculdade de Administração.

Era domingo de carnaval e as duas mulheres aproveitavam a folia geral para descansar e fazer as unhas, quando Ana Maria atendeu o telefone e arregalou os olhos. Passou o fone para Laura. Em suspense, *'alô'*, Laura reconheceu a esganiçada voz da mãe. *'Seu pai morreu agora mesmo'.* Resmungou um monossílabo e desligou sem se despedir.

O pensamento *'um problema a menos'* e outro *'serei feliz, serei outra pessoa'* cruzaram a mente de Laura. Tranquilizou Ana Maria *'está tudo bem'* e se trancou no quarto. Vestiu-se com esmero, prendeu os cabelos, perfumou-se, pegou óculos escuros, chamou um taxi e se dirigiu para a periferia da cidade. Lembrava-se vagamente da viagem de ônibus, *'há quanto tempo?'*, na direção oposta. Reconheceu esquinas e bares. Estranhou mercados e trânsito.

De repente, o táxi deixou a avenida. Na rua estreita e empoeirada Laura viu o cão. O cão, magrelo e sujo, continuava irritantemente atravessado na calçada, em frente à casa desajeitada e suja, aberta diretamente para a rua.

Impaciente e sem pressa, desceu do carro. Viu. Dona Lourdes, mais gorda e mais loura, debruçada na janela. Seu Caio, esquelético e asmático, parado na soleira do bar. Uma multidão de crianças irreconhecíveis. Sentiu. Cheiro de cachaça e de suor. Laura se apressou e, saltando o cão, fugiu para dentro da casa desprezível.

A mãe: murcha, dobrada e trêmula. Velha. *'Minha filha! O que vai ser de mim?'.* E se pendurou no pescoço de Laura que não se mexeu. Contou os irmãos amontoados em torno de um caixão mal acabado sobre a mesa de uma sala de mau gosto: Júnior, Meire, Michele, Vanderlei, Cristina, Carlos Alberto e Jair. Alguns desesperados, outros apáticos. Uns repetiram palavra e gesto da mãe. Outros lhe deram as costas.

Laura não reagiu. Não falou. Reunia forças para não sucumbir ao redemoinho mal cheiroso que lhe envolvia: parafina queimada, flores adocicadas, álcool, suor e lixo.

Resistiu. Respirou a certeza de ser outra pessoa e reconheceu a estranheza. Era outra. Murmurou meia dúzia de palavras à mãe, alguma coisa a ver com dinheiro, e saiu da casa sem dar ouvidos a protestos hostis. Caminhou por uma calçada esburacada. Não queria respirar e apressou o passo afastando-se definitivamente.

Primeiro, pensou que um martelo inimaginável marretava-lhe a cabeça. Depois, uma espada afiada partiu-lhe o crânio. E logo, percebeu-se como um amontoado mal costurado de porções dolorosas.

Estava em decúbito dorsal, coberta por leves lençóis brancos. Um travesseiro demasiadamente alto dobrava a cabeça contra o próprio peito.

O redor estava silencioso e cheirava a álcool. As pálpebras não lhe obedeciam: não conseguia abrir os olhos. Esforçava-se em vão. E o vômito irrompeu num único jato.

O corpo foi jogado para o lado e um punhal transfixou-lhe o braço obrigando-lhe a arregalar os olhos. A estridência de um alarme arrombou-lhe os tímpanos elevando a dor a níveis incalculáveis. A porta foi escancarada com estardalhaço e uma mulher de branco entrou no seu campo de visão.

Laura compreendeu: estava no hospital e se acalmou.

Lembrou. O atropelamento, não, não, a morte, a morte de João Francisco. A estúpida cara de Estêvão. O inferno. A vida.

O peito compactou-se em pedra bruta. Não respirava. Quis gritar, não tinha voz. Revoltou-se. Começou a se debater ignorando a dor. Ignorando tudo. Desejando a dor. Agitou-se, esperneou. De olhos arregalados e muda. Mãos fortes a dominaram e um espinho entrou-lhe no punho direito. Percorreu-lhe velozmente o corpo todo.

Uma delicada chama lhe aqueceu. Mais leve, mais leve, mais leve, começou a formigar suave. O corpo inteirou-se apaziguado. Estava agasalhada e amparada. Estava tudo bem, quase feliz, entorpecida. Pensamentos pingavam diante de si e era bom.

Então, Laura começou a brincar. Podia enxergar os pensamentos e os folheava. O belo homem moreno sorriu-lhe no aeroporto. Apaixonou-se instantânea e eternamente. Um menininho moreno. Espanto e ternura. Saíra da sua barriga. Não entendia como. Outro menininho dizia 'mamãe, mamãe'. Outro menininho.

Não conseguia o enxergar-lhe o rosto. E tudo era muito bom.

O sono chegou de repente e pesado. Os pensamentos afundaram numa profunda escuridão cálida. Laura era um bebê sonhando em seu berço.

Betina apareceu dançando e cantando. A coleção primavera-verão era mais um sucesso e Betina estava decidida: em três meses, viajaria para Nova York, famosa escola de moda. Laura, sócia da empresa, assumiria a direção.

Mas o inesperado irrompeu sem complacência: o médico, o câncer de mama e os sonhos desfeitos. Betina não podia viajar. Laura seguiu para Nova York e viveu um ano alucinante. Luminoso, exuberante, extraordinário. Trabalhoso. Nunca fora tão feliz. À velocidade da luz.

Estava arrumando as malas quando percebeu que um ano inteiro se passara. Estremeceu num arrepio de brisa gelada. Disse '*não*' ao tremor: vivia o presente, sempre presente, em direção a um futuro impecável. Sempre assim. Orgulhava-se de si. Balançou os ombros, espantou suspeitas sombras e, bem disposta, reencarou a decisão de um futuro fascinante.

Chegou ao aeroporto JFK carregando malas, sacolas, pacotes e uma invejável leveza de alma. Viu com indiferença a multidão que se agitava em incansável urgência e sentiu-se admirável. Tinha razões para estar orgulhosa. A vida era um caminho aberto pelos determinados.

Na profusão dos caminhos, confundindo pessoas dos quatro cantos do mundo, bem no meio das façanhas de Laura, surgiu um rapaz moreno, alto e magro, perdido em insondáveis vias.

O homem moreno lia um livro. Parecia distante, de fato não estava ali, no aeroporto. Estava dentro do livro. Era um homem bonito, tranquilo, sem bagagem, mergulhado. Intimamente, Laura o censurou.

Praticou uma observação minuciosa. Inenarrável abstração. Desafiando a urgente movimentação da multidão, o homem não voltava do mergulho no livro. Ela continuou a vigília e, então, ele a percebeu. Ofereceu-lhe um sorriso generoso e voltou ao livro.

Laura não planejara tão benevolente indiferença. Sentiu-se desimportante e ganhou novo caminho a desbravar: conquistar aquele sorriso transparente.

Temeu perdê-lo de vista. E perdeu.

A multidão descuidada a atropelou. O homem magro e moreno desapareceu e ela sentiu o peso da bagagem. Como continuar correndo? Para onde? Sentiu-se golpeada, exposta, nua e pesada. Quis chorar. Quis morrer.

Nem pensar. Precisava reerguer-se. Arrastou-se aeroporto afora em direção ao salão de embarque. Dominou-se com autoridade, alinhou os ombros e levantou a cabeça. Quando entrou no salão era novamente dona de sua vida. Sentou-se. Abriu a agenda e se concentrou à espera da chamada do voo.

Uma voz mansa, cheia de mel, soou pertinho.

- Com licença, posso? Era você no saguão, não era?

Laura olhou, ouviu e não compreendeu. Reviu o sorriso inimaginável. Balbuciou sem se ouvir e nem compreender.

- Pode. Era.

- Coincidência...

Brincando com o livro, o homem bonito sentou-se ao lado de Laura, que não sabia mais onde estava; tampouco tinha ideia do que estava acontecendo. O homem belo, de olhos e cabelos negros, era quieto e calmo.

- Qual é o seu voo?

- '...'

Não se lembrava. Não se lembrava.

- Rio de Janeiro?

Laura balançou a cabeça confirmando.

- Coincidência, é o meu. Mora em Nova York?

- Não...

- Eu também não, estava de férias. Você gostou daqui?

- Muito.

- É mesmo?

Não conseguia entender. Mal se controlava. Exigiu-se coragem e desafinou:

- Você faz o quê?

- Muitas coisas.

O voo foi rápido, tempo apenas de uma conversa divertida. Quando o Rio de Janeiro insinuou-se entre as nuvens, Laura e Estêvão estavam felizes. A beleza e a segurança de Laura haviam retornado e o encantaram. A ela, deslumbrou o modo distraído de criança feliz do homem despreocupado.

Magicamente descansados, eles descobriram que moravam na mesma cidade. Que amavam a mesma cidade.

AGORA ESTÁ TUDO BEM

Juntos, Estêvão e Laura chegaram a Belo Horizonte.

4.   A caminhada de Wolf

Pedro desabou na rede estendida na varanda. Exausto, excitado e triste, ele se mantinha acordado há vários dias. Nada detinha o pensamento desenfreado. *Wolf naquele fim de mundo...*

No sábado, como de hábito, Pedro viera tomar o café da manhã e antes de tocar a campainha pressentiu algo errado. Tocou e não houve resposta. Impaciente, esperou diante do portão gradeado que deixava à mostra os belos jardins de Wolf. Tudo parecia bem, tudo no devido lugar, mas Benjamim não apareceu. O esbelto dobermann negro sempre aparecia antes do toque da campainha. Esperou por uma hora e telefonou. Nada. Esperou um dia e uma noite. Mais um dia. Ninguém atendeu ao telefone. Ninguém apareceu na universidade.

Loucura?

Mais um dia e Pedro, muito irritado, começou uma peregrinação por hospitais e delegacias. Carregava a cruel saudade de Estêvão. Quase o invejou; quase compreendeu a extravagante consideração de Wolf no dia do enterro de Estêvão.

- Esmagado por uma máquina: morte invejável para um homem moderno.

Fuga?

À procura de Wolf, embriagado pelo odor azedo de hospitais e delegacias, esforçando-se para extrair boa vontade de burocratas frios, Pedro perdeu-se nas ruas da cidade e em nos próprios pensamentos.

Sequestro?

Relembrava o tempo em que percorria a cidade gritando palavras de ordem, escapando da polícia e dos cães. Reviu a dedicada presença de Wolf, que surgia gentil e sereno nos tempos de brutalidade e morte. Wolf falava pouco; mas nunca se ausentava. Infalível companhia, estimulante certeza.

Aventura?

Assombrado pelas recordações, perplexo com o inexplicável desaparecimento de Wolf, Pedro nem ouvia o silêncio de Lóri que tentava acompanhá-lo como um triste cachorrinho sem dono. Em alguns momentos, Pedro se angustiava mais, e suportava no peito a batalha entre uma raiva da prepotência de Wolf – que podia levá-lo a desaparecer sem se despedir – e o medo de não revê-lo nunca mais.

Amparado pelo abraço da rede, Pedro cochilou por um momento, mas logo saltou, apavorado, escapando da beira do abismo. Não podia se permitir. Não podia se descuidar.

Silencioso, com passos de gato, ele atravessou mais uma vez a casa de paredes de vidro e abriu devagar a porta do quarto. Wolf, ainda debilitado, dormia envolvido em seus lençóis brancos. Pedro respirou mais fundo. Entreabriu a porta ao lado e certificou, uma vez mais, que Lóri também dormia em paz.

Voltou à varanda, à rede e à fúria das lembranças. Wolf desaparecido por mais de uma semana. Wolf ferido e inconsciente, sem identificação, encontrado pela polícia. Wolf no CTI, à morte; o fiel Benjamin desaparecido. A gratidão e o respeito por Wolf. O amigo sério, controlado e controlador. Discreto.

Disponível. Não sabe mais. Não sabe quase nada. Mal conhece o melhor amigo.

Pedro recomeça chorar. Lágrimas enormes atravessam o algodão bem trançado da rede e molham o chão de pedra. Sente-se culpado. Pensa outra vez, e se espanta. Não conhecia Wolf! Repensa. Não sabe exatamente por quanto tempo Wolf ficou desaparecido. Sabe apenas que ele não atendeu a campainha naquela manhã de sábado. Pedro chora, está desolado e desnorteado.

Wolf abriu os olhos no quarto escuro sentindo-se muito bem disposto; ainda era noite, mas o burburinho dos pássaros no jardim já anunciava a chegada de uma suave manhã de primavera. Por algum tempo, permaneceu quieto imaginando-se pássaro. Usufruindo a leveza de ser pássaro.

Pulou da cama fazendo piruetas e abriu a janela assoviando o gorjeio dos bem-te-vis. Estava feliz. Aspirando o perfume suave trazido pela brisa que barulhava as árvores, ele se vestiu com vagar. Estava pronto para a caminhada de rotina.

Wolf bateu o portão de ferro cantarolando a canção de Lóri.

Dobrou a primeira esquina, à direita, preparado para enfrentar o diabo. Por brincadeira, fantasiava uma vitória sobre a cidade e, divertindo-se, considerava chegar ao fim do mundo.

O dia está magnificamente iluminado embora mal amanheça. O sol espalha faiscantes fiapos de luz que atravessam nuvens indolentes e envolvem o mundo numa esplêndida luminosidade. Sentindo-se escravo da manhã, Wolf se lembra do dia em que a inacreditável Lóri disse-lhe que gostaria de amanhecer. Censurou-a intimamente - apenas para não perder o hábito - e se rendeu ao afeto feliz que lhe percorria as veias. Era um verdadeiro pássaro.

Não havia pessoas nas ruas; pássaros, nuvens e a caprichosa luz de um insinuante sol eram os habitantes do mundo. Wolf inspirou a plenos pulmões tentando absorver a manhã. Considerou a possibilidade de acariciar a primavera. Sorriu para Lóri e, sentindo-se um Hércules, acelerou a corrida.

De repente, a visceral alegria de Wolf escapou-lhe tal como surgira: aparentemente do nada. A antiga expressão severa dominou-lhe a face e a exuberante beleza do mundo revelou-se mero e escandaloso deboche.

Sentiu-se duplamente traído: por um lado, pela harmonia silenciosa de um mundo pacífico e acolhedor e, por outro, traído por si mesmo ao se deixar enganar, iludindo-se que fosse sua tão profunda serenidade.

Taciturno, ele acelerou as passadas. E, rancoroso, decidiu superar qualquer obstáculo que, acaso, cruzasse seu caminho. Amaldiçoou o calado entendimento da natureza. Indignado, reconheceu-se febril e, imediatamente, retomou o enfrentamento com o alienígena que, havia tempo, morava em seu peito.

Abandonando-se a um cego furor, observou a criatura deformada e repugnante que, dia a dia, dilapidava-lhe o coração. Recomeçou o combate. Disparou um ataque violento contra o sujeito odioso que se declarava racional enquanto explodia irmãos e, num eco invertido, ouviu a própria voz defendendo a esclarecida racionalidade humana diante de um punhado de alunos sonolentos. Desprezava o consumismo frenético, mas ouviu de si mesmo o elogio do ideal de progresso. Revirou-se pelo avesso, submeteu a rebelião interna e impôs ao corpo uma disciplina de guerra: sentenciou a derrubada do estranho que lhe roubava a palavra e a reproduzia pelo avesso.

Perdido num dilaceramento visceral, Wolf esqueceu-se de que percorria traiçoeiras e acidentadas travessias urbanas. O suor brotava-lhe em borbulhas incômodas, estava decidido a não desistir. Foi atravessado por buzinas, ruídos de frenagem e palavrões grosseiros. Por um triz, Wolf escapou do atropelamento.

Repreendeu-se, ignorou os insultos e diminuiu o passo percebendo que estava longe de casa. Noutro dia qualquer, voltaria imediatamente. Mas hoje não. Não hoje: desconheceu o chamado da razão, dobrou à esquerda, e encontrou-se num largo terreno de entulhos. Era desagradável e intimidador.

Nesse momento, cruzando os limites seguros de sua rotina cotidiana, Wolf estremeceu descobrindo-se estupidamente sozinho. Espantado, observou a montanha de escombros que surgia adiante e tremeu como criança diante de um gigante. Mas, ao mesmo tempo, por um momento, hesitou sensibilizado por indizível piedade pelo monte de ruínas. Incansável, o cínico forasteiro íntimo irrompeu:

- A mais notável realização humana!

Miserável e comovido, desafiado, Wolf partiu montanha acima disposto a atravessá-la custasse o que custasse. Desconsiderando a armadilha e subestimando a crueldade, respondeu ao imbecil que lhe corroia o peito:

- Não busco refúgio. Sou forte, um titã...

Wolf escalava a muralha de dejetos e repetia para si mesmo: um titã... Podia mergulhar no mar de lixo guiado pela razão; indiscutivelmente o discernimento derrotaria a imoralidade... Ele repetia.

E, nesse mesmo instante, ele ouviu a gargalhada obscena do hóspede em seu peito.

De repente, ausência de chão, dor lancinante no tornozelo e tranco na mão direita. Colisão brutal contra uma superfície áspera. Wolf estava de joelhos e o pé esquerdo preso num buraco de asfalto. Tentou levantar; não conseguiu. Ainda não podia pensar e um casal de jovens afobados apareceu.

- Machucou? Machucou?... Vamos ajudar...

- Não, não...

- Está sangrando, será que quebrou? Vamos para o pronto-socorro...

Por raiva e medo, por angústia, Wolf gritou:

- Desapareçam, vão embora!

Os dois jovens se afastaram lançando maldições. Com impensável esforço, Wolf soltou-se. Levantou, cambaleou, mas se firmou. Tentava não sentir dor. Tentava sentir nada.

Alongou-se devagar, amaldiçoou a hipocrisia da solidariedade e a imbecilidade da delicadeza e, lentamente, arrastando-se, retomou a caminhada ignorando o tombo. Obrigava-se a não sentir. Desconsiderou as imprecações do *'casal ternura'* – Wolf debochou com ironia -, esconjurou a queda e tratou de esquecê-la.

Farejou um aroma. Identificou, talvez, um cheiro puro, sim, nenhuma recordação, mas talvez sim, um aroma conhecido. Arrepios percorreram-lhe o corpo como marolas silenciosas; o coração saltou descontrolado e a cabeça rodou. Sentia-se embriagado, mas não diria que se sentia mal.

Como um cão bêbado e sedento, Wolf continuou adentrando ruínas vivas, penetrando o lixo eterno, os dejetos infinitos que eram o seu caminho. Estava em êxtase. Cambaleando entre pedaços, poeira, pedras, cães, crianças e urubus, começou a contemplar a morte admitindo insuportável esgotamento.

Nessa hora, admitida a morte, uma ideia, como um raio, reacendeu-lhe a mente: a história a ser contada. O sonho arrebatou-lhe o espírito. Nada tinha importante, nem a queda, nem a hipocrisia. A morte, tampouco. Haveria de escrever a história.

Olhou para o céu. O sol estava a um quarto de céu, calculou nove horas; portanto, já caminhava há, pelo menos, quatro horas. Respirou abertamente, desafiando o mau cheiro e a memória. Sentiu-se renovado. Observou melhor o redor: lugar absurdo.

O trânsito de veículos diminuíra muito, apenas um caminhão aqui, outro acolá; a quantidade de pessoas e de animais, pelo contrário, crescera de maneira impressionante. O número de crianças era incalculável. Wolf encontrou-se no meio de uma insuportável algazarra de gritos e de cores escandalosas; soavam cantorias desafinadas e explodiam ofensas. Casas pequenas, casinhas, casebres, choupanas, muito semelhantes, acorrentadas como irmãos siameses, pareciam espremer-se e apoiar-se à procura de um lugar em linhas estreitas e deformadas, que se supunham ruas. Portas escancaradas, ou inexistentes, exibiam por dentro a mesma anarquia de fora. Os casebres eram nichos devassados dentro do lixo. O mundo todo era um repulsivo mar de dejetos.

Pela primeira vez, Wolf compreendeu: não havia dentro e fora. Não havia limites. Agora, só pensava. Estava retraído. Penalizado. Amedrontado.

Um homem solitário e misericordioso vivia na periferia de uma cidade gigantesca: começo da história.

Dolorido nas entranhas, ele continuou perambulando entre frenéticos amontoados disformes - mistura de gente, bicho e destroços.

Desdenhando o sofrimento do tornozelo esquerdo e o sangramento da mão direita, de repente ele admirava o mundo podre com benevolente devoção. No momento seguinte, vomitava odiosa repugnância. Estava desalinhado e esfarrapado, mas, pela primeira vez, era indiferente à imundice da própria pessoa.

Sentiu sede, entrou num buteco minúsculo, que lhe pareceu torto como o quarto de Van Gogh, encontrou uma mocinha magricela, de cabelos desgrenhados e unhas sujas, que cochilava sobre um caixote.

- Água, por favor.

Muda e inexpressiva, a menina levantou a cabeça e abriu os olhos. Em seguida, sem nenhuma emoção, apanhou uma pequena lata e abriu a torneira de barril escuro. Wolf pegou o copo de água turva e sentou num chão ensebado. Bebeu e descansou a cabeça sobre um caixote imitando a criança que voltara à posição anterior. Sentiu-se jovem e inocente.

O homem solitário e cordial, de repente, vai se encontrar numa casa bonita e agradável, continuou.

Levantou a cabeça, pediu mais água e perguntou pelo nome do lugar; sem se mexer, a menina murmurou: '*Engenho*'.

O nome não lhe disse nada. Sentiu-se ainda melhor: nenhum sentido. Levantou sem agradecer e voltou ao labirinto pestilento. Um sol de meio dia explodia o azul do céu em amarelos chamejantes e Wolf seguiu em frente.

Uma bela casa luxuosa é a armadilha; após um breve momento de aconchego e serenidade, uma avalanche de solidão e lucidez vai soterrar o homem. Ele será arrancado de sua inalcançável fortaleza por irresistível aceno de carinho, Wolf prosseguia a história.

Tranquilo, sorrindo para dentro, ele sentou num monturo escuro descobrindo a história que quer escrever. Um cão raquítico e ferido aproxima cheirando seus pés. Por um instante, os dois se olham. Por um instante, Wolf pensa em esmagar a cabeça do cão. Mas respira fundo e desliza carinhosamente a mão pelo corpo pele e osso. O cão solta um gemido de gratidão e deita ali mesmo, descansando a cabeça sobre os pés do homem. Trêmulo, Wolf levanta outra vez e retoma a marcha. Vai continuar a história.

Engano estúpido, mas inevitável, pensa. A

derradeira desilusão do homem solitário desprenderá a força do vencido. E, como um gigante, o derrotado caminhará ao reencontro, aos passeios, aos abraços, ao fascínio pelos lobos, pelos uivos na floresta, às fugas para o norte, os latidos, o ganido, o cativeiro, a fuga, os temporais, os aviões, o estampido, os feridos, a crueldade, o fogo, a chama, a chuva, a lama, o frio, o exílio, os impasses, o estrangeiro, o amigo, a ausência, o companheiro, a falta, a estrutura, os ditadores, a violência, a resistência, o sistema, o juízo, o pensamento, a ideia, o ideal, a ideologia, a razão, o destino, a sobrevivência, a matança, a criança, a lembrança, o meu pai, o consolo, a infância, as flores, as cores, os beija-flores, as dores, o medo, o grito, o sangue, o ferro, o berro, a explosão, o clarão. O cão.

Brincando com os meus cabelos, ele se abaixava, beijava meu rosto delicadamente e me levava ao cinema. De mãos dadas. 'Foi o dia mais feliz da minha vida', contava o meu pai. E, em seguida, se corrigia: 'depois do dia que você nasceu'. Todo dia, meu pai contava-me as histórias que o pai dele – que ele encontrou paraplégico num asilo no interior da França, muitos anos depois do final da guerra – contava-lhe toda manhã. Falava alegremente que ele havia trazido o meu avô para viver bem pertinho, numa casinha a poucos metros da nossa casa. Eu me lembro do chiado forte da cadeira de rodas; eu tinha pavor do rangido grave daquela máquina errante e fugia. Não me lembro do meu avô, lembro-me apenas do chiado da cadeira andarilha. Não me lembro de ninguém. Havia fumaça e muita chuva. Eu lembro bem das histórias que o meu pai contava.

Pela manhã, dizia o meu pai, ele ia à casa do meu avô para tomar café e ouvir histórias. Então, meu avô contava-lhe das fugas e assobiava o sibilo de bombas caindo. Contava da fome e das noites de vigília. Todo dia: as fugas, as bombas, as noites em claro.

Dizia meu pai que, diariamente, a conversa com o meu avô começava assim: 'bom dia, meu pai, como passou a noite?'; meu avô respondia: 'assim, assim, de Herodes para Pilatos' e recomeçava a história das fugas, das bombas, das noites sem dormir. Meu pai já não ouvia as histórias, conhecia tudo em cada detalhe – detalhes que eu também aprendi – mas não se cansava da frase: 'assim, assim, de Herodes para Pilatos'.

O enigma e a música da frase hipnotizavam-no. E ele, a cada manhã, visitava o meu avô – 'que reencontrei num asilo no interior da França muitos anos depois do final da guerra' – para ouvir: 'assim, assim, de Herodes para Pilatos'. Ele não se cansava de contar. Eu não me canso de repetir. Um oráculo.

Tudo passou. A guerra, a cadeira errante do meu avô, as histórias do meu pai, o cinema, o meu pai. E tudo ficou em mim; ficou no mistério que ainda não se deixou flagrar: 'assim, assim, de Herodes para Pilatos'.

Eu e meu pai, montados nessas nuvens brancas, sobrevoamos a cidade. Ele aponta aquela torre escura onde um galo magro e torto está pousado. Ri entusiasmado como criança feliz: 'ali, ali, ali a nossa casa'. O voo continua suave, meu pai brinca com os meus cabelos e conta que reencontrou o pai dele num asilo do interior da França muitos anos depois do final da guerra. Aperto sua mão macia e quente e, agora, sobrevoamos as florestas. São verdes embaraçados, são teias, são ondas como no mar. Lá adiante outro verde, mais claro e liso, um tapete macio e comprido. Depois, os verdes azuis dos rios estreitos e preguiçosos. Os verdes amarelos dos campos cultivados. E meu pai contando: 'naquela noite, eles se deitaram sob as árvores, cobriram-se com folhas secas para que a lua não os denunciasse e ficaram imóveis, enterrados, até o amanhecer... '.

Agora, chega um vento gelado e explode um trovão. É ventania e nossas nuvens começam derreter.

- É uma armadilha! Pai! Estamos caindo!

Meu pai responde que eu posso voar; procuro minhas asas e só vejo sangue.

- Estou ferido! Pai, eu estou caindo...

Wolf pisca; abre minimamente os olhos. Tudo é dor e é branco. Fecha os olhos automaticamente. Tenta mover-se, mas a dor absoluta o paralisa. Respira com medo. Está imobilizado e mudo.

Esforça-se infinitamente e reabre devagar os olhos.

Há uma parede, uma janela, uma luz difusa e a dor. Suave luz branca. Aos poucos, ele volta ao corpo. Volta a si: está deitado de costas, amarrado. Existem tubos, panos, fios, máquinas e gessos. Está frio.

Lembra-se: Wolf atravessando a cidade.

Escapa um suspiro e ele abre mais os olhos. Duas sombras aproximam-se lentamente e vão ganhando foco. Um homem, uma mulher. A mulher é pálida, tem os olhos arregalados e as mãos sobre a boca. O homem moreno, quase dourado, de cabelos muito curtos, aproxima-se mais, sorri suavemente e beija-lhe a testa.

Wolf sente um arrepio pelo corpo e uma lágrima quente, teimosa e inconveniente, escorre pelo rosto. Pedro, com voz segura e terna, murmura segurando-lhe a mão:

- Agora está tudo bem.

Lóri continua com as mãos sobre a boca e deixa escapar um soluço. Parece frágil e abandonada. 'Parece um bebê amordaçado', Wolf pensa sem pensar.

Então, as lágrimas rompem as barreiras e lhe despencam livres pelo rosto. Já não é dor, é o choque da autoridade da vida. Os soluços de Lóri também saltam. Pedro, segurando com firmeza a mão de Wolf, olha para Lóri e, piedoso, repete:

- Agora está tudo bem.

'Agora está tudo bem', ecoa o pensamento de Wolf. Recorda: um homem solitário e misericordioso vivia na periferia de uma cidade gigantesca.

O homem não conseguiu adormecer naquela noite gelada de um inverno especialmente rigoroso. Na verdade, ele sempre dormia pouco; passava a vida caminhando pela cidade ou imóvel no leito, envolvido em farrapos. Gostava de observar a ausência: assim ele passava os dias, assim ele passava as noites. Vivia sozinho; quase não falava; limitava-se ao indispensável. Mantinha-se na condição de testemunha do desabamento do mundo.

Toda noite, o homem caminhava ao acaso examinando as esquinas da cidade. Recolhia restos de comida, colecionava pequenos objetos quebrados e salvava livros dos entulhos. Impressionava-se com os tesouros do lixo. Era fascinado com objetos partidos. Chegada a madrugada, cansado e satisfeito, carregando os pedaços encontrados, o homem voltava ao casebre e jogava-se na cama. Quieto, cismando, observava a luz do sol entrando pelas rachaduras do teto de madeira. Acompanhava a luz do sol da aurora ao crepúsculo. Eram muitas luzes. Às vezes lia, outras vezes escrevia. Ou colava pedaços. Não se sentia mal na vida, sentia-se apenas perplexo com a barbaridade.

Aquela inesperada noite gelada foi muito diferente: o homem permaneceu em casa e, por muito tempo, auscultou a fria passagem das horas sem sol. Ouviu que tudo havia se calado. A vida era um silencioso espaço escuro.

Muito tempo depois, no meio do silêncio, aconteceu um estalo ensurdecedor seguido por três ou quatro explosões. E veio uma ventania forte. Ele saltou e, como um gato, atravessou o casebre escancarando a portinhola para a noite negra.

Nada se via e um vento selvagem revirava tudo. Esperou suportando o tumulto tenebroso.

Pressentiu alguém espreitando entre as folhagens, mas sua ameaça de grito foi abafada por novo estalo com estrondoso despencamento de escombros. Procurou no céu a origem das ruínas e viu apenas uma lua tímida, que parecia encolher-se entre as nuvens, deixando a terra sob uma hesitante luz fúnebre. E tudo era desolação e abandono.

Exigindo-se uma inimaginável coragem, o homem gritou:

- Quem está aí?

Não houve resposta, mas, no mesmo instante, tudo se aquietou como num encanto. O vento deu lugar a um aroma doce e morno. Reconhecendo-o, talvez, talvez, ele aspirou hesitante. Talvez! Respirou novamente. Num segundo, estava confortado e tranquilo.

Segundos depois, ele viu, encantado, desabrochar um pequeno arbusto pontilhado de branco. Lembrou-se do delicado manacá de inverno e reviu os ramos balançarem num ritmo suave. Em seguida, folhas e flores espalharam-se dançando com a brisa que aquecia a madrugada. E o homem foi ao baile de flores brancas e roxas, entregando-se ao delicioso momento de doçura.

Embriagado pelo agradável perfume que inundava tudo, o homem soltou-se na delicadeza do bailado da natureza abandonando sua fortaleza calada. À medida que se aproximava da árvore bailarina, o movimento das ramas crescia e se podia ouvir o acalanto de uma melodia antiga. O pequeno manacá cantou e dançou envolvendo-o num aconchego materno. E, alucinado, entregou-se ao paraíso do primeiro seio.

E, então, tudo acabou. Sempre de repente. Encontrou-se agarrado a uma árvore fria e rígida pisando milhares de flores miúdas que definhavam como estrelas caídas. O mundo voltara a vento e gelo.

Sentindo-se ridiculamente traído o homem desabou em queda livre, sentindo-se empurrado no abismo por quem lhe estendera a mão. Caiu eternamente. Desejou a morte. A queda chegou ao fim e os pés tocaram o duro chão da madrugada fria. Ele continuava vivo e tudo continuava como sempre. Tudo estava no lugar.

Vergonhosamente derrotado, respirou com raiva e berrou:

- Quem é você?

Ouviu apenas o próprio grunhido e um sabor de sangue fresco jorrou em sua garganta. Era ninguém. Permaneceu parado lutando mais uma vez com a emboscada da fé e, mudo, suportou a brutalidade do evanescente. Entregou-se ao gelado hálito do inverno enfrentando a realidade escura, sem perfume e sem música.

Voltou sem tropeços ao casebre e jogou-se no ninho úmido. Estava acordado, sem pensamentos nem pulsações. Ignorou a realidade e fechou os olhos.

Vazio e alheio abriu novamente os olhos.

Saltou como um boneco, pronto para lutar. E admirou o redor.

Estava numa belíssima casa confortável, mas tudo lhe parecia insípido e enfadonho. Viu os lençóis brancos de uma enorme cama macia. Livros sob o abajur antigo à cabeceira da cama. No piso de madeira clara, um tapete amarelo com bordados infantis lembrando a vida no campo. Duas poltronas de couro claro e uma mesa com livros, computador e um jarro com flores, ocupavam o canto oposto do ambiente bem iluminado. Na parede em frente à cama, dois quadros simétricos, aquarelas suaves, alusões em verdes diversos, insinuavam segredos. Uma delicada luz do sol atravessava a cortina leve que escondia uma janela. Exuberantes, as flores do jarro sobre a mesa alegravam a impecável arrumação do ambiente.

Adivinhava-se um dia esplêndido lá fora.

Ele caminhou indiferente e apático. Abriu a porta da direita, encontrou o banheiro e fez jorrar a água de uma ducha generosa. Sem estremecer, entregou-se a um banho de água fria. Lavou-se mecânica e demoradamente. Saiu, tranquilo, à procura de uma toalha; atravessou o quarto espalhando água, abriu outra porta e encontrou-se num corredor iluminado pelo sol. Num rápido olhar, descobriu um belo jardim através da parede de vidro. Continuou explorando a casa abrindo porta depois de porta, molhando o chão. Encontrou um armário de roupas brancas, apanhou uma toalha, envolveu-se e voltou ao quarto. Jogou-se na cama macia e adormeceu imediatamente.

Dormiu por muito tempo.

Numa manhã luminosa foi acordado pelo burburinho de pássaros no jardim, adivinhou a primavera e, tomado por irresistível impulso, saltou da cama. Vestiu-se apressadamente e, pegando a bolsa sobre a poltrona, atravessou a bela casa luxuosa. Saiu batendo a porta.

Mal humorado, chutou o dobermann negro que veio festejar-lhe. Entrou no carro e acelerou. Estava distante e, por um triz, o grande portão de ferro não esmagou o carro.

Na rua, acelerou ruidosamente juntando-se à balburdia de buzinas, luzes, vozes e angústias.

De repente, como se um raio caísse sobre sua cabeça, sentiu-se sereno. Desacelerou e começou a examinar o mundo observando com interesse a impaciência das pessoas. Observou a morosidade dos carros e o desespero dos motoristas. Não fazia parte. Sentiu-se feliz. Era fato. Estava à parte. Satisfeito e tranquilo.

Estacionou diante de um antigo portão de aço e, quieto, dentro do carro, estudou as manchas de ferrugem que borravam a pintura que, um dia, fora verde.

Desceu do carro, caminhou devagar, empurrou o portão e, decidido, entrou no jardim esquecido e nauseabundo. Ali, árvores antigas e entrelaçadas escureciam o dia. Um cheiro podre preenchia o ar. O homem continuava distante. Com disposição tranquila vestiu as luvas que trazia na mochila.

Os degraus da entrada estavam quebrados e a porta fora arrombada. Entrou na sala soturna. Num canto, junto da lareira fria, uma poltrona rasgada e manca parecia hibernar. Sentou-se ali, rígido, empertigado, dominando o ambiente. Nenhum coração batia. Esperou. Nada acontecia. Estava no controle.

Ele se levantou, caminhou pelo corredor escuro e, automaticamente, abriu a segunda porta à direita. Empurrou-a com força e entrou no imenso salão intensamente iluminado. Tudo era branco. Vários berços, todos imaculados, arrumados aos pares, como duplicados, balançavam sozinhos e tranquilos. Bebês, embrulhados como pacotes para presentes, dormiam serenos.

Recordou lições sobre Deus, sobre o sagrado, a bem-aventurança, a inocência, a bondade, a caridade, a piedade. Balançou os ombros e, rapidamente, alegou a irrelevância de tudo.

No fundo do salão, depois dos berços, descobriu uma mulher de cabelos brancos bem trançados sentada numa cadeira de balanço, usufruindo a luz do sol. Movendo-se num ritmo monótono, ela cantava palavras ininteligíveis. Por uma eternidade, o homem ouviu a ladainha obscura.

Aos poucos, uma antiga ira melancólica começou a dilatar-lhe o coração. O corpo do homem vibrou descontroladamente. Reconheceu a voz irritada e ouviu a heresia:

A leviandade dos deuses

Concede a força do mal

À criatura perversa,

Ao ser chamado mulher.

A impiedosa vontade divina

Encarna no ser depravado,

E concebe o anjo comovido

Para entregá-lo à chacina.

Para o apetite dos porcos,

Ao sabor dos bárbaros,

Para a alegria dos devassos.

Os olhos opacos acenderam em vermelho e o corpo trêmulo rangeu como armadura enferrujada. Olhos escarlates dispararam canhões de ódio. A mulher recomeçou a ladainha balançando-se em ritmo entorpecente. Cantava para a luz absoluta que chegava pela janela.

Mães são impostoras,

Elas mentem verdades

E inventam mundos.

São vasos obscenos,

São farsas da bondade,

E raízes da crueldade.

Criaturas da mentira,

Entidade das trevas,

Desatino da divindade.

Imagens cintilantes chegaram pela janela atendendo à convocação da feiticeira. Criaturas transparentes ocuparam o salão num horripilante bailado sobre os berços.

Veio o campo repleto de seres famintos caminhando em rigorosa formação.

Veio a fome sórdida e o devoramento de ratos, larvas, insetos e merda.

Vieram olhos e esqueletos cavando a própria cova.

E o bebê amordaçado num buraco de pedra escura.

A mulher ajoelhada chupando o homem que fumava charuto.

Depois, vieram serpentes e abutres entrelaçados.

Rolaram cachoeiras de sangue.

E a fogueira esplêndida de jovens adolescentes amontoados.

Houve uma explosão de vísceras e uma enxurrada de entranhas.

E cães em desvario devoraram espectros perplexos.

Seguiu-se um excitado pelotão de fuzilamento.

Um estridente e infame estupro coletivo.

Vieram o medo, a humilhação, o desespero e a submissão.

E a poderosa figura de um Hércules vitorioso que, por um instante, pareceu-lhe familiar, dissolveu-se como bolha de sabão na absoluta luz fria.

Então, o homem caiu sobre os joelhos, dobrou o pescoço, bateu a própria cabeça no chão e chorou. Chorou. Chorou.

A mulher continuou seu canto de harpia e os bebês empacotados permaneceram mudos.

As lágrimas do homem inundavam o salão quando, num ímpeto, ele se ergueu como uma montanha. Uivou como lobo ferido e, sustentando o titã que lhe habitava o peito, atravessou o salão. Perfilou-se diante da mulher interceptando a luz com o corpo de gigante.

Silenciando-se, a mulher o mirou sem maior assombro. Levantou-se devagar, mostrou-lhe seu pétreo olhar de medusa e um meio sorriso sinistro torceu o canto direito de uma boca sem lábios.

O homem saltou.

Apertou-lhe o pescoço com as duas mãos e levantou a mulher acima da cabeça. Levantou-a como se levanta um troféu. Depois, abaixou os braços e observou calmamente cada detalhe da esganadura. Aos poucos, viu a cara azulando. Sentiu o esmagamento dos ossos do pescoço entre os próprios dedos. Viu os olhos de medusa saltarem como bolhas sólidas. E observou a língua de serpente ejetada de uma boca travada.

Ouvindo com alegria o desabamento da ruína, ele soltou o grito do renascido. E sorriu aliviado quando ouviu o choro forte dos bebês. Era o vitorioso cântico da vida.

Esperou.

Deixou-se banhar pela luz cálida que lhe recordava um amanhecer de primavera. Escutou, deliciado, o balbucio de bebês que lhe recordaram o burburinho de pássaros ao amanhecer.

Caminhou pela casa abrindo portas e janelas.

Por fim, voltou ao jardim e procurou a luz. Deitou-se sobre a grama de cara para o sol, sentindo-se livre e saudável. Pronto para morrer.

Matara o alienígena que lhe habitava o peito.

5. A viagem de Pedro

'Sobrevivente. Nave à deriva. Fantasma. Criatura mergulhada em insondável enigma'.

Os pensamentos implodem a mente de Pedro dia e noite. Ele tenta esquivar e não consegue. Debate-se, luta, mas, preso em rede imperceptível, o incansável suspiro de uma voz surda sopra-lhe no ouvido:

- *A morte visita o sobrevivente todo dia, mas não o leva; leva o melhor amigo, todo santo dia o melhor amigo vai embora. Ficam os indesejados. Ficam para diversão da morte, para as brincadeiras da insignificância, para o vazio. O amigo foi; o sobrevivente fica para não se esquecer. Não se esquecer de que ficou só. Ao sobrevivente resta o constante assombro com as veleidades da morte. Ao sobrevivente, o passatempo da morte.*

Embaraçado, tolhido, Pedro procura reagir inventando uma coragem:

- *Não, não, todo amigo é o melhor e mais raro; mas melhor e mais raro é o sobrevivente ter amigo; melhor ainda, quero dizer, pior ainda, muito mais raro e melhor é ser amigo do sobrevivente... Não, não, eu tenho amigos, ou melhor, eu tive amigos...*

E Pedro prossegue repetindo o doloroso mantra da sobrevivência.

E Pedro prossegue repetindo o doloroso mantra da sobrevivência.

Numa pausa breve, Pedro escapa das interrogações do sobrevivente e o pensamento cai em Lóri. Há pouca diferença, angústia diversa; outras perguntas impenetráveis.

Àquela hora, Lóri também era assunto doído. Os

doces momentos de companhia amorosa agora eram amargurada expectativa.

Queria alcançá-la. Cismara de desvendá-la, possuí-la e, afinal, rendendo-se, admitia: gostaria de contê-la. Agora, assim de repente, fora tomado por um terrível medo de perdê-la. Assim, de repente, ele se transformara em agudo sobressalto. Conseguia imaginar as complicadas consequências que o verbo *'conter'* continha, mas Pedro não resistia à tentação: queria contê-la! Desejava costurá-la em si.

E, desatinado, Pedro raciocinava, considerava, reconsiderava e argumentava. Buscava convencer-se: *'Lóri quer ser contida'.*

Pedro luta bravamente consigo mesmo. Não avança; sente-se desarvorado, arruinado, abatido como peixe bobo, embaraçado numa armadilha imbecil.

Respira fundo, busca forças insuspeitadas no fundo de uma alma aflita e promete que vencerá o turbilhão. Voará para longe, deixará tudo para trás, virará a página: Pedro se enche de esperança.

Mas continua preso nas redes de uma ideia fixa.

Não queria dizer submetê-la, não admitiria tal coisa. Queria dizer seguir os caminhos de Lóri, conhecer seus rumos, sonhar aqueles sonhos insinuantes, sensuais, dourados. Não queria dizer subjugá-la; queria apenas ter garantia de que ela não evaporaria de repente. Que não se desmaterializaria num átimo, como passou a acontecer desde que...

Está incerto quanto ao tempo; agora, Pedro duvida de quase tudo; principalmente, do tempo. Perdeu-se, desconhece os dias, não tem certeza das horas. Certo está de que Lóri evaporava. Não sabia dizer quando nem por quê. Gostaria de dizer que Lóri desaparecia, mas não consegue ter certeza e, então, muda de ideia, pensa que Lóri apenas escorrega. De vez em quando, ela escapa, ele repete para se convencer. Lóri não desaparece, surge. Emerge. Ela não se anuncia; ela nasce, assim do nada.

Pedro imagina; sonha; está ruminando melancolicamente. Exaure-se. Melhor desistir. Mas recomeça.

Tudo aconteceu depois da morte de Estêvão. Não sabe dizer a que se refere quando diz *'tudo'*. *'Tudo'*, pondera, refere-se a quando, ele, Pedro, tornou-se o sobrevivente e Lóri deu de sumir.

Então, descobre que há muito tempo está desnorteado. Pensa bem: relembra. E tudo lhe parece de outro alguém. Agora, na lembrança, só percebe absurdos. Tudo irreconhecível. E ele se desgosta profundamente. Mas não quer desistir. Àquele tempo, tudo era normal; natural. Acontecia como os ventos. E mudou.

Dominado pelo passado, Pedro tem medo de estar enlouquecendo. Teme o desespero e pensa em viajar. Sonha em sumir; precisa ir embora. Quer esquecer.

E lembra-se do atropelamento de Wolf, da infinita e dolorosa recuperação, da dedicação ao amigo. Hoje, parece-lhe que, para Wolf, tudo era indiferente. Wolf também não é mais o mesmo; talvez esteja decepcionado por haver sobrevivido. Pode ser verdade, admite. Precisa esquecer. Não quer se sentir sozinho. Vai embora. Pensa em mudar para o Oriente, viver no anonimato. Ser um desconhecido. Ser estrangeiro. Talvez seja solução.

Mas se lembra de Lóri que estava sempre por perto. Ao seu lado. Agora, parece longe. Muito longe. Mal consegue imaginar. Tudo está embaralhado. Pedro é forte, corajoso e insiste com paciência. Não vai se render:

- *Lóri não vai embora, mas tampouco fica. Ló-ri-in-ter-mi-ten-te.*

Engraçado dizer palavra tão própria de Lóri.

In-ter-mi-ten-te. I-mar-ces-cí-vel. Im-pon-de-ra-bi-li-da-de. Im-pres-cin-di-bi-li-da-de.

Lembra-se da infância: brincavam de pronunciar palavras difíceis. De descobrir palavras. Invenção de Lóri. Ou de Estêvão, talvez. Não está tão certo. Lóri estava sempre por aqui, por ali... Estava. Onde está? Uma distância infinita. Sente-se enganado pela maior certeza de sua vida: a indiscutível presença de Lóri.

Está desorientado, sem palavras. Perambulando como cão sem dono, bobalhão, esquecido. E o mantra 'Lóri, Lóri, Lóri... ' atropelando-lhe os passos. Sente-se cego. Lóri dissera que o cego é vidente. 'Lóri, Lóri, Lóri. ' Ela dissera: 'cego é vidente'. Inconcebível Lóri. Impensável. Querida Lóri. Intocável? Os encontros eram calmos. Engraçados e delicados.

Acabaram. Pedro quer uma explicação. Lóri, Lóri, Lóri. Tenta.

"Lóri procura quem a detenha, alguém que a impeça seja lá do que for; de qualquer coisa, mas que, simplesmente a impeça. Sem palavras. Ela diz que não quer saber de palavras, disse, diz, repete, eu não quero ouvir, não quero ouvir."

Nessa hora, Pedro sente grande ternura e abraça o macio corpo de Lóri aconchegado contra o peito. Sente-se feliz.

'Compreendo, diz consigo, e repete: *'eu compreendo, mas acredito em gesto puro, sem palavras, é ingenuidade, uma teimosia, medo. Querer no gesto todo o sentido. Inocente Lóri!'*.

Pedro está febril; contrariado. Sonha em salvar Lóri de suas mudas utopias delirantes. Abre a janela e espia a noite. Está escuro e o silêncio é profundo. Fecha a janela. O pensamento tomou conta do mundo.

"Eu não, quanto a mim, quero as palavras. Quero todas. Preciso delas. Lembro-me de Pasárgada e do momento em que o verso me salvou. Ali encontrei o rumo da minha vida. Minha vida é rumo, é estrada. Por isso desencontrei-me da morte, e de Lóri. E aqui estou eu, perguntando-me se estou vivo. Posso fugir?".

Aprisionado no pensamento, Pedro descobre-se memória. Simples reminiscências. Às vezes, boas lembranças o animam: é memória de experiências decentes; é resistência diante de autoritarismos hipócritas. E se explica: tornara-se vagagem trôpega em becos sem saída porque era pura memória digna.

E não desistiria. Não andava sozinho, relembra a si mesmo, tinha amigos, gente que não se rendia. Como Lóri.

Agora está cheio de dúvidas. Pedro naufraga outra vez.

"Tive amigos, teria muitos não fora o poder da brutalidade sem palavras. Os homens decentes morreram matados, ou se mataram. Eu fugi para Pasárgada. Lóri também não morreu; tampouco Wolf. Será? Lóri e Wolf se resignaram. Renderam-se

ao silêncio da vida. Ou da morte. Quero dizer, ao silêncio da vida e da morte. Renderam-se".

Sente compaixão por Lóri. Confunde-se com ela por um momento. Uma ligeira vertigem. Um momentâneo escurecer. Tem vontade de ser Wolf. Mas Wolf é resignado e Pedro não quer transigir. Tem medo de ser Estêvão. Respira fundo e luta. Tampouco quer ser Lóri, não quer calar-se. Pedro adoece.

"O sobrevivente é solitário; é o sozinho. Rebotalho de um naufrágio. O mar o devolve".

De volta à angústia dos sobreviventes. Ou melhor, dos viventes do século XX, corrige-se. Corrige-se mais uma vez: os viventes do século XX foram apenas sobreviventes. Foram sobreviventes são palavras absurdas. Sobrevivente é um eterno presente bruto. É ser fantasma. No século XX, o tempo acabou; apagou-se o passado, alucinou-se o futuro. O século XX foi uma ciranda estúpida.

Pedro quer chorar.

Lembra-se das utopias da juventude. Das certezas alegres. Da vida pelas causas justas. Das ideias de amor substancial. Da beleza dos homens.

Olha para o lado. Sobras. Restos. Equívocos, tropeços, desencontros, imobilidades, desesperanças, um punhado de mentiras. Brutalidades.

Pedro quer chorar.

Amava Lóri, amava todo mundo; todo mundo se amava com todo o tempo do mundo. Não havia o que pensar, havia o que viver. Estavam juntos e ficariam juntos. Não haveria fim.

Lóri deve estar está sozinha em casa.

Pedro desorienta-se e quer parar. Mas continua. Quer o fio da história. Precisa saber por que se perdeu da própria vida. Como foi surpreendido pela própria vida. Quer saber.

Revira-se na cama. A noite está abafada e negra. Não quer se levantar. Não tem forças. Mas quer ter.

Tergiversa. Lóri diria isso, ele se lembra: *'tergiversar é abrir caminhos novos'*. Outras palavras. De Lóri, claro. Admite: não percebeu que tudo mudava. Agora percebe: tudo mudou e quer entender.

Estava bem tudo até que tudo começou a acontecer. Ou deixou de acontecer? Precisa saber. Pedro não sabe e decide viajar para a Patagônia.

Por algum tempo, ele se distrai com guias, mapas, datas e voos. Compra passagens para livrar-se das lembranças e nem percebe que continua distraído nas voltas do pensamento. Pedro é um sonhador, quer colocar contornos no mundo.

'A desordem está nas palavras, nos desejos, nos temores, nos amores. Wolf calou-se, Laura ficou doente, Malu descasou, Estêvão morreu, Lóri desaparece. Mas eu me lembro. Preferia esquecer. Preferia. Vou viajar, vou me distrair'.

Entretanto é capturado mais uma vez:

'Sobreviventes são andarilhos. Querem mais; muito mais; querem mais que companhia, mais que sexo, mais que dinheiro. Querem mais que a morte. Querem a beleza. A vida é maior, é incabível... '.

Pedro sorri, ouve Lóri dizendo: *'a vida é incabível'* e sorri.

Decidiu viajar para o sul. Em direção ao fim do mundo, ao extremo; chegar aonde os ventos se encontram. E Pedro já está percorrendo as distâncias. Onde baleias vão dar à luz e leões-marinhos, imensos e dóceis, soltam uma voz rouca e tronante; o louco leão-marinho que, segundo Drummond, brinca em cada um de nós, e é triste. Visitar os patagões, os gigantes de patas grandes...

Pedro sorri para dentro e murmura, 'não são pés grandes, são botas de couro, imensas botas que percorrem desertos brancos, florestas de pinheiros e transpõem geleiras'. As montanhas geladas. Glaciares que emolduram águas azuis onde o sol se banha ao fim de um longo dia de verão. E onde também rapidamente se esconde nos brevíssimos dias de inverno. Sim, ao encontro dos extremos...

Pedro fugiu.

E então, nas águas azuis, Pedro revê um olhar que lembra uma saudade e o mesmo pensamento se impõe: 'assombrado sobrevivente'.

Lóri não se convence com argumentos mal costurados. Nem bem costurados, ele reconhece e sorri. Raso sofisma, diria ela, debochando, viva e descontraída. Lóri não se permite descanso, e Pedro resta exausto.

O que Lóri estará fazendo?

Sereno, pousado no belo bar da belíssima Patagônia, aspira a exalação de carinho do leão do mar. Suspenso, sereno e surdo, paira sobre os frios azuis. Folheia os guias, examina os mapas e abre o livro comprado às pressas no aeroporto:

Patagônia é a região mais meridional da América do Sul, na Argentina e no Chile, onde a cordilheira dos Andes se integra compondo uma faixa montanhosa e gelada entre os oceanos Pacífico e Atlântico. Fortes ventos dominam a maior parte do ano e, na fauna, abundam os leões marinhos e uma multidão de pinguins. O nome 'Patagônia' vem de 'patagão', nome dado por Fernão de Magalhães, em 1520, ao povo nativo que ele imaginou serem gigantes pelas enormes pegadas encontradas na neve. A área é coberta de geleiras, com temperatura variando entre 10 e 20 graus negativos. Na Patagônia, especialmente na Argentina, existem grandes desertos amarronzados pela presença de minérios, extensos bosques de pinheiros e rios preguiçosos que contornam as montanhas de gelo. Na extremidade da região, encontra-se a 'Terra do Fogo', um arquipélago separado do continente pelo estreito de Magalhães. Foi também Fernão de Magalhães que a nomeou assim, ao avistar fogueiras que pareciam boiar nas águas encobertas por nevoeiros, ao redor das quais viviam os nativos, por ele imaginados gigantes'.

O límpido movimento dos ventos traz o palavrório afoito de um homem agitado e interrompe a leitura de Pedro. Ele observa a empolgação aflita do homem e lembra-se de Laura, decidida a mudar o mundo; e ali, escondido no fim do mundo, ouve os planos de sucesso de um homem entusiasmado:

- O turismo trará grande desenvolvimento para a Patagônia, virão milhares de pessoas para desbravar as maravilhas desse lugar, milhões de dólares circulando, já imaginou?

- Sim, não...

Aborrecido, o homem levantou-se e, pisando duro, saiu sem se despedir. Lóri ocupou a rústica cadeira de madeira.

Um dia, Lóri reapareceu decidida. Não ganhar

dinheiro, desconfiar da tecnologia, não se sentir oprimida, nunca, nunca oprimida, pelo contrário, ter ideias claras, claríssimas, ter ideias claras para saber calar, saber não dizer, esperar, com paciência, com naturalidade. Na verdade, todo dia Lóri repetia: 'saber esperar'. 'Ter ideias claras para se calar'. Todo dia.

Pedro apreensivo, lembrando-se. Não vai se calar, mas quer se livrar das lembranças. Quer saber o que as lembranças contam.

É assim, sou lento, sou lerdo. A meninada - Lóri entre eles - disparava por entre as árvores, escalava pedras e saltava no meio do rio. Eu não. Eu ficava para trás, caminhava devagar e, depois, sentado sozinho sobre a pedra mais alta, assistia à algazarra. Trêmulo, ouço a voz aguda do meu pai mandando-me saltar. Murmuro que tenho medo e, explodindo, ele começa a me espancar diante dos meus amigos. Arrasta-me berrando a vergonha de ter um filho que sente medo. Pergunto-me se há saída para o abuso da força. Lóri responde:

- Não corra! Espere. O abuso desmoraliza-se; cai sozinho.

Pedro repensa: o abuso não cai sozinho. É preciso fazer alguma coisa. Convence-se: Lóri está errada! Não basta esperar.

Lóri conquistou-me no primeiro momento. Ela me descobriu. Ou inventou. Pergunto-me se já me conheço. Deixei-me morar em Lóri. Que absurdo! Ideia tão estapafúrdia só pode ser de Lóri. Eu não sou tão extravagante. Não há nada de excepcional em mim. Eu sou...

'Mistérios de Lóri', Pedro murmura e sente-se

dominado pela delicadeza de Lóri. Gratidão pelos enigmas da mulher; medo do dia em que não existam mais os mistérios daquela mulher. Pedro sonha: '*Lóri tem segredos*'. E agradece pelos abismos de Lóri. Lembra mais:

Um dia, por acaso, encontrei um papel em que ela escrevera: '*há sempre um sabor amargo, uma visão desfocada, um zumbir no ouvido; e a pele, por inteiro, sempre, sempre arrepiada*' - lembro-me, era mais ou menos assim.

Um pequeno papel displicentemente rasgado e palavras mal traçadas como numa anotação de última hora. As letras grandes, bem traçadas, em contraste com o tamanho do papel, ora pareciam desenhos, ora rabiscos aflitos. A comoção que havia ali me acertou em cheio. Pensei que era lembrete; depois, pareceu-me mensagem.

O vento invade o bar, revira tudo, balança as prateleiras, tilinta as garrafas. O dono corre para fechar as janelas. A luz se apaga. '*No passa nada, un rato y todo estará bien*'. Pedro responde: '*si, si, todo está bien*'. O homem acende velas. O bar parece ter encolhido e Pedro se sente melhor. Está feliz, sozinho.

Depois de acender as velas, o dono volta ao fogão, remexe as madeiras e aumenta o fogo.

Assombrado, joguei de volta o papel sobre a mesa repleta de papéis. O pequeno recado saltava entre folhas inteiras caprichosamente escritas. Olhei novamente para aquele sussurro e vi um náufrago aflito.

Pedro está arrepiado.

Não sabe o que dizer. Deveria saber, ele pensa. Por

que não atendeu ao chamado de Lóri? Por que não olhou para a própria vida? Decidiu andar, andar, andar. Não parar nunca mais. Dar voltas ao mundo.

Continuou sentado olhando para a cadeira vazia onde Lóri sorria e relembrou:

- *E a pele por inteiro, sempre, sempre arrepiada...*

O homem do bar caminhou até a caixa de música – Pedro se lembra dos anos setenta – o bar se enche de melancolia. Um tango. '*Por una cabeza, todas las locuras, su boca que besa borra la tristeza, calma la amargura. Por una cabeza, si ella me olvida qué importa perderme mil veces la vida, para que vivir...*'

Afoguei o papel, tentando não ouvir chamados, lembretes, tampouco mensagens. Não ouvir.

Tenho dúvidas se Lóri me viu mergulhando sua aflita verdade no oceano de palavras que recobriam a mesa. Quando peguei o papel rasgado, ela olhava pela janela como se voasse longe, mas de repente se voltou e, instintivamente, embaralhei os papéis como se brincasse com eles. Emocionada, Lóri começou a recordar a violência da ditadura militar; fez um discurso revoltado sobre a bestialidade e a brutalidade. Revoltada com os massacres dos nossos sonhos.

Eu não sabia se se tratava de sincera indignação com o desmoronamento nosso de cada dia, ou se era disfarce da decepção com a minha covardia afogando o seu sussurro. Lóri pedia socorro quase em silêncio... Silêncio que eu nunca quis ouvir.

- *Há sempre um sabor amargo, uma visão desfocada...*

Sou quem ainda está fugindo. Lóri descobriu que eu ia fugir. É justo que eu esteja no inferno. Quero sair daqui.

O vento se amainou e a luz voltou. O dono do bar sorri; uma piscadela, *'no lo he dicho?'*, apaga as velas e abre as janelas. A luz branca refletida pelas geleiras arrepia. Pedro pede outro mate.

Lóri sabe indignar-se calculadamente. Eu e Wolf entendíamos; ela confiava em nossa cumplicidade. Podia confiar. Nunca revelamos os segredos de Lóri; vivíamos deles. A verdadeira indignação de Lóri é muda; não sabe falar. Wolf é seu melhor interlocutor, ele também se cala.

Eu quero falar, quero entender.

Muitas vezes, fazia discursos inflamados, como se estivesse verdadeiramente revoltada, mas, na verdade, sua perturbação é outra, é profunda; ela tem medo. Aprendeu com Wolf: calam a verdade mais profunda. A verdade é coisa íntima: Estêvão, um dia, contou-me. Lóri lhe dissera isso. Lóri e Wolf se fecharam na profundeza de uma verdade não dita. Onde mora a elegância, Estêvão também disse. Certamente querem acreditar, consolam-se assim. Eu não estou de acordo. Não creio nisso, quero saber dizer.

Ainda não aprendi, não sei me guardar, tampouco sei me mostrar. Ainda. Penso em Estêvão. Uma pequena vertigem, um desejo de desfalecer. Outro súbito anoitecer.

Mas logo passa.

Eu e Wolf... Revejo os entreolhares cúmplices durante as retóricas indignações de Lóri. Ela reconhece nossa cumplicidade e se entrega a ela. Calados, ouvimos as clamorosas e bem disfarçadas declarações de Lóri.

Seus ais e ãos. Suas meias verdades.

Não quero me calar.

Muitas vezes querem discutir com Lóri, então, ela se levanta. Vai às alturas, faz borbulhar discursos copiosos; esconde a verdade na própria exaltação e nas certezas de todo mundo. E se acalma com o nosso silêncio, que é compreensão do seu desejo de calar. Eu sei, mas não me conformo. Wolf concorda, ele também quer o silêncio. Eu não quero. Não quero mais me calar.

Lóri precisa de mim, eu penso. Wolf também, penso, e não me atrevo a ocupar lugar tão heroico. Não quero ser herói. Lembro: Wolf disse existir um único destino digno. Crítica a Estêvão? Ou elogio? Bem não me lembro. Mas me recordo: Wolf pensa que só se pode viver heroicamente. Não posso.

Pedro abriu os olhos devagar, respirou fundo, levantou-se e saiu do bar. Estava triste, começou a caminhar entre pedras cobertas de gelo. Apesar do nevoeiro, a luz era esplêndida. Observou a paisagem numa procura nostálgica de fogueiras entre névoas. Tentou sorrir. O sol se punha, a paisagem era estonteante, um homem gorducho e sorridente, carregando uma parafernália fotográfica, cumprimentava-o festejando o pôr do sol.

- A composição é o princípio da fotografia, tudo começa com uma boa composição, mas às vezes a realidade é mais forte, e nós nos submetemos ao momento, somos humildes. Tudo aparece perfeito. Aqui, por exemplo, tudo já está posto, é só colher.

Pedro concordou com um movimento de cabeça e admirou a energia do fotógrafo. Seguiu o minucioso preparo para as fotos. O homem estava arrebatado pelo espetáculo e, por algum tempo, Pedro participou da maravilhada empolgação.

De repente, sinuoso, insidioso, o pensamento irrompeu:

- Seria o sublime fotografável?

Lóri voltava. Pedro reencontrou-se com a própria memória e a impronunciável tristeza de Lóri. Sentiu-se maldito e, humilde, pediu licença - quase perdão - ao fotógrafo e escapou de volta para o hotel. Aonde ir?

Houve a tarde em que Lóri começou a falar de táticas, estratégias, escalações e prorrogações. E, para o espanto geral, declarou que havia perdido todas as disputas de pênaltis de que participara. Eu quis abraçá-la, dizer que compreendia, mas não me movi. Dizer que a amava. Mas não disse. Estêvão pediu explicações, resmungou que não gostava de metáforas obscuras. Wolf explicou: *'o mais provável pode não acontecer nunca'*. Lóri desgostou que Wolf falasse. *'Lá se foi minha metáfora'*. Eu quis dizer que a amava e não disse.

Pedro decide dormir. Prepara a cama com cuidado, veste-se como um urso medroso e afunda-se em cobertores. Mas não sente sono. E, de repente, estarrecido, descobre-se o bem amado. O mais querido. Quase se desespera lembrando-se do choro de Lóri quando ele falou em ciúme de Wolf e de Estêvão. Estava brincando, mas Lóri chorou.

'Aquele inesperado desamparo resgatou-me', Pedro murmura, *'e eu nem vi'*.

Eu a abracei condescendente, disse que a amava – não me preocupei com a verdade, era uma delicadeza –

me senti corajoso, importante, lembro-me bem. Ela disse que me amava, amava Wolf e Estêvão, mas eram coisas diferentes. Considerei ser mais uma comoção da comovida Lóri. Uma sensibilidade a mais, só isso. *'Só isso! Paspalho!'.*

Pedro arrepende-se e dói muito. Tenta rir de si mesmo; ri sem graça porque não sabe onde está a verdade. Provavelmente esteja na pena que sente de si mesmo. Está envergonhado. Descobre que inventou viagens porque não sabia o que fazer. Ou não temia fazer o que queria fazer. Revê:

Lóri meteu-se em casa e encerrou-se em seu abrigo. Wolf fez o mesmo. Lembra-se de Estêvão: *"Para onde fugirei do teu Espírito?".*

Quer se desesperar. Não sabe de si. Estêvão não vai embora. *"Para onde fugirei do teu Espírito?".*

Sente-se insignificante. Precisa pensar no que vai fazer: não quer se calar, não quer morrer. Não quer enlouquecer. E, principalmente, não quer continuar fugindo.

Quase odeia Estêvão. Odiaria, se tivesse coragem e se fosse um homem injusto. Mas não é. Pedro é bom e justo. E está com medo. O amor é a coragem de não se mover, ele divaga. O amor é a coragem de ficar.

'Não tenho coragem. Ainda não'.

Acabo de decidir seguir para o Atacama; estive lá e, decididamente, é um lugar para rever. Vou pelo caminho mais longo e difícil. Decidi. Vou de trem. Fui ao correio e enviei dois postais. Por vezes, gosto de parecer solene.

"Em direção ao Atacama. Beijo".

À janela do trem que invade a imorredoura paisagem silente e branca, o dia em que Lóri declarou-se amante do futebol voltou-lhe à cabeça. Ela ainda era criança. Reviu a hostilidade das meninas para com Lóri. Sim, das meninas. Pedro considera-se especialista em aversões e ojerizas e filosofa:

Lóri nasceu mulher. Nunca foi menina. Coisa facilmente verificável, mas difícil de explicar'.

O pensamento tem a velocidade do trem. As geleiras ficam para trás como se fugissem para o passado de onde ele insiste em sair. O sol desvenda as névoas e tudo começa a se aquecer. Pingos amarelos gotejam entre os nevoeiros.

'Eu a conheci desde sempre. Lembro-me dela antes de lembrar-me de mim... '.

A porta da sala do primeiro ano abriu-se devagar e uma luz amarela entrou. Houve silêncio enquanto a luz se focalizava num repentino vestido amarelo de babados cheio de buraquinhos... Uma menina de vestido amarelo caminhou até mim. Uma melindrosa de *laise* amarela.

Comecei a desenhar vestidos; em todo canto desenhei vestidos, até na areia. Aprendi a desenhar. Aprendi sobre tecidos e sobre moda.

A luz amarela do delicado vestido despertou-me: eu me percebi. Estava sozinho na sala, chorando. As outras crianças estavam no pátio, hora do recreio; eu, de castigo. Não fizera o dever de casa. Percebi-me por inteiro, num relâmpago. Eu era um menino que não fazia o dever de casa, chorando sozinho, de castigo, numa sala do colégio.

O trem para numa estação. *'Dez minutos'*, avisam. Pedro não se levanta. Espia através do vidro da janela e vê o sol acendendo as montanhas. Ouve a algazarra: um grupo de colegiais invade o vagão, falando, cantando e brincando. Tudo está iluminado e a vida é uma brincadeira.

Tranquila, ignorando meu espanto e minha vergonha, a menina de amarelo sentou-se ao meu lado e falou:

- A Dona das Dores é uma imbecil. Está conversando com minha mãe na sala da diretoria. Amanhã venho para a escola, minha mãe quer, eu não quero. Eu não quero vir para a escola. Virei obrigada. Você não precisa chorar. É um desperdício.

Dona Maria das Dores, a professora, uma imbecil. *'Como se atrevia?'.*

- Sou a Lóri.

Desde então, surpresas. Desde então, sou outro. Ou melhor, desde então, sou eu. Lóri perto de mim. Às vezes, toda minha. De repente, uma estranha.

Não sei se estou falando dela; ou de mim. Sou o tonto. O palhaço. Fui. É certo. Fui. Quero ser, é certo. Mas tudo seria diferente: sei que quero ser palhaço.

Tenho momentos de paisagem absoluta e me entrego à memória. Quem não se submete a uma cordilheira? Fico possuído. Parece que um rio me leva. Caudaloso e interminável, molhado e cálido, o rio exibe os meus caminhos. Nos meus caminhos estão os macios e demorados beijos de Lóri. Tenho saudades; beijos que não percebi. Beijos que mal beijei. Lembranças.

E, de repente, cachoeiras de faces, cascatas de falas:

Kant, Marx, Nietzsche, Mann, cinco vezes Freud, o olhar de Guevara, resmungos de Sartre, Guimarães Rosa no café da manhã, Proust na sobremesa e Drummond na ceia, para sempre Drummond, aos goles, com Clarice Lispector, cozinhando o lombo com batatas que só Lóri sabe fazer, Shakespeare na cama, e de repente, lembrando-me de quem me esqueci, claro, é Woody Allen que...

É assim. Nada disso sou eu, tudo isso é ela, Lóri. Mas, segundo ela, tudo isso sou eu. Não sou, sei que não sou; Lóri é quem fala assim, com tanta impropriedade. Fala por falar, só de brincadeira: *são os cotovelos*', debocha fazendo caras e bocas. Eu não quero falar por brincadeira.

Agora não há mais nevoeiro. O sol invade o trem e o calor traz um torpor úmido. A luz obriga a fechar os olhos. Não quero falar por brincadeira.

Uma noite voltei inesperadamente para casa, já era tarde, e ela não estava. Chegou horas depois, empolgada, falando depressa, atropelando as palavras. Contou: 'huuuuumm... (é cheia de interjeições, onomatopeias e outros sons estranhos), aiii, que medo, dizia ela, atravessei filas serpentárias (inventa imagens insólitas), segurei esperas centenárias, tive paciências milenares (é amante das hipérboles, mas não admite; na verdade, fica furiosa quando digo que é exagerada).

Aiii, uufaa, iichiii, imagine, atravessei multidões, grosserias e berreiros, até conseguir esconder-me numa sala de cinema. E não havia ninguém, isso! Isso mesmo! Ninguém dentro daquela sala!

- E a multidão? Perguntei surpreso. Ela disparou:

- Ora, para outro filme, é claro, a supermegahiper estreia, aquilo que ninguém nunca viu e todo mundo já adora!

Eu disse que nunca havia pensado nisso. Ela desconsiderou o comentário e continuou seu relato entrecortado por digressões.

- Claro que você conhece tais anomalias, as inconsequências da ridícula vida contemporânea... Escute, não havia ninguém na sala de cinema e não era a primeira vez que me acontecia aquilo. Então, huuuuumm, aiii, uiii, tive muito medo! Um terror. Entende? Apavorante. As luzes, o berreiro e a multidão lá fora. A penumbra, o silêncio e ninguém aqui dentro. Muito estranho. Estranho mundo, estranha vida. Meu coração disparou, ia estourar. Comecei a tremer. Explodir em pânico. Mas me ordenei: controle-se! Temer o quê? Você sabe. Disse para mim mesma: ahhh, isso??!! Só isso? Ahhh, então está tudo bem, nada a fazer. Nem aonde ir. Ali era o meu lugar. No escuro e no silêncio. Nada a fazer. Vi um filme maravilhoso.

Não foi simples assim. Nada disso, Lóri faz divagações longas; naquela tarde, falou durante horas. Eu não sei descrever. Lembro-me de que não quis contar-me o filme. Insisti e ela disse apenas:

- Nem importa.

É assim quando eu me recordo. Lóri se apresenta e eu me descubro sereno. Só reconheço a Lóri na lembrança? Ou reconheço a mim? Viajo para ter saudade e...?

Sou a saudade. Sou uma saudade. Não quero longas divagações.

E a paisagem clara e calma levando-me ao deserto dourado.

O trem atravessa a cordilheira e se choca com a ensolarada luminosidade do Atacama. Quase fico cego de tanta luz e penetro o ardente amarelo de Lóri.

6.   O beijo da doce Lóri louca

Lóri e José, zelador da casa de Pedro, esperavam há duas horas no saguão do aeroporto. Quinze dias antes, Pedro enviara a Wolf um postal colorido, dourados arabescos orientais, dizendo que estava com saudades. Havia um ps: 'talvez eu volte no próximo mês'. Mas na noite anterior Pedro telefonou e, sem mais, disse a José que chegaria no dia seguinte; pedia para buscá-lo, pois estava carregado de bagagens. Brincou que resolvera trazer o mundo para dentro de casa.

Não falou sobre avisar ninguém, mas José não esperou para telefonar para Lóri que soltou seus ais e ãos saltitando literalmente por alguns minutos. Começou a pensar: não via cabimento em esperá-lo em casa, tampouco na casa dele. Não encontrava razoável razão em encontrá-lo diretamente no aeroporto, ele nem pedira, mas, pensando bem, nem precisava de razão para ir ao aeroporto. Pensou de novo: Pedro era embaraçante. Precisava de ajuda. Wolf, naturalmente. Telefonou.

Tranquilo, pensando sabe-se lá em quê, Wolf disse que Pedro estava feliz e confirmou sua chegada naquele mesmo dia, exatamente àquela hora. Lóri não quis pensar que Pedro não tinha lhe telefonado, disfarçando a frustração, respondeu que não estava falando da previsão metereológica do dia, mas da volta de Pedro. Wolf riu com carinho, abusou dizendo que certamente faria sol, nenhum sinal de trovoadas e que a temperatura ficaria amena em qualquer circunstância. Ouviu de volta um grunhido teatral e foi direto ao assunto:

- Vá encontrá-lo no aeroporto, ora, bolas! Eu espero aqui.

'Pestífero', Lóri mussitou considerando seu problema imaginário bem resolvido.

Agora, lá estava ela, de braços cruzados, debruçada sobre balcão do terraço do aeroporto, examinando a movimentação aparentemente imprescindível de máquinas e homens. Achava muito solene, parecia-lhe surreal aquele vai e vem sem direção direta.

Estava totalmente esquecida do motivo que a trouxera ao aeroporto; o vai e vem de pessoas, que imaginava intergalácticas, era-lhe impressionante. Examinava cada um com curiosidade infantil. O preocupado - talvez, preocupante - executivo da maleta preta - grana, cocaína ou bomba? A loura penosamente encaixada no justíssimo vestido vermelho caminhando sobre saltos indescritíveis - talvez se saísse bem num circo... O operário de uniforme e capacete azuis arrastando uma desconjuntada centopeia de carrinhos engatados - provável reencarnação de Sísifo... Adolescentes esganiçados como uma família de gralhas desagradáveis...

Lóri observava cada um, concluía alguma circunstância esdrúxula, só para si mesma, e se deixava levar pelos ventos. José permanecia em silêncio, debruçado ao lado. Conheciam-se desde a infância, mas pouco haviam se falado. Crescido na casa dos pais de Pedro, José era um irmão, meio-irmão, semi-irmão, servo amado, anjo mudo, fiel escudeiro, membro de uma organização secreta... Lóri havia pensado tudo isso e, em silêncio, gostava dele. E também era por ele muito querida. José, o monossilábico. Ela, algumas vezes, brincava e ele abria um lindo dos sorrisos.

Lóri olhou novamente para o aeroporto e viu um formigueiro que se movimentava incessante e alucinadamente, sem que se pudesse destacar nenhuma formiga, nenhuma diferença, todas iguais, insetos aplicados na incompreensível labuta incansável da família *formicidae*, a ridícula eussociabilidade, um conceito tautológico, poder-se-ia dizer, pois...

E, então, José disse que o avião de Pedro estava chegando. Ela não se moveu, mas olhou para os céus. Encontrou uma imensa ave prateada meneando suavemente; em seguida, reconheceu uma aeronave, que considerou muito rústica, talvez viesse de algum planetinha rudimentar, tocando e arranhando a pista com garras negras. E Lóri passou a acompanhar os movimentos lentos e desengonçados da nave que, agora, lhe parecia uma baleia fora do mar.

Observou com muda alegria o vagaroso taxiar do avião e, com passos calmos, seguida por José, dirigiu-se ao portão de desembarque. Estava serena, solta, livre em seu leve vestido floral, mas o coração esperneava. Um segundo depois Lóri decidiu intimamente: *'sem autocontroles'*. Mas José ouviu e sorriu. Ela viu o sorriso de aprovação e libertou a alma. *'Não aguento tanta saudade!'* E saiu correndo aeroporto afora. Distinguiu Pedro ainda longe e correu mais.

Respirando fundo, apertou o coração de Pedro contra seu próprio coração, que correspondeu com o mesmo entusiasmo.

Bronzeado, exuberante, vestindo a eterna calça jeans com camisa de malha branca, Pedro carregava nas costas uma tralha inclassificável. Ele também estava de alma desamarrada e sorria de um jeito safado que só ele sabia sorrir e que, por vezes, brindava à Lóri que, nessas horas, ficava sem jeito. Jeito de *muda a roupa de cama que eu estou voltando*", ele nem murmurava e ela já obedecia.

E assim, o encontro foi o melhor, o mais doce, o mais esperado. Nenhum temor deu as caras.

Pedro abraçou José e foi abraçado com a lealdade dos amigos de fé. Nenhum sobressalto apareceu, toda inquietação evaporara. Caminharam em direção às bagagens. Riram e brincaram imaginando o que Pedro haveria catado pelo mundo. Estavam indizivelmente felizes. E entre 'tudo bem?', 'você está bonito', 'você está linda', 'fez boa viagem?', 'está cansado?', colocaram as malas no carro com a ajuda de José. Pedro disse que estava com vontade de dirigir, pediu a José que levasse as malas para casa, que se encontrariam mais tarde e alugaria outro carro. José compreendeu. José compreendia sempre.

- Vamos passear? E você vai me contando tudo... Estou com saudade das ruas, dos bares, das esquinas...

- Não está com saudade da sua casa?

- Tenho saudade da sua casa.

Pedro respondeu como o velho velhaco ambíguo. Na verdade, a resposta de sempre e a dúvida de sempre: uma casa, duas casas, nenhuma casa, uma casa, duas casas, nenhuma casa...

Então, era fato, Pedro estava na cidade, Lóri

pensou. Mas Pedro pensou diferente. Estava decidido: uma casa. A casa de Lóri. Ela pareceu ouvir.

- Minha casa está bonita e arrumada como você gosta.

Ele sorriu, o assunto acabou, e tomaram a direção da serra. Pedro estava mais forte, o sol do deserto e os vários meses de caminhada o tornaram ainda mais belo; sua alegria era transparente, examinava com paixão cada esquina da cidade.

Enquanto estacionava o carro no ponto mais alto da serra e se deixava encantar com o faiscar da cidade aos seus pés, Pedro disse, como se dissesse qualquer banalidade, que tinha voltado para ficar. E, surda, Lóri começou a falar atropeladamente, como sempre, dizendo que queria contar-lhe tudo, os mundos e fundos que haviam acontecido durante suas viagens.

Pedro abaixou o banco do carro e deitou-se espreguiçando longamente. Lóri deitou seu próprio banco e, olhando para o céu, eles viram surgir as primeiras estrelas. Ele disse 'hãããã', e ela começou.

- Primeiro, foi o sonho mais maravilhoso que eu já sonhei. Mas, infelizmente, desgraçadamente, pouco tempo depois, principalmente depois das sessões de análise, eu fiquei super confusa. Um caos. Agora não sei dizer o que foi sonho e o que foi imaginação; sei ainda menos o que de fato aconteceu, e pior, pode não ser nada disso, pode ser que tudo seja intrometimento do psicanalista. Mas, afinal, é uma linda história que eu preciso contar, é importantíssima...

- Especialmente agora que eu vim para ficar.

Pedro repetiu e Lóri só não ficou sem graça porque

Lóri sabe fingir que não está sem graça. Desconsiderando seus ouvidos, ela recomeçou:

- Veja... Eu vi um amarelo antigo — aquele que eu adoro; o amarelo brilhante que foi a primeira cor que eu vi em mim. Lembro-me de que foi você quem me mostrou; lembro-me também quando você disse que aquela cor de ouro estava em mim. Mas, como eu dizia, primeiro eu vi o dourado ocupando a paisagem e, em seguida, sentindo uma infinita alegria, percebi que dourado era o seu corpo movendo-se em minha direção. Depois, vi o seu rosto que me sorria com os olhos. Carinhosamente você me abriu os braços. Nós estávamos na garagem de uma casa e eu tive uma dúvida maluca: era nossa aquela casa?

- Você não sabia?

- Não. Então, minha dúvida ficou suspensa pelo acidente com a maçaneta da porta que, um instante antes, eu havia fechado atrás de mim. A delicada maçaneta ficara em minha mão e eu só percebi o acidente quando você se aproximou daquela maneira macia e tranquila. Senti-me o mais completo desastre, duplamente atrapalhada: primeiro, eu não sabia se eu estava em minha própria casa e, segundo, eu acabara de estragar uma porta que, talvez, fosse sua. E tudo ficou ainda mais complicado quando, por um segundo, eu pensei em portas definitivamente fechadas. Muito sem graça, desolada, eu olhei para você; mas seu sorriso bondoso encheu-me de coragem e, por isso, enfrentei a minha desastrice — *'olhe, veja o que me aconteceu'*, balbuciei envergonhadíssima. Tranquilamente você continuou se aproximando e pegou a maçaneta da minha mão. Disse:

'entregamos ao José' e, sorridente, José surgiu atrás de você. Entregando-lhe a maçaneta, você continuou: 'está tudo bem, o José vai consertar' e, puxando-me pela mão, carregou-me para fora da casa.

Lóri falava continuamente, mas com vagar, com pausas longas; às vezes, observava o balanço das árvores tocadas pelo vento e aspirava os aromas suaves que preenchiam o carro. Estava mais tranquila e ainda mais senhora de si, Pedro pensou.

Estava linda, leve e em paz. Pedro quis abraçá-la e acariciar as longas pernas morenas sob a ampla saia florida. Lóri, macia e úmida, sempre bem disposta às cerimônias do amor, soltou-se sem embaraços; eram seus deliciosos momentos de silêncio profundo e, às vezes, de algumas lágrimas. Amaram-se simples e suavemente, como se assim tivessem se amado por toda a vida. Pedro lembrou que Lóri, um dia, dissera:

- Nós nos amamos assim, eternamente e para sempre, desde a infância.

Uma aguda incerteza abriu-lhe um buraco na barriga. Lóri, muitas vezes, provocava-lhe tais incertezas em forma de buraco na barriga. Principalmente ela quando falava da infância, sorrindo, confiante, com uma cara de anjo enviado. Pedro sofria de amnésia quando se tratava da infância. E, por isso, assim ficou estabelecida a verdade: eles se amavam simples e suavemente, eternamente e para sempre, como se amavam desde a infância. Decreto de Lóri, Pedro aceitou.

Espreguiçando, solto e satisfeito, Pedro voltou a espichar-se no banco e pediu que ela continuasse a história, aquela que havia deixado de ser sonho. Ela a retomou sem delongas como se nunca a tivesse interrompido.

- Quando você me levou para fora da casa, eu soube que a casa era sua; não sabia se era minha também. Sabia apenas que eu queria que a casa fosse também minha.

Pedro sorriu alegre e continuou acariciando-lhe os cabelos.

- Começamos a caminhar por uma rua muito acidentada; era um caminho imprevisível que exigia a máxima atenção. Caminhávamos lentamente, cuidadosamente e, logo adiante, nos descobrimos numa avenida movimentadíssima e, pior ainda, mal tínhamos percebido todo aquele trânsito perigoso e já nos víamos numa rodovia cheia de caminhões. Era um admirável e intolerável mundo novo. Eu disse isso e você riu de mim.

Pedro ouviu e riu de novo; gargalhou satisfeito. Lóri fez 'psiu' e ele se calou.

- Comecei a sentir-me apavorada quando me lembrei de uma criança. Não estou dizendo que eu me senti como criança, não é isso, ou pelo menos não foi isso naquele momento, pois, naquele exato momento, aconteceu uma coisa maravilhosa: eu me lembrei de um filho que havia ficado em casa. Maravilhosa porque eu descobri, no mesmo instante em que nos demos conta do escandaloso perigo da estrada, que o filho havia ficado em casa. Ou seja, em sua casa. Você nem imagina como isso foi bom. Na verdade, duas vezes bom. Saber que o filho estava em segurança e saber que ele estava em sua casa. O filho era meu; e se o meu filho estava em sua casa era porque você estava mais perto de mim do que eu imaginava. Foi o momento mais feliz da minha vida.

Pedro encheu-se de ternura e murmurou: 'Lóri, Lóri...'. Ela fez 'psiu' e ele se aquietou.

- Para mim, você devia ter filhos, e eu também. Mas não pensei que devíamos ter filhos juntos. Acho que eu não quero ter filhos com você; acho melhor cuidarmos um dos filhos do outro... Eu sei. Isso está cada vez mais freudianamente explicável, mas eu não me importo. Importo-me em contar a verdade inteira da nossa inacreditável aventura. É muito diferente com Wolf. Ter filhos com Wolf seria fantástico; não tenho dúvida de que Wolf seria um pai incrível, um verdadeiro pai de família. Do ponto de vista do Freud, ter um filho com Wolf que é, antes de tudo, um pai, seria mais perturbador que ter um filho seu; de quem eu prefiro não ter filhos. Ou o contrário? Sim, também pode ser, quero dizer, tudo pode ser isso ou aquilo, e até aquilo outro... Essa é a maior verdade. Mas prefiro voltar para a nossa história...

- Eu posso querer não ter filhos...

Pedro a interrompeu e Lóri não o ouviu:

- Em meu sonho, você tem filhos que não são meus; e eu tenho filhos que não são seus. De fato, naquele momento, eu adorei saber que o meu filho não era seu filho e que seu filho não era meu filho. Assim, nós dois seríamos muito mais unidos, eu pensei. Sei que isso soa o máximo do egoísmo, mas estou sendo sincera. Assim, seríamos tão unidos ao longo da vida quanto estávamos unidos ao longo daquela estrada horrorosa. E, outra vez, eu me senti perigosamente feliz.

- Perigosamente feliz?

- Perigosamente, pois estávamos na delicada situação em que tudo pode mudar num átimo; como quando estamos na beirada de um abismo. Podemos voar ou podemos cair. Ficar ali não é uma opção. Eu lhe disse que não gosto mais de beirada de abismo. E repito, não gosto mesmo, é só uma imagem para contar-lhe como eu me sentia caminhando ao seu lado, enfrentando uma estrada que eu não conhecia, e onde todo mundo me desconhecia. Era extremamente delicado. Tão delicado que o velho e amargo pensamento triste quis insistir – mundo caminho estrada cidade avenida criança cuidado perigo cansaço solidão...

- Lóri...

- Mas, felizmente, tal pensamento desagradabilíssimo foi cortado pelo seu gesto de abraçar-me pelos ombros. Você me aconchegou como se tivesse adivinhado meu pensamento infeliz. Deve ter sentido o meu tremor. Eu me entreguei; abracei você pela cintura e senti a alegria de envolvê-lo por inteiro. Meu abraço trazendo você para mim, seu abraço levando-me para você; eu pude sentir isso. Assim abraçados, bem juntinhos, continuamos a atravessar aquele caminho cheio de máquinas mastodônticas. Mas não havia perigo para amantes; e nós, namorados apaixonados, ultrapassávamos as incertezas da estrada.

- Eu te amo...

- Quieto! Você começou a contar-me, entusiasmadíssimo, de um grupo de investidores. Coisa novíssima, você não tinha nada a ver com investidores, mas estava vibrante; sentia-se disposto a prosseguir naquele novo sentido, sem medo de se arriscar. Era exatamente disso que você falava enquanto avançávamos pelo horrendo caminho obscuro cheio de caminhões. Contava que resolvera apostar numa nova proposta, que era uma experiência incrível e que, com sua rebeldia, ia invadir aquele universo insano. É verdade, você falava com orgulho da própria rebeldia: estava se envolvendo com a produção de veículos de um conjunto de montadoras apenas para acabar com elas.

- Como?

- Isso mesmo; ia entrar para a produção de veículos para acabar com eles. E eu, só admirando sua boa disposição para com aquele estúpido mundo louco. Você explicou que, logo logo, surgiriam graves problemas sociais por causa daquelas estruturas; e que, quando isso acontecesse, você estaria preparado para as novas formas. De fato, seu projeto era uma prevenção, um projeto original. Você tinha certeza absoluta do sucesso.

Pedro a interrompeu dizendo que, com absoluta certeza, essa parte da história era pura imaginação, pois, como ela bem sabia, ele jamais tivera certeza absoluta de coisa alguma e, pedindo licença, saiu do carro para urinar. Quando voltou, encontrou-a abstraída mordiscando a ponta do polegar como ela sempre fazia quando cavava minhocas na cabeça. Ele esperou.

De repente, ela soltou:

- Certezas absolutas em estado de embriaguez não contam?

Pedro gargalhou e a abraçou dizendo que, quando embriagado, tinha certeza absoluta de que a amava profundamente, e que essa era a prova de que a amaria absolutamente para sempre, pois certamente a amava profundamente quando embriagado.

Ela foi pura satisfação e disse:

- Ah, bom... Eu bem sei que você bem me entende.

E continuou:

- Eu me esforçava para acompanhar seu pensamento e você pensava que eu compreendia tudo facilmente. Falava entusiasmado, ansioso pela minha participação. Era difícil para mim, eu fazia força para assimilar todo aquele seu entusiasmo autoconfiante. Agora, enquanto estou contando tudo, eu penso que nada era difícil; eu estava entendendo muito bem e poderia participar tranquilamente do seu projeto. Era a minha vontade de agradar, de mostrar que você me fazia bem, que estragava tudo.

- Hein?

- Eu explico: mais que participar do seu trabalho ou compreender sua tese, eu queria que você soubesse que eu estava feliz; e que era por sua causa que eu estava feliz. Novamente soa muito egoísta, mas é a verdade. Você, pensando que eu estava muito à vontade, continuava animadíssimo. Eu disse alguma coisa imbecil; murmurei um comentário besta: 'pode ser uma boa ideia, pode ser interessante'. Você sorriu apertando um pouco mais o nosso abraço. Abraço de ouro.

Então, um buraco no caminho obrigou-me a subir um degrau e me apoiei mais fortemente em você. Com esse movimento, o meu rosto ficou pertinho do seu e você começou a beijar os meus lábios. Você beijava tão levemente que beijava apenas os meus lábios. E eu senti os seus lábios finos e quentes em meus lábios molhados.

Pedro sentiu vontade de rir e de chorar ao mesmo tempo; esforçou-se muito para não se mover com medo de quebrar o encanto.

- O beijo começou um pouco sem jeito; eu fiquei, por um momento, sem saber se entregava todo o meu beijar; mas, me entregando, o beijo demorou um longo caminho; eternidade em que fomos duas bocas. Não uma boca, não, nunca uma só boca, mas sempre duas bocas. Até que, terminada a eternidade, nós nos separamos um pouquinho, uma pequena distância, bastante apenas para que eu visse que a menina dos seus olhos é clara e brilhante como a aurora de um dia de verão. Foi nesse exato momento que eu tive a minha primeira certeza: eu sou uma mulher. Certeza que só se deu porque você se revelou um homem ao meu lado. Foi na menina dos seus olhos que eu me descobri.

Pedro ficou vermelho. Subitamente o sangue pareceu-lhe ferver e ele teve vontade de apertá-la até que suas peles se colassem para sempre. Beijou-a faminto.

Afastando-se com delicadeza, antes que ele se sentisse saciado, ela continuou:

- Então, minha cabeça caiu devagar no seu ombro e ficou aí pousada; você tombou sua cabeça sobre a minha e eu senti seu hálito, que, nesse momento, era também o meu, e você começou a sussurrar coisas inaudíveis... Eu distingui você dizendo *'esse nosso campo dourado'* e pensei no paraíso como uma questão de segundos. Pensei naquela história de que o eterno são alguns segundos, lembra? E aconcheguei-me mais, pois nunca deixamos, em nenhum momento, de sermos dois. Fui feliz afundada em seu coração que batia tranquilo sob aquele casaco de linha amarela, aquele que eu já conhecia tão bem; o mesmo que você usava na primeira noite que caminhamos juntos. Eu me lembro.

- Eu não me lembro.

- Não? Antes, ou melhor, muito depois, aconteceram outras coisas. Mas, então, agora eu lhe conto a primeira vez. Era noite de sexta-feira, começo do fim de uma semana que havia sido agitada, mas não de uma agitação qualquer. Tudo diferente dos últimos anos e, aparentemente, tudo igual. Isso era muito importante: ser aparentemente igual sendo muito diferente. A segunda-feira amanhecera com o balanço de uma brisa de amor. O vento soprou leve e definitivo como só uma brisa de amor sabe soprar. Foi como um abraço da própria manhã. Agora, eu digo: 'coisa de criança linda'. Aqui, agora, quer dizer: cinco dias depois, eu disse: 'coisa de criança linda'.

Eu explico: na segunda-feira eu amanheci eufórica, construí castelos, tomei navios, andei nas nuvens. Eu sabia o tempo todo que eram apenas minhas loucas ilusões doces. Eu bem sabia e, por isso mesmo, estava muito satisfeita; tranquila, porque, àquelas alturas, eu já sabia tudo sobre loucas ilusões doces. Então, sonhei a noite inteira e, pela manhã, consegui ler, tranquilamente, o meu livro de cabeceira: *"e vai a penetração rompendo nuvens e devassando sóis tão fulgurantes"*.

Pedro disfarçou uma lágrima.

- Fiquei mais forte porque eu pude ler poesia na terça-feira pela manhã, e dominei as ilusões doces antes que se tornassem amargas. Decidi, com clareza, que minhas loucas ilusões seriam belas realidades. E eu poderia levar muitos anos para construí-las; levaria até a minha vida inteira. Na manhã de terça-feira, repito, decidi que minhas loucas ilusões doces seriam as mais belas realidades. Não digo com isso que eu já sabia o que fazer naquela manhã de terça-feira; ainda não sabia; só sabia que tomara uma decisão bonita e definitiva.

Empenhei-me durante os dias seguintes: trabalhei com as pessoas e com as coisas – consertei fechaduras quebradas, arrumei gavetas, retornei telefonemas, cortei os cabelos, comprei um vestido novo e voltei ao trabalho nosso de cada dia. Dormi bem e sonhei mais.

Fortalecida – pelos sonhos – fui transformando novelos de algodão em belos tecidos leves; e castelos no ar em fortalezas bem aquecidas. O filho, aquele que era meu, pareceu-me protegido e satisfeito. Durante os dias seguintes, cuidei de tudo em silêncio e, tranquila, continuei exultante.

Eu bem sabia que era só um começo de semana, e que eu não devia imaginar o que viria pela frente. Eu não devia imaginar, eu sabia. E estava muito contente, pois isso significava que o começo estava inteiramente inteiro. Nada de imaginações.

Tive ânimo e alegria para uma língua nova; fiquei bonita e saí para jantar fora. Trabalhei melhor, paguei contas vencidas e cuidei do jardim.

Cantei uma canção durante o banho, e, por um breve instante – brevíssimo, mas suficiente para fazer sentido – entendi que a chave da porta da vida não estava comigo. Um alívio imenso; alívio sem risco de amargura, pois, naquele exato instante, a vida deixou de ser uma ilusão. Em paz, senti que as dores do dia a dia são conselhos benevolentes. Na mesma noite – noite de quinta-feira - quando abri a porta da minha casa, encontrei-me com a lua, que, surgindo absurdamente baixa, entrava pela janela no mesmo instante.

Bem ao lado da lua, pousada sobre a mesinha da sala de estar, descobri, com indescritível alegria, a minha cintilante intimidade - descoberta que não pode ser contada numa frase, nem em uma página, muito menos numa só noite. Apesar daquela absurda lua, intimidade é questão solar.

Pedro desistiu de disfarçar as lágrimas. Sua satisfação era incontida.

- Veio a mim uma lembrança feliz, e você disse: 'você é tão chata que só gosta de filme iraniano', enquanto, para o meu entusiasmo, a televisão exibia o último Kiarostami. Contei minha lembrança à lua. Entenda: não era a luz da lua que entrava pela janela, mas a própria lua, em seu transbordante círculo amarelo.

Dei-me conta, então, de que *"penetração rompendo nuvens e devassando sóis tão fulgurantes"*, loucas realidades doces, intimidade com cinema iraniano e lua entrando pela janela não são assuntos para criança. Nem mesmo criança linda. Nesse momento desisti de pensar em você como criança linda.

Mas, aí, já era noite de sexta-feira, começo de uma história feita de silêncios e nenhuma espera. História de presente sem rédeas. Notei que quando a própria lua entra pela janela é porque não há passado nem futuro. Foi nessa hora que você tocou a campainha e convidou-me para uma caminhada, porque havia lua e era verão.

E, pela primeira vez, passeando pelas ruas da cidade, recolhemos livros abandonados nos lixos; naquela noite, você encontrou a edição portuguesa do Dom Quixote, e usava o macio casaco de linha amarela. Lembrou?

Pedro disse:

- Você é louca...

Lóri sorriu triunfante:

- Grandíssima coisa você está dizendo... Vamos para casa?

3 A MANHÃ

Lóri não se lembra de quando conheceu Malu.

Malu caminhava ao seu lado nas manhãs frias, dentro de uma neblina clara e úmida, a caminho do colégio. Mas antes, muito antes, já estava nas tardes nos quintais, quando os adultos mandavam que desaparecessem. Sumiam por ali mesmo, ao redor de nossas casas.

Vivíamos num povoado cercado por quintais e matas sem fim. As casas eram muito parecidas; na verdade, eram quase iguais; foram construídas em torno de uma igreja enorme que, do alto da colina, reinava absoluta sobre a vida da aldeia.

Não era difícil perder-se nos quintais. Neles, nos abismavam pomares sem fim, riachos espertos, pedras coloridas, insetos esplêndidos e inimagináveis seres desconhecidos que habitavam a terra escura e macia. Árvores imensas formavam um céu verde e vivo que filtrava o sol. Sob um teto esmeralda, na penumbra entrecortada pelos raios que conseguiam atravessar a teia vibrante, vivíamos num fabuloso mundo sem tempo, muito distante dos adultos.

Lóri era uma criança fascinada e incipiente. Quando descobriu que era igualmente insipiente entregou-se para sempre ao encantamento das palavras. Tinha um mundo particular, puro de sentidos. Muito tempo depois ainda falava de descobertas de sentidos com a alegria simples com que alegrava nossa infância. Lóri podia estar aqui e, sempre, ao mesmo tempo, em outro lugar.

Malu, pelo contrário, estava sempre absolutamente aqui; dizia, na verdade não se cansava de repetir, não ter paciência para as insignificâncias de Lóri, uma tonta que lhe dava muito trabalho. Lóri não dava ouvidos e só queria ver a Malu dedicada e amorosa.

Nos verões, um sol poderoso desflorava o céu de folhas e descobria o encantado mundo verde. Lóri ficava mais ainda empolgada: perdia-se nos desenhos sutis que a luz do sol riscava no cenário sombrio e ao mesmo tempo iluminado. Ela dizia que verde é a cor da vida; inventava que a palavra *viver* vinha do latim *vivere,* que significava estar verde; dizia também que o amarelo do sol dissolvia-se no azul do céu para criar o paraíso que, evidentemente, era em incontáveis tons de verde... Lóri falava e reluzia.

Malu ouvia com maneiras de compaixão. Balançava a cabeça consternada e nada dizia. Depois, passado algum tempo, dizendo que precisava cuidar das verdades verdadeiras, buscava comida, providenciava água, lembrava-nos da hora do banho e cuidava para que não nos perdêssemos nas matas.

Uma tarde, assim de repente, Lóri descobriu o

infinito e, com o olhar brilhante, começou a repetir:

- Para sempre o mundo dentro de um mundo dentro de um mundo dentro de um mundo...

Olhando-me com olhos profundos, e mordendo o polegar, exclamou exultante:

- O mundo não tem fundo!

Lóri entregava-se às rimas com indescritível alegria.

Naquele tempo, os espaços eram muito grandes e as pessoas grandes eram poucas. Crianças eram incontáveis e viviam aos bandos, soltas em campos abertos. Exceto as duas; elas não se encaixavam em nenhum rebanho; estavam sempre à parte. A empolgada inquietação de Lóri e a enigmática decisão de Malu de dedicar-se exclusivamente às insignificâncias de Lóri provocavam o flagrante afastamento, penso agora.

Lóri se perguntava tudo; questionava, contestava, debatia, intrometia-se: era uma doce criança intrigada. Aparentemente dispersa, nada lhe escapava. Às vezes, parecia um cavalo selvagem. Aliás, lembro-me, Lóri tinha um amigo imaginário: um cavalo chamado Pégasus, que voava e, de vez em quando, a raptava. Era um nome difícil que estranhávamos muito. Quando Lóri sumia, e Lóri sumia muitas vezes (nunca me decidi a esse respeito; não sei se Lóri sumia, ou se apenas não se deixava apanhar, ainda não sei), dizíamos: 'deve estar com o tal cavalo esquisito'.

Certa vez, alguém disse que Lóri era um trambolho, um equívoco e um estorvo. Nunca se esqueceu. Anos depois, contou-me, ainda magoada, que tinha se apaixonado por Drummond quando encontrou o poema *'Consolo na Praia'* e que sempre que a angústia lhe assomava (a angústia lhe assomava sempre), cantava como quem canta um mantra: *"algumas palavras duras, em voz mansa, te golpearam. Nunca, nunca cicatrizam. Mas, e o humour?"*. Lóri e poesia: eu as conheci ao mesmo tempo.

Malu, por outro lado, era pacata e conformada como uma sombra. E, para o bem ou para o mal, resolvera ser sombra de Lóri.

Enfim, desgarradas dos rebanhos de crianças soltas na aldeia, elas se apegaram mutuamente. Lóri parecia desconfortável e vivia apreensiva; Malu, sempre à vontade, nunca se distanciava. Lóri não compreendia fronteiras. Digo melhor: era fascinada por fronteiras. Em um dos muitos dias de tagarelice discursou alegremente: descobrira que ela (em si mesma) era princípio e era também fim. Aprendera a palavra *'limiar'* e se deliciava como quem devora um quindim. (aprendi a rimar com Lóri).

Debruçava-se sobre cada palavra com encantadora delicadeza; inventava muitas, incrivelmente extravagantes e surpreendentemente significantes. Estêvão e eu mal compreendíamos, e vivíamos maravilhados com o que sentíamos como exuberante inocência.

Quando percebemos que Lóri esforçava-se, com firme dedicação, para nunca mentir, ficamos ainda mais apaixonados por suas invenções, especialmente pelas inúteis e incompreensíveis. Eram fascinantes.

Mas Lóri, a despeito de nosso fascínio, não se mostrava animada; apesar de tudo, sentia-se só; seu descontentamento era evidente. Hoje, penso que nossa fascinação a constrangia; talvez a aborrecêssemos mais do que nos dávamos conta. Ela temia ser simples e inapelável farsa (era ainda criança quando falava assim); não ouvíamos e continuávamos encantados com os suaves sons que Lóri tão espontaneamente cantava. Mais tarde, bem mais tarde, suas melodias encantaram também a Wolf.

As coisas se complicavam: Lóri sentia vergonha da própria insatisfação; tentava, sinceramente, dissimular esforçando-se para esconder os próprios pensamentos. Mas a profusão era irrefreável; a inquietação, indisfarçável.

Estêvão foi o primeiro a descobrir o embaraçado constrangimento de Lóri; descobriu também que ela muito se ressentia da ruidosa censura de Malu. Para Estêvão, Lóri queria agradar a todo mundo. Para mim, os motivos eram insondáveis – porque meu ciúme era grande - que a aprovação de Malu fosse mais valiosa que nosso persistente fascínio. Hoje, compreendo que, entre fascínio e censura, há uma grande região deserta. Hoje, tenho consciência da solidão de Lóri. E sempre reflito: a solidão é um deserto entre a adoração e o veredito.

Nos quintais, Lóri se mostrava descontraída e soltava-se. Transformava-se incessantemente e nos levava junto. Tornava-se rainha, escrava, cigana, índia, vilã, esposa, amante, atriz, professora, mãe... Também podia ser pássaro, tartaruga ou borboleta. E ainda: cobra, rinoceronte, dragão e outras quimeras.

Malu observava e limitava-se, às vezes, a cumprir os papeis que oferecíamos. Lóri desgostava; queria que cada um inventasse a si mesmo, escolhesse o próprio personagem. Estêvão e eu nos dedicávamos e embarcávamos nas mais incríveis aventuras. Lóri era nossa rainha: a adorávamos a com lealdade de súditos juramentados.

Malu era fria. Magrinha, pele clara, longos cabelos lisos, negros, rosto redondo e dois enormes olhos de jabuticaba faziam-na extraordinariamente bela. Falava muito, sempre o mesmo, dizia não se descuidar das verdades e nos advertia: estudar, trabalhar, comer, dormir e rezar. Nas horas das ladainhas de Malu, Lóri encolhia-se como um inseto sob as lentes de um microscópio. Tornava-se desengonçada e aflita; sentia-se mal. Mas se esforçava, superava-se e avisava:

- Malu é um anjo; nosso bondoso anjo da guarda.

Alertava a si mesma, queria gostar de Malu, eu penso. Mas nunca se convencia de uma genuína generosidade. Um dia, movida pelo doloroso conflito com a inarredável presença de Malu, Lóri procurou por Estêvão.

Naquela manhã, ela havia pensado que Malu era espiã da CIA, espécie de legião de super-heróis perigosos, capazes de se tornarem invisíveis e que, naquele tempo, preocupava os adultos. Atemorizada, Lóri tentou guardar segredo, pensou em reagir, pensou em se tornar contra-espiã, mas não se controlou. Aproximou-se de Estêvão, o colega quieto e tímido, que estudava muito e sabia tudo. Eles nunca haviam se falado antes. Com olhos arregalados, absolutamente perplexos, Lóri sussurrou:

- Aquela menina, a branquinha, Malu, pode ser espiã da CIA?

Estêvão a ouviu gentilmente, como lhe era de hábito; foi surpreendido com a sinceridade e a profunda comoção. Pensou, pensou, pensou e, finalmente, respondeu:

- Pode sim.

Tornaram-se melhores amigos. Estevão passou a frequentar as tardes nos quintais e o mundo ganhou mais um mundo, foi o que Lóri lhe disse. Eu ouvia as histórias de Estêvão com ansiedade e inveja, e sonhava em entrar para o clube dos quintais.

Malu era obediente, bem educada, respeitava os mais velhos, ia para o colégio, fazia os deveres de casa e atendia aos caprichos de todo mundo. Recebia prolongados aplausos e ouvia belas profecias para o futuro. Malu era a certeza de felicidade.

Para Lóri, a cada dia, o mundo perdia algum sentido. Precoces e continuadas perdas passaram a refletir em seu corpo: sem peso e sem tamanho certos, ela vivia em apuros. Era nossa impressão: Lóri estava sempre em perigo. Não havia previsões quanto ao seu futuro e ela parecia sobreviver com dificuldade. Apesar de uma corajosa boa vontade com a vida, sentia-se acorrentada e oprimida; gemia com o desprezo que lhe devotavam. Lembro-me bem: exceção feita ao nosso fascínio e à tirania de Malu, todo mundo a ignorava. Lóri era esquecida, simplesmente. Eu percebia, mas não encontrava explicação para aquele menosprezo. Estêvão também percebia, mas gostava que Lóri fosse nossa. Gostava.

Um dia, santo dia, Lóri confidenciou a Estêvão que temia tornar-se um fantasma; perguntou se ele acreditava que ela podia voar. Estêvão sentiu compaixão; Malu disse que não ele se preocupasse, pois Lóri tinha um parafuso a menos. Estêvão resolveu que deviam perguntar a mim, seu amigo que conhecia muitas histórias. Eu não conhecia história nenhuma, mas Estêvão garantiu à Lóri que eu sabia insuspeitadas e secretas verdades. Acreditei nele: tornei-me o contador de histórias. Mas a verdade, a mais pura realidade disso tudo, é que, dessa maneira, Estêvão providenciou minha entrada nos quintais.

Três anos haviam se passado desde que Lóri me

encontrara chorando sozinho na sala do primeiro ano. Eu nunca esquecera; ela nunca se lembrou.

Os três vieram a mim e fui o menino mais feliz do mundo. Estêvão perguntou se Lóri podia voar enquanto ela me olhava com olhos infinitamente aflitos. Olhava-me como se estivesse diante do oráculo que lhe selaria o destino. Não tive dúvidas de que Lóri voava. Ela sorriu triunfante e não me esquecerei da completa felicidade daquele sorriso. Ganhei as tardes nos quintais e minha vida ganhou sentidos reais. O mundo revelou outro mundo, Lóri me sussurrou.

Houve um circo nos meus primeiros dias de quintal. Lóri saltava suavemente de trapézio para trapézio. Ela voava. Havia centenas de trapézios, pois a quantidade de árvores era infinita. Naqueles dias, Estevão foi mestre de uma bailarina equilibrista sendo, ao mesmo tempo, às vezes corda, às vezes elefante sobre os quais a bailarina baila. Ele passou tardes a fio andando de quatro e equilibrando uma dançarina nas costas; a dançarina aprendia todos os tipos de dança e Estêvão era o mágico transformador de todas as coisas.

Eu resolvi ser palhaço. Vesti-me de panos coloridos e me cobri de flores. Inventei um modo torto de caminhar e passei a atrapalhar os saltos de Lóri e os delicados exercícios de Estêvão. Ríamos a mais não poder.

Quando entrei para os quintais, Malu só brincava quando dizíamos o que ela devia fazer. Era forte sua teimosia, por isso, decidíamos sua brincadeira; mais fácil mandar que enfrentar uma obstinada lamentação. Mas em dias de circo, não mandávamos e, por algum tempo, Malu foi plateia. Algumas vezes, aplaudia; outras vezes, vaiava.

Um dia Malu cedeu e decidiu ser bilheteiro do espetáculo. Cobrava entrada e nosso circo era grande sucesso; contabilizava o lucro, enchia uma caixa de folhas de café que eram dólares. Muitas vezes, conseguia milhares; outras vezes, se queixava de falta de público e pedia mudanças no espetáculo. Então, inventávamos outras cenas. Aos poucos, Malu se tornava dona do circo.

As folhas de café eram as preferidas de Lóri: luzidias, de um profundo verde fiel, dizia ela. Estêvão meditou longamente sobre o sentido da fidelidade do verde da folha de café. Discutíamos e Lóri nos convencia de que se tratava de verde fidelíssimo. Explicava:

- Não existe nenhuma folha diferente nos milhares e milhares de pés de café que existem nos mundos... Todas as folhas de café são iguais... A verdadeira igualdade só existe no mundo das folhas de café...

Estevão e eu examinávamos as folhas com rigorosa atenção. Procurávamos variações do verde. Ainda hoje, quando me deparo com um pé de café, procuro por uma folha menos verde. Ou mais verde. Ainda procuro.

Certa manhã, eu acordei com explosões, badalar de sinos e a proibição de sair de casa. As pessoas grandes estavam agitadas e eu sentia saudade dos meus amigos. Não me lembro de mais, ou mal me lembro, ou lembro-me demais; não sei dizer por quanto tempo fiquei preso e oprimido dentro de casa.

Lembro-me. Quando nos reencontramos — para mim, uma eternidade havia se passado — eu estava envergonhado e cheio de hematomas. Lóri esbravejava indignada dizendo que a morte era uma pessoa covarde que não mostrava a cara. Vivia mascarada em um dos muitos mundos; talvez vivesse disfarçada em vários mundos, mas não conseguiria estar em todos, certamente não conseguiria, Lóri me consolava. Ela discursou durante muito tempo sobre a morte: tratava-se de pessoa falsa, dissimulada e sem palavra. Lembro-me da sua exaltação, lembro-me de não compreender nada e me lembro de uma vergonha que obscurecia tudo. Era a segunda vez que Lóri me confortava, que lutava sozinha contra minha vergonha. A primeira vez foi na manhã em que me encontrou chorando sozinho na escola; manhã que nunca se lembrou.

Naquele mesmo dia – do furioso discurso de Lóri -, descobri a ternura de Estêvão, que se desdobrou, entristecido e assustado, para explicar o que havia acontecido naquele sombrio e inexplicável dia trinta e um de março. E descobrimos, na mesma hora, a bem treinada mente de Malu. Estêvão falava em golpes e revoluções; em brutalidades e morte. Ela levantou a mão e contestou:

- Conheço uma revolução boa: o giro da terra em torno do sol.

O vento bateu a janela. Olho assustado e não vejo o quintal. Por um instante a vida desaba. Estremeço. A palavra *'circo'* me traz um quintal. E eu respiro tranquilo novamente.

Lá fora cai uma chuva mansa, fininha, quase mentirosa. O mundo está em silêncio. Relativamente, porque ouço música. Estou feliz. Acabei de escrever uma história de amor e não caí em nenhuma discussão filosófica, ideológica, linguística ou psicanalítica. Faz tempo que não me sinto tão bem.

Outra vez o vento arromba a janela e sacode os objetos do escritório. Fico confuso. A música se cala e minha escrita para. Penso na morte. Quero morrer. A maldita ainda me engana. Lembro-me de uma anotação de Estêvão: *"só existe um universo: o de um Dostoievski, por exemplo. O resto é conversa fiada de surdos..."*. Rio, não sou nenhum Pessoa que possa escrever assim. Eu queria viver no universo de um Dostoievski, por exemplo. Mas me envergonho. Procuro outra canção; quero me consolar. Entrego-me à canção e fico feliz outra vez.

Um sol tímido entra no escritório e a luz amarela me leva. Revejo Lóri dançando tango. O gemido do bandoneón chama e ela voa. Dançar o tango é assim: entregar-se ao vagar, ao corpo, ao outro. Talvez seja como morrer. Talvez. Nunca aceitei o convite do tango e Lóri sempre me censurou.

Preciso concentrar-me. Existe só uma verdade: a de Alberto Caeiro, de Hamlet, de Diadorim, de Alonso Quijano, dos Karamazov... y... de Piazzola! Verdades. Tantas. Se Lóri estivesse aqui faria uma rima: santas! Não está. Estou sozinho e preciso admitir: sou um extravio. Queria ficar, mas parti. Não cheguei a lugar nenhum. Ainda não posso parar.

Preciso concentrar-me: preciso escrever. Mas não queria. Preferia não. Queria ser o palhaço. Ser um palhaço e isso me soa pretensioso. Porcaria de palavra que, um dia, escrevi com c. Eu poderia ser palhaço, mas tenho de escrever.

Fiquei isolado. Por que a sobrevivência me machuca?

Contudo, ao mesmo tempo, aprendi que a solidão foi solidão verdadeira somente enquanto Malu esteve comigo. Malu sempre estava por ali; ainda que à distância, vivendo noutra cidade, ela se deixava esquecer: via correio, telefone, e-mails, mensagens, qualquer uma dessas engenhocas bárbaras. Houve o tempo que Lóri se afligiu com a profusão de presentes de Malu; chegavam aos montes, semanalmente.

Incerta noite, a resistência de Malu me seduziu: sonhei com a fidelidade e agarrei-me a Malu. Sempre me atrapalhei com minhas imaginações. Ainda me atrapalho, queria viver de sonhos. Lóri diz que minto quando digo isso. Ela tem razão.

Algumas vezes tentei escapar de Malu. Preciso disso: tentei escapar da boa e onipresente Malu, mas sem fé, sem força. Queria, e não saía. Traindo sonhos, eu me deixava ficar. Ainda sou o que procura certezas.

Contudo, a escandalosa verdade é que, de repente, sem aviso, sem clemência nem desculpa, Malu se foi. Tomou a iniciativa. Jogou-me no abismo e eu me atolei numa escuridão viscosa.

Quando Malu matou-se barbaramente, Lóri e eu só nos aguentamos porque Wolf estava conosco; Wolf segurou a indignação necessária para que não naufragássemos definitivamente.

No dia da sua morte, lembrei-me que Malu escondia o próprio nome. Eu soube que ela não se chamava Malu quando nos casamos. Marilu? Maria de Lourdes? Maria Lúcia? Marilúcia? Esqueci-me. Malu odiava o próprio nome e exigiu que eu guardasse segredo. Naquele momento, disse para mim mesmo: *'que importância tem um nome?'* e jurei nunca dizê-lo. Cumpri. No dia da sua morte, entendi que Malu nos enganava escondendo de si mesma, mas não me lembrei de seu nome. Ela não era Malu. Senti-me um estúpido, o idiota;

tive vontade de desaparecer; ou de matá-la.

Malu já se matara. Fiquei estarrecido. Só o ódio é capaz de matar. Se não nos acertamos na vida, a morte pode ser a cristalização do desacerto. Merda! Apesar dos cuidados de Wolf ficamos devastados. Desorientados. Mais uma vez, derrotados. A vida com Malu era sem palavras; por isso, quando ela se matou, ficamos sem chão; infinda queda no abismo. O abismo é quando mal dizem as palavras.

Wolf, o doce homem severo, foi pura dedicação; éramos um monte de ruínas tremendo à sombra da loucura. Pobre Lóri, exausta, não encontrava pouso.

A infinita paciência de Wolf. Quando o conhecemos ele já havia renascido, já conhecia a morte. Conhecia. Mas o que se pode saber da morte? Que não há testemunha? Não sei. Sabe Deus como Wolf adquiriu aquela sensibilidade. Não sei quanto lhe custou destilar o veneno de que precisávamos no dia em que Malu se matou. Wolf tomou para si a diabólica função de não se render às dores e fazer o que é preciso ser feito para manter-se vivo.

Preciso concentrar-me: Malu matou-se com um tiro no peito no fim de semana em que, muitos anos depois, nós nos encontramos novamente. Ela, Lóri, Laura, Wolf e eu. Estêvão havia morrido numa curva da estrada.

Foi ideia minha. Ideia infeliz, embora Wolf não admita. Ele pensa diferente. Eu havia pensado: agora está tudo bem. A ausência de Estêvão se tornara uma resignação bem compactada. Hoje, muito pelo contrário, penso que eu não havia me resignado de maneira alguma. Hoje, preciso escrever.

Recuperado do atropelamento, Wolf vivia dedicado à rotina da universidade; Lóri mergulhava mais e mais na biblioteca e eu gravitava entre eles. Laura ficava mais e mais rica e as crianças cresciam bonitas e corajosas. Malu continuava por perto, agora exclusivamente ocupada com Laura.

Não sei se ingênuo ou simplesmente bobo, ou completamente idiota, ou irremediavelmente inconformado, o fato é que sonhei com um recomeço. Não nos encontrávamos – os cinco - desde o funeral de Estêvão e, então, eu resolvi juntar todo mundo para um fim de semana na fazenda. Lóri e Wolf mostraram-se vacilantes, mas pouco resistiram; Malu e Laura aceitaram o convite com franca naturalidade. Pareceram-me felizes. E eu, para variar, totalmente empolgado.

No dia da morte de Malu, Wolf disse que eu estava feio, seco e desengonçado como a barata de Kafka. Só Wolf poderia dizer esse tipo de coisa. Eu fiquei, de fato, seco e murcho, desengonçado. Seco e murcho e triste como uma barata.

Lóri parecia-me distante e inalcançável como uma águia exausta no profundo azul do céu; lembro-me que, embora esgotada, ela murmurava poesia.

Muitas vezes, vi águias em Lóri. Estêvão também via; Lóri não gostava porque, dizia, águias não são pessoas confiáveis. Estêvão ria e provocava: *'é o caso'*. Lóri soprava seus tilintares entre dentes, simulando cascavéis. Brincadeiras. Entretanto, naquela hora terrível, mais que nunca, ela me pareceu uma águia solitária na infinidade azul do céu enfrentando o desespero do cansaço, da falta de pouso, rezando poesia.

Wolf tentava controlá-la apertando-lhe a mão; ela continuava balbuciando. Hoje, escrevo: quando uma águia aparece, Lóri está sofrendo; é inimaginável pensar-se sem pouso. Impensável. Impensável. E descubro que não basta voar, imprescindível é pousar. Estêvão soube disso? Existirão anotações?

Então, Wolf nos arrancou do inferno levando-nos pela mão como duas crianças abandonadas.

Laura enlouqueceu de vez. Já havia se entregado à loucura após a morte de João Francisco. Eu tinha compaixão por Laura enquanto Wolf nos prevenia de que a loucura de Laura era vaidade. Ele não acreditava – nunca acreditou – na loucura de Laura. Foi um prolongado debate, divergência profunda. Eu e Estêvão acreditávamos, mas depois desacreditamos. Wolf, estou pensando agora, desconfia de qualquer loucura. Disse, certa vez, que a lucidez é a condenação humana. Questão de dignidade. Wolf.

Falando dessa maneira parece que eu só reconheço as verdades de Wolf, mas não é assim. Wolf sabe o que dizer e quando dizer; e também sabe quando calar. Eu sempre titubeei, e titubeio. Ainda. Certa vez, eu disse que não merecia a amizade dele; nem a de Lóri, tampouco a de Estêvão. Odiaram ouvir tal coisa; parei de falar. É o que eu penso entretanto: foi deles a minha vida. Se Wolf ouve uma coisa dessas, vai querer me matar. Eu disse *'foi deles a minha vida'*, disse no passado, mas estou vivo. Certamente ainda estou.

Revejo Malu morta. Branca, branquinha, quase transparente. E me revejo animal abatido.

Ainda não consegui separar a vida nos quintais e Malu. Às vezes, penso que aquela vida foi *'aquela vida'* por causa de Malu, das censuras de Malu. Outras vezes penso que, censurando, Malu destruía a vida nos quintais. Depois, imagino que, morrendo, ela nos assegurou *'aquela vida'*. Mas, de repente, penso que ao se matar, ela matou a vida nos quintais... Um inferno!

Aquele tiro feriu-nos profundamente. Minha conclusão abominável é que ainda estou ferido. Sangrando lentamente. O tempo passou, eu mudei, é certo, mudei, mas continuo estranhando as vidas que me rodeiam: só vejo procuras frenéticas por ocupações e preocupações. O sucesso, a fama, a riqueza. Jogos que não consigo aprender. Malu achava-me bobo, tinha pena. Acreditei nisso – que eu era um bobo -, ou tentei ser um bobo, pode ser. Sei que não deu certo.

Talvez as coisas não tenham mudado tanto. E isso, que as coisas não tenham mudado verdadeiramente ou não, é minha verdadeira ocupação. Preciso saber: as coisas mudam? Se mudam, mudaram? Então, estou obrigado a escrever.

Se não sou um idiota, se não sou um rebanho, devo aprender. Recomeço: falhei pelo menos uma vez, reconheço (e penso em Lóri quando escrevo isso).

Mas não me considero imbecil. Malu não pode ter a palavra final; não pode. Malu não tinha palavra. E Wolf teria razão: se tudo terminar assim – com a palavra de Malu -, eu sou a barata de Kafka.

Ele explicava, em tom de deboche, mas explicava: ser Kafka e inventar um sentimento de barata - que é puro sentido, acréscimo de Lóri com aprovação de Wolf - é uma coisa; outra coisa, coisa totalmente diferente, inadmissível, é ser o tal sentimento de barata inventado por ele. Não sou nenhum Kafka e isso está muito bem; e ser o tal blatário é sem dúvida inaceitável.

Existem anotações de Estêvão sobre baratas. Estevão acumulava montanhas de páginas; no mais das vezes, páginas inteiramente absurdas; mas, de alguma maneira, esses absurdos foram - são – fundamentais em minha vida. Fundamentais. Direi também salvadoras. Palavra horrível. Salvar o quê? De quê? Estranho é que, quando Wolf chamou-me barata de Kafka, Estêvão já havia morrido. Devem ter conversado muito sobre baratas. Lóri se interessava por elas, eu me lembro. Eu me lembro.

Encontro entre as páginas de Estêvão:

Barata, do latim blatta, adaptação do grego blapto, besouro. Inseto omnívoro, ou seja, come qualquer coisa. Sofre metamorfose, o que seria interessante, pois significa que baratas se transformam ao longo da vida. Mas, no caso, a mudança não significa nada: a vida de uma barata continua totalmente deplorável, ou seja, é uma transformação lamentável, nada acontece. Em algumas espécies, há a partenogênese: reprodução assexuada, sem fecundação. Coisa muito relevante: baratas se perpetuam descartando a necessidade de um encontro macho e fêmea. Existem há quatrocentos milhões de anos. Comem qualquer coisa, mas sobrevivem sem água e sem comida por muitos dias. Baratas podem ser consideradas o paradoxo da sobrevivência: embora sejam facilmente matáveis, e universalmente odiadas, sobrevivem. São, portanto, a imposição do desprezível.

A fala de Wolf: 'você está seco e desengonçado como a barata de Kafka' e as linhas de Estêvão sobre a infame sobrevivência do blatário despertou minha reação: 'eu não sou barata'. Talvez também tenha mantido minha perplexidade com a sobrevivência.

Preciso escrever.

Malu não nos amava. Queria que não me

importasse agora. Como compreender os carinhos, a atenciosa disponibilidade, a doçura e as intermináveis declarações de amor? Fiquei casado enquanto ela quis ficar. Ainda que contrariada, Lóri a ela se curvava. Estêvão era-lhe atencioso, como com todo mundo, e Laura, sua aliada incondicional. Posso concluir que, exceção feita a Wolf, de uma maneira ou de outra, todos sucumbíamos a Malu. Isso é espantoso e atroz.

A casa está mais escura e mais fria esta noite. Olho ao redor e procuro pela minha vida: amontoados de caixas e incontáveis artesanatos coloridos que recolhi nos cantos do mundo. Gravuras e fotos magníficas de paisagens magníficas cobrem minhas paredes. A janela de vidro deixa entrar a luz melancólica de uma noite calada.

Pego uma caixa, abro com o mesmo receio das mil vezes anteriores em que abri uma caixa; fecho-a novamente. Caminho até o armário do escritório e retiro, uma vez mais, o belíssimo estojo entalhado em arabescos. Não me lembro onde o encontrei; um mercado de pulgas, algum país do Oriente, refinada obra de arte que sempre me provoca um sentimento solene. Respeito, quase temor. Não sei se quero abri-la e sei que a abrirei mais uma vez. E sempre. E a dúvida continuará encarnada neste estojo sagrado. Os envelopes amassados e amarelados me deixam enfeitiçado.

Querida Lóri,

Eu estou aqui pensando se toda a desdita da minha vida deve-se a cartas; e à vontade de escrevê-las. Quem disse isso foi o Kafka, como você sabe, com a genialidade de acrescentar que o dizia como um comentário interessante e não como um lamento. Não sou original e, portanto, não só o copio como faço disso uma lamentação.

Eu espero cartas e mais cartas; a cada manhã, espero uma carta. Lamento que não me escrevam sem parar e lamento que eu não saiba escrever. Por isso, eu copio e, hoje, descobri que copio especialmente para você. Aliás, você deve lembrar-se de quando me disse que copiar é uma delicada homenagem. Perdi a vergonha: sou verdadeiro copista. Hoje copiei para você: *"as palavras dão mordidas no real", "aprender a falar é frequentar o clube dos perdedores", "when the lights go down", "eu te vejo sumir por aí"*...

Mas o verdadeiro motivo dessa carta é outro: na semana passada, encontrei o Pedro e saímos para tomar uma cerveja. Imagine você: falei durante horas. Pedro só ouvia. Falei da minha necessidade de cartas, da incapacidade de escrevê-las e, finalmente, falei sobre casamentos. Foram muitas cervejas. Entornei-me sobre o pobre Pedro e, agora, sinto necessidade de contar-lhe isso como quem confessa o pecado do abuso. Uma vergonha. Acho que você vai me absolver (talvez essa carta seja a penitência). Estranho poder você tem sobre mim: perdoar-me.

Pedro é o melhor amigo do mundo. Continuei falando: falei especialmente de culpas. Repito: independentemente de qualquer coisa, eu me sinto culpado (sei que sou um chato). Estou convencido de que a culpa é meu verdadeiro fundo.

Quando eu disse tal coisa, Pedro interrompeu e começou a esbravejar. Você pode imaginar o Pedro esbravejando? Eu não acreditava, mas ele gritava desembestado e acabou discursando horas. Não me lembro de muita coisa. Falou sobre o pai, sobre o desdém e a miséria dos homens. Afinal, eu me pergunto: o que é que tudo isso tem a ver com casamentos? Não sei, já estávamos completamente bêbados. De fato, ainda estamos de ressaca; dos discursos, não das bebidas. Por isso - por causa da ressaca - precisei escrever para você. Mas não consigo ir além. Eu lhe disse que não sei escrever, mas vou enviar-lhe esta fracassada tentativa.

Não me esqueça, Estêvão.

Fico irritado: Estêvão dizia que não sabia escrever, mas deixou milhares de páginas apaixonantes. E eu aqui, tentando não me afundar nesta página em branco. Tentando, desesperadamente tentando. Fico nervoso.

Cada um tem sua morte própria, tão única quanto a própria vida? Quero dizer, a morte de cada um é tão singular quanto a vida de cada um? Penso que não; morte é uma só, sempre a mesma; vida é diferente, uma para cada um. Penso assim. O enigma da vida é que a morte é sempre igual. (penso e rio de mim mesmo: que original! Mais uma rima).

Wolf não se prolonga no assunto *morte*. Percebo agora. Por muito tempo, preferi menosprezar a morte com piadas e bebedeiras. Não foi boa ideia. Piadas e bebedeiras não espantaram a intangível figura que me acompanha sem descanso.

A morte já era uma inacreditável presença em nossas infâncias. Acabo de descobrir.

Certa noite, algum tempo depois da morte de Estêvão, eu e Lóri conversávamos; líamos poesias sobre a morte madrugada adentro. Existem incontáveis; inclusive, naquela noite, dissemos que todo poeta, um dia, uma noite, uma vez, muitas vezes, fez ou fará poemas sobre a morte. Então, Lóri se cansou e, com mais um comentário inusitado - *'esse problema é do Hamlet, não vamos tomá-lo dele'*- virou-se para o lado e dormiu. Eu fiquei de olhos arregalados até o amanhecer.

Malu vivia conforme uma fórmula matemática; tudo já estava determinado, não havia nada a ser feito. Tudo lhe aparecia extremamente simples. A vida é uma imposição e pronto. Vivia seus dias naturalmente, exibindo a certeza de que conhecia a mais pura verdade da vida. Era vaidosa, linda e bem desenhada como uma escultura. A vida não tinha mistérios para a meiga e invariável Malu.

Estêvão vivia uma inconcebível dor. Impossível imaginar, inimaginável admitir, mas assim era: a mãe de Estêvão o odiava. Pura e simples verdade. Ódio de mãe é indizível... Amor de mãe é história difícil. Não é para qualquer um, dizia Lóri, para o nosso espanto. Amor nenhum pôde compensá-lo e o adorável Estêvão mal respirava. A morte visitava-o sempre. Quando ele e Lóri sofreram aquele mal explicado acidente, e todos ficamos preocupados, mal compreendendo tudo, eles surgiram calados e tranquilos. Estavam confiantes: comungavam algum segredo, não tive dúvidas. Coisa sem palavras; assunto impossível de perguntar. Tranquilidade só imaginável na morte. Imagino eu. Wolf parece saber: de uma serenidade mortal, eu quero dizer.

Estêvão tinha segredos. Gostava de segredos, inventava-os desde a infância; maneira de conviver com o inconfessável, é possível. Um dia, me disse: 'minha vida é inconfessável'. Ele se referia à mãe. Talvez assediasse a morte com a falta de ar. Talvez fosse um homem triste e desejoso da morte por que... Apesar de... Entretanto... Contudo... Porra! Ódio de mãe! Um escândalo.

Mas Estêvão nunca disse *'porra'* para coisa alguma. Quem falou assim fui eu: falei *'porra'* para o meu pai. Para o ódio do meu pai. Meu pai odiava tudo, todo mundo, mas dizia o contrário. Digo melhor: proclamava o contrário. Dizia amar incondicionalmente a todo mundo.

Com Estêvão era diferente. A mãe dele o odiava, e só a ele. Intraduzível. Hoje, entretanto, chego a cogitar que ela podia até ter suas razões. Filho pode ser um fardo duro, um golpe, uma farsa, uma armadilha... Um não sei que nome. Juro que, hoje, penso. Difícil chegar aqui. Estou afundado. Ainda.

Por isso escrevo.

Meu pai foi um homem atolado na ira; gostava de dizer: 'Importa o social!' Famoso homem público, todos lhe rendiam homenagens. Ele se dizia comunista e dizia também que havia dedicado a vida 'à causa', 'exclusivamente à causa', repetia-se. Ao mesmo tempo, administrava com mão de ferro as propriedades que herdou do pai. Meu avô foi um homem muito rico, nunca soube a origem daquela riqueza. Nunca compreendi a vida do meu pai, e penso que riqueza é uma estupidez. Sei que meu pai foi uma pessoa permanentemente inconformada. E brutal, e que gastei minha vida tentando agradá-lo. Escrevi outra vez no passado. *Gastei*. Mas ainda estou vivo. Estou.

Do meu pai, eu e minha mãe só recebemos desprezo. Uma coisa se liga à outra: eu quis desprezar a morte. Wolf sorria levemente e me prevenia: 'meu querido Sísifo... '. Muitas vezes Wolf passou as mãos pelos meus cabelos e repetiu: 'meu querido Sísifo... '. Noutras palavras: desprezar a morte é tão lamentável (palavra pequena para o caso) quanto o trabalho de Sísifo. Não fosse pronúncia tão difícil, dizia Wolf, ele me chamaria assim. Um dia o estudarei; ou, quem sabe, encontrarei as anotações de

Estêvão sobre Sísifo; certamente existirão. Certamente.

A verdade é que nunca consegui desdenhá-la verdadeiramente, tampouco desejá-la como Estêvão desejou. Menos ainda pude respeitá-la como Wolf respeita. De Lóri, nunca se sabe, nunca se sabe... Preciso ser honesto: quanto a Lóri, eu não me atrevo a afirmar coisa alguma. Ainda não.

'Contradição sagrada', é tudo que Wolf diz sobre a trama morte e vida. Lóri diz que a vida é uma questão de empenho, e discorre longamente sobre os sentidos de *'empenho'*. Acho que estou paralisado aí, na perplexidade da contradição e sem o necessário empenho para continuar vivo.

Um mundo não me basta. Mas existem outros? *'Infinitos ilimitáveis'*, como Lóri gosta de falar. Malu sujeitou-se a um único mundo com grande conforto. Depois se matou.

Podemos recusar o mundo que nos foi dado e, ainda assim, viver? Sim, sim, sim... Preciso acreditar nisso. Tudo pode mudar. Devo repetir-me, pois ainda me sinto sonâmbulo. Quero despertar. Tenho medo de sucumbir à resignação de Malu. Não tenho para onde fugir; viagens não me consolam há muito tempo.

Preciso escrever.

Com simplicidade, e muita dedicação, Wolf segue a vida cuidando de Lóri. Ele tem elegância para ser alguém, pode continuar dignamente vivo. Quanto a mim, penso que, mais uma vez, os abandonei. Diria melhor se dissesse que abandonei a mim mesmo. Ou melhor, tentei. Aqui estou eu escrevendo à procura deles, de mim, em mim. E, certamente, por mim.

Uma noite, depois do atropelamento, ainda no hospital, Wolf falou que Lóri o havia salvado, e não se explicou. Nunca entendi como ela pode ter feito isso. Naqueles dias, Wolf delirava muitas vezes, não pude perguntar e continuei sem compreender. Como Lóri pode ter salvado Wolf?

Agora, lembro-me de Laura. Eu conheci muitas, desde a adolescência, as Lauras começaram a aparecer. Penso que Lauras são eternas adolescentes e, por muito tempo, pensei que, por terem roubado nossa adolescência, tínhamos o direito de viver clamando por uma. Não penso assim atualmente; autocomplacência não ajuda; autopiedade é pura lástima. Roubaram nossa adolescência e pronto. Perdemos e pronto. Mas, antes, eu não pensava assim.

Reconheci a Laura no primeiro instante; ou quis gostar de Laura, quis. Mulher de fé, forte, dona de si e dona dos outros também. Laura nunca teve dúvidas; ela enxerga isso – ser dona dos outros – um simples direito. E, algumas vezes, um grande fardo. Lauras se queixam. É assim: responsabiliza-se por tudo e todos, mas não se conforma. Arrasta, sob brados e protestos, cruzes que ela mesma inventa e reinventa. Lauras se querem heroínas. Mas esperneiam.

Laura conquistou Estêvão e, quando considerou que a morte de João Francisco era culpa dele, o abandonou. E autoproclamou-se portadora de mais uma cruz. Nem era preciso conquistar Estêvão; ele sempre se entregou primeiro.

Houve muitas Lauras em minha vida. Em nossas vidas. São poderosas, donas da vida, mas se alguma coisa escapa do controle, se tornam loucas. Passada a temporada, voltam normalmente ao dia a dia de trabalho e coragem. É assombroso. Meu pai era uma Laura.

Novamente penso em Wolf: ele nunca se comoveu com Lauras. Autonomia, coragem e força não o seduzem: não dá a mínima para esses talentos. Cínico, Wolf sorria para Laura e flertava com Estêvão, amando-o francamente. Depois da morte de Estêvão, e na companhia de Lóri, Wolf se aquietou. Uma consideração importante: o tédio de Wolf. Quero saber disso: o tédio de Wolf vem da vida vivida com qualquer objetivo que não seja a própria vida.

Revejo. Numa madrugada chuvosa, Estêvão morreu na curva de uma estrada. Malu partiu sem chuva, sem estrada nem curva. Laura enlouqueceu. Lóri vive do encanto com as palavras, do desejo de emudecer e da ancoragem em Wolf, que secou as lágrimas e se ocupa com Lóri. E comigo. E comigo. Sou um apaixonado.

Isso seria eu? Uma paixão? Eu penso: 'o inominável ainda é o senhor do meu destino'.

Digo bobagens. Estou silenciado. Não quero morrer e me sinto sufocado. Algo que não sei nomear, pesado, viscoso, de cor cinzenta, toma conta de mim. Necessito e, ao mesmo tempo, desejo uma tempestade que nunca chega. Estou dominado por uma expectativa angustiada. Outra noite se anuncia. Não há lua nem vento. Adolescentes gritam lá fora na rua, as vozes entram pela varanda; são gargalhadas, são descontroles. A mim, soam como cantos fúnebres. Clamores que se juntam à atmosfera macabra que quer me asfixiar.

A chegada da noite é vagarosa e tensa. Perdi-me no tempo; não sei se é sexta-feira ou segunda-feira. Não há para onde fugir. A noite quer me devorar; eu vou ser enterrado.

Então, outra vez, como corda lançada a um náufrago, a memória me chama e, lá no meu fundo, num canto feliz, ressoa em mim: "vestiu uma camisa listrada e saiu por aí, em vez de tomar chá com torrada ele bebeu parati, levava um canivete no cinto e um pandeiro na mão, e sorria quando o povo dizia: sossega leão, sossega leão... tirou seu anel de doutor para não dar o que falar, saiu dizendo eu quero mamar, mamãe eu quero mamar, mamãe eu quero mamar...".

Aconteceu isso: carnaval, fantasia, cerveja, Ouro Preto, amor, música... Houve isso. Lóri estava vestida de Vilma Flintstone e eu, de diabo. Wolf, Estêvão e Laura não se dispunham a fantasias, mas nos acompanhavam divertindo muito. Malu não gostava de carnaval e se recusava a sair de casa.

Passou o carnaval. Meu coração não quer passar. Sim, "lá vou eu de novo como um tolo, procurar o desconsolo que eu cansei de conhecer; novos dias tristes, noites claras, versos, cartas, minha cara, ainda volto a lhe escrever...". Isso não sou eu; isso é ela. Puta que pariu.

Encontrei 'Supertramp' na biblioteca digital; talvez me ajude. Uma canção sempre encoraja. Lembro réveillon na praia: 'Logical Song'. Talvez alguma lógica me salve – e imediatamente eu penso: 'não se esqueça de seus vícios metafóricos'. Tsssss. Típica frase de Lóri; volto a temer pela minha sanidade. *'I know it sounds absurd, but please tell me who I am...'* Bastante ilógico! Tenho boas razões para sentir medo.

Preciso desesperadamente de música. E, nesse mesmo instante, outra velha canção - noites na fazenda - brota lá dentro de mim. Fico quieto ouvindo e ouço: *"Tire o seu sorriso do caminho que eu quero passar com a minha dor, hoje para você eu sou espinho, espinho não machuca a flor".* Não tem jeito mesmo... Diante de uma desistência inevitável, o pai de Estêvão falava assim, com ênfase no *'mesmo'*, e soava engraçado: 'não tem jeito *mesmo*... '. Digo eu agora: 'não tem jeito *mesmo*... '. Sou um apaixonado. Mas toda paixão tem um bocado de mentira.

Existe outro caminho: serei como Wolf. Contemplativo orgulhoso. Seria coerente, sou apaixonado por ele. Não sou orgulhoso, sou covarde. Ele sabe tudo sobre lobos, e também sobre cordeiros. Wolf estuda sem parar. Eis Wolf: um homem claro e discreto que dedicou a vida à reflexão. Reverencia a morte com o mesmo olhar abismado que lança para o céu, para o mar, para a lua... Ou para outra vida qualquer.

Segundo Wolf, lobos são mestres de vida e de morte. Com naturalidade comovente, põem a morte a serviço da vida. No outono, eles são capazes de ouvir a queda de uma única folha; e distinguem aromas num diâmetro maior que um quilômetro. A visão noturna é tão clara quanto a diurna. Lobos podem choramingar, latir, gemer, rosnar; o mais comum é uivarem; uivam por prazer e para proteger os filhotes. Wolf não duvida que lobos são os maiores conhecedores da coisa chamada vida. Disso, ele fala com serena seriedade. Fica solene. Escreveu-me na última carta: 'há a vida e sua genialidade, que se revela como lua, água, verme, lobo... Tudo é a mesma vida; simples travessias; e não estou convencido de que o modo humano seja o melhor. O que seria melhor em se tratando de espécies de vida? Convencido estou de que somente o tempo é real'.

Acredito nele por algum tempo, mas não dura. Logo

duvido. Eu não me pareço lobo e quero parecer homem. Ainda não sei como é isso, um homem, quero descobrir.

Wolf é honrado e não é inocente; eu queria ser assim lhe disse isso; ele gargalhou, falou que eu estava falando de mim mesmo, que ele não é honrado tampouco inocente. Está errado, eu não falava de mim, sou um trapo, um parvo. Sempre que penso na morte, penso no amor, ao mesmo tempo. Sempre ao mesmo tempo: 'amoremorte'. E me atrapalho, e tudo é embaraço e...

Quero dormir. Confessar que não sei ser Wolf e que ainda não consigo ser outro, é insuportável. Preciso dormir e livrar-me dessa montanha de asneiras. Estou envergonhado. Levanto-me da escrivaninha e vou para o quarto.

No meio do caminho, as caixas.

Estevão,

Eu me senti completamente completa! (riu?) Mas foi assim mesmo. Eu me desdobrei em você e fiquei assim: um corpo macio, uma falta de peso, um amolecimento. Puro dengo. Vontade de colo, de manha, de quero mais, tipo Billie Holiday, entende? Senti a imensa alegria de ser mais do que sou. Creia-me: nunca me senti tão bem. Ora, ora! Que sei eu de mim! Mas reafirmo: naquela hora, havia apenas você nos infinitos mundos que infinitamente existem. Um acúmulo de alegrias; as alegrias se acotovelando dentro de mim, exatamente assim, de tantas que você me deu. Foi um verdadeiro exagero encontrar-me no seu olhar. Olhar que não me estranha. Um excesso de ser feliz. Desconfio que esse tipo de coisa seja insuportável por mais de um instante. São brevidades brevíssimas. Não são?

Sua, (achei isso antigo e bonito),

Lóri.

Ps1: pensei que quando os bebês nascem os homens ficam mais encantados que as mulheres; o resto da história é longo; conversaremos qualquer outro dia.

Ps2: as palavras me seduzem porque dentro delas encontro tudo o que existe. E também o que não existe: posso inventar.

Leio essa carta pela enésima vez e não compreendo. Impossível dormir; volto ao computador.

Não adianta. Minhas mãos estão entorpecidas. Tudo é silêncio. Estou com medo e apesar das pílulas, do vinho, da meditação, da música, eu não durmo. As horas não passam, o tempo parou. Penso em minha vida: meus gostos e desgostos. Nada parece ter importância. Quero fumar. Fumo; e minha cabeça dói. Quero morrer. Volto para cama.

De repente, outra vez, tudo parece estar no devido lugar, inclusive eu e, então, estremeço ridiculamente. Será tão simples? Tudo está como deve ser, eu já sou quem eu deveria ser e pronto? Isso seria ser Malu. Recuso-me. E tudo me aparece pelo avesso. Quero dormir e sonhar. Não durmo.

Acendi a luz e olhei o relógio: tenho medo da noite.

Ruídos avisam que o dia se aproxima. Carros insanos, uma desesperada janela se abrindo, pessoas alucinadas esbravejando contra o dia. Insetos, muitos insetos, chiam, murmuram dentro da minha cabeça. Não se distinguem. A garganta está seca, meu corpo suado; esse meu cheiro acre me enoja.

Por um segundo, do nada, emerge uma onda de ternura que me envolve e recordo manhãs doces, amores simples, gestos delicados.

Onda que passa.

O ruído do dia cresce, erguem vozes exaltadas, janelas batidas com irritada aflição... O pandemônio do dia a dia chegou. Hoje, minha vida em plena luz do dia é idêntica à minha vida à absoluta treva da noite.

E lembro que posso morrer. Neste instante não vejo problema, vejo solução. Justa e necessária. Tão indispensável quanto a necessidade de escovar os dentes. As vantagens com a minha morte são inquestionáveis. A economia de energia e a redução de dejetos, por exemplo. Meu cansaço é esgotamento, logo, o passo mais lógico é a morte. A razão para a vida é irracional? Quero dizer, a vida não é questão de lógica, mas de falta de lógica?

Contudo, a memória começa a gritar recordações. E, de repente, eu acho graça. Rio dos dezessete anos, dos velhos, e bons, anos setenta. Mil novecentos e setenta. Soa engraçado. Infinitamente antigo. Ontem. Coloridos e apaixonados. E, tantas vezes, estúpidos. Tudo verdade.

Revejo Woody Allen deitado num sofá tentando encontrar boas razões para seguir vivendo. Um filme. Manhattan. Assistimos em Nova York quando eu não quis viajar sozinho e inventei que Lóri tinha de conhecer a cidade de Woody Allen. Lóri não gostava de viajar, ainda não gosta, mas, naquele tempo, não foi difícil manipulá-la em nome de Woody Allen. Quase não me lembro de Nova York, mas me lembro muito bem do filme.

Recostado no sofá, ele procurava boas razões para viver. Grouxo Marx, as maçãs de Cézanne, Bergman, Louis Armstrong, A educação sentimental de Flaubert e... E eu? Que razões eu teria?

A noite estrelada e os estremecimentos do

amanhecer na fazenda; e, não sei de onde me vem isso, vejo o Ivan Karamazov, moreno e mordaz, com argumentos irrefutáveis sobre a hipocrisia humana e, ao mesmo tempo, vejo o sorriso triste e doce de Aliocha. Eu tinha medo que Aliocha se dissolvesse no ar... Ora, ora, sei muito bem de onde me vem isso: do tapete da sala do colorido apartamento de Lóri. Boa razão: o tapete colorido de Lóri.

E os Karamazov. E também há o Pessoa. Ouço a voz de Estêvão: "segue teu destino, rega tuas plantas, ama tuas rosas, o resto é sombra de árvores alheias...". E, neste instante, penso que a vida é um feitiço irresistível.

Que bosta! Não, não, estou esgotado e quero morrer. Inferno! A vida é pura tentação do demônio. Amanhã, ou melhor, hoje, quero dizer, ontem... Às vezes, aos domingos, eu ia à missa, acompanhando Estêvão ou Lóri; sentia-me feliz; ia pela companhia, dizia eu. Lóri entregava-se seriamente à solenidade do culto. Estêvão, compenetrado e triste, mergulhava no mistério. Eu não cria, mas gostava de estar com eles; e sempre, por algum tempo, depois da missa, o sentido da vida me aparecia claro como a luz do sol. Coisa tão inexplicável e irracional quanto despertar de madrugada desejando transar loucamente. Sexo e somente sexo. Muito sexo. Apenas sexo. Mais sexo.

Filho da puta! Vai tomar no cu!

Morrer é a única continuação possível do mal traçado roteiro da minha vida. Mas nada se move: tudo está petrificado. E eu, precisando morrer. Pode ser que o paraíso exista e Borges tenha razão: o paraíso é uma biblioteca. Outra fala de Lóri ou, é bem possível, de Wolf. Merda! Estou de saco cheio de todos.

Quero odiar Malu. E me sinto culpado pela morte

dela. Ou por sua vida. Sei lá. Contudo alguma coisa em mim quer encontrar razões para continuar vivendo.

Encontro: os jardins da minha mãe, o impossível amor de Lóri pelo Chico Buarque, "ainda volto a lhe escrever, pra lhe dizer que isso é pecado, eu trago o peito tão marcado de lembranças do passado, e você sabe a razão, vou colecionar mais um soneto...". Não quero isso. Quero dormir para sempre, transformar-me em larva, diluir-me lentamente em lama ou merda, sim, merda de qualquer um, mas em merda.

E ainda respiro. Desgraça! Respiro. Que porra! Saio da cama.

E agora, de novo, outra vez, tudo está calmo e bom; o escritório aquecido, o silencioso movimento da gata, o macio conforto da minha vida. E considero, neste exato instante, que posso escrever um poema tão definitivo que sustentaria Hamlet e derreteria Ivan Karamazov. À paixão, acrescente-se pretensão. Porra de palavra que, um dia, escrevi com c. Caralho! Lóri! Lóri é quem lamenta quando erra uma porcaria de palavra. Merda! Não me surpreenderei?

Azedo e desgraçado, eu me levanto, vou até a cozinha, preparo um leite quente e volto para o computador. Mas, entre cozinha e computador, meu pensamento é sequestrado: assassinato, ganas de crueldade, luxúria, sede de sangue. Eu me estranho; estou refém de pensamentos infames.

Vou matar Malu com serena calma, depois vou estrangular Laura e, por fim, com requintes de luxúria, acabarei com a pedante arrogância de Lóri. Todas, uma por uma, sem dó e com muita depravação. Primeiro, eu as amarro; depois as estupro e me divirto com os olhos arregalados. Gargalho. Sou o abominável. Encaro o rancor no olhar de Laura, torço-lhe o pescoço e a esbofeteio. Cuspo na cara dela. Malu chora silenciosa e resignada. Eu me aproximo. Arranco suas roupas e a penetro apertando seu pescoço. Ela não resiste. Meto os dedos nos seus olhos de Mona Lisa indolente. E me volto para Lóri abusando deste olhar besta de inocência e perplexidade. Sou o onipotente e vou esmagá-la como se esmaga uma barata... Uma barata. Violência e sexo. Depravação e luxúria. (Não faz sentido poupar Wolf. Esquisito isso).

E, agora, agora minha vida é uma armadilha, uma simples piada de mau gosto. Sem dúvida. Ou melhor, cheia de dúvidas. Mas não posso morrer agora, apesar da morte de Malu. Ou melhor, não posso morrer agora por causa da morte de Malu. Sempre a merda da morte de Malu!

Quero reagir. Bananas para o Freud. Que venha o demônio: eu vou quebrar o seu pescoço. Finalmente, ligo o computador e recomeço.

Uma luz suave me aquece: o sol chega de mansinho. A varanda se ilumina. Meu coração explode. Tenho múltiplos corações. Entrego-me à vertigem de viver e sou a fascinação pela luz. Levanto-me mais uma vez e me banho na deliciosa indecifrabilidade da vida. A luz do sol. Minhas pernas vacilam e caio sobre os joelhos. Lembro-me de Estêvão e começo a recitar o salmo que o encantava: *"Prepara-me misericórdia e verdade que me preservem"*. Mantenho-me dobrado sobre as pernas tocando a testa no chão como Estêvão fazia. Espero.

Experimento o delicioso aconchego da vida.

Agora a ausência de Estêvão não me escandaliza mais. É uma saudade bonita, boas memórias fazem de

Estêvão parte de mim. Estou contente. O dia me acaricia. Ouço a canção do filme "Paris Texas" na versão tango do Gotan Project. O gemido triste, sem fim, eterno, golpeia minhas entranhas. Voo longe, lá, no sol puro. O bandoneón liberta meus sentidos: sinto tudo. Sinto todos. Sou elegante. Lóri diz que elegante é o Win Wenders, eu digo que odeio o Win Wenders. Rimos do meu ciúme. Rimos juntos. Os palhaços.

Sopra uma brisa fria, o sol se esconde, fecho a janela. Sinto frio. Anúncio de chuva. Quero música.

BB King – *"six silver strings, baby, are all tied to me, I'm not the man, darling, that I'm supposed to be…"* Eu me mantenho lá, no lugar nenhum, no fim do mundo, o ar, na neve, no sol, só lá, no calor em mim. No sol em si. Lá, em si, no meu corpalma.

Posso mergulhar.

E emerge um poeta.

Reencontro a manhã em que Wolf me carregou ferido e envergonhado para a casa dele. Tratou minhas feridas e me pôs para dormir. Quando acordei, ele estava sentado do meu lado, lendo poesia em voz alta. Interrompeu-se sorridente e me entregou o livro dizendo que era presente. Não disse nada sobre o espancamento que eu sofrera e sugeriu que eu lesse um poema. Balancei a cabeça praticamente em pânico. *'Vá lá, é um bom remédio'*, ele insistiu. E debochou: *'não machuca ninguém'.*

Wolf é pacifista. Foi a primeira vez que pensei isso; ou melhor, só àquela hora eu me dei conta da paz que vem de Wolf. Li o poema; nem foi difícil. Aprendi-o imediatamente para nunca mais esquecer que Wolf é homem muito amoroso. Nunca mais tive medo de amá-lo.

Começo a pensar: sou aquele que não tem medo de amar.
Bom começo, devo acreditar.

Love after Love

The time will come

When, with elation

You will greet yourself arriving

At your own door, in your own mirror,

And each will smile at the other's

Welcome.

And say, sit here. Eat.

You will love again the stranger who was

yourself.

Give wine. Give bread. Give back your

Heart

To itself, to the stranger who has loved you

All your life, whom you ignore

for another, who knows you by heart.

Take down the love letters from the bookshelf,

The photographs, the desperate notes,

Peel your own image from the mirror.

Sit. Feast on your life.

Derek Walcott. Boa razão. Mais: os salmos de
Estêvão, os poemas de Wolf, os romances de Lóri. Lembro-
me de tudo; boas razões. Razões.

Naqueles dias, Wolf encontrou-nos estarrecidos,

sob escombros; viu nossa pátria aos pedaços, nossos pais dobrados e desfeitos como papeis velhos. Sentiu o mau cheiro e viu a escuridão em que nos movíamos. Mas não se rendeu ao terror; pelo contrário, abriu os olhos e respirou mais fundo. Resistiu sem violência, desgostou-se sem se abater, e nos amou. Até o fim, Wolf nos amou.

Noutro dia, novamente em sua casa – tempo de manhãs de luta e tardes de tortura - eu acordei assustado com o canto de Wolf: *"morning has broken, like the first morning, blackbird has spoken, like the first bird, praise for the singing, praise for the morning, praise for them springing fresh from the world..."*

Com olhos profundos e tranquilos, ele sorriu, disse: 'Bom dia com Saint Patrick e Cat Stevens'. Wolf tem voz bonita. Naquela manhã, Lóri e Estêvão ainda dormiam; estávamos exauridos e derrotados. Eu não conhecia Saint Patrick, tampouco Cat Stevens. Wolf falou longamente sobre os dois com emocionante entusiasmo. É tocante o amor de Wolf por Cat Stevens. Existe uma carta sobre isso; lembro-me agora. Existe uma carta sobre isso.

De volta ao estojo em arabesco.

Lóri querida,

No caminho para Barcelona, eu sonhei com Ouro Preto. Primeiro, estava frio e úmido, embaçado como a minha infância. Depois, tudo foi se iluminando e a cidade começou a brilhar em amarelo, como se estivesse afogueando. Àquela hora, também me tornei uma espécie de chama cálida; era agradável, eu me sentia muito bem, algo parecido (imagino!) com calor uterino. Não ria, por favor.

Acordei lembrando-me da manhã em que conheci Cat Stevens. Wolf cantava e você e Estêvão ainda dormiam. Esqueci de contar para vocês: Wolf ama Cat Stevens.

Sabem disso?

Não sei como explicar, mas a manhã do sonho em Ouro Preto é a mesma manhã em que Wolf cantava e vocês dormiam. Procure Cat Stevens, Lóri, não perca.

Escreva-me e não me peça para escrever. Seguirão postais; sua imaginação fará o resto. Cuide das minhas lembranças; elas se tornam melhores quando guardadas por você. Recebeu o postal de Istambul? Foi como um sonho (outro). Beijo, Pedro.

Minhas recordações estão com Lóri. Agora eu me lembro. Novamente. Na manhã do dia trinta e um de março (ou primeiro de abril? Não estou certo quanto ao dia exatamente) acordei entre gritos, ladainhas e choro. Minha casa estava cheia de gente. Pulei da cama e encontrei meu pai diante do rádio com ódio nos olhos; ele apontou para mim como se carregasse uma metralhadora e metralhou. Comecei a gritar, ele ficou furioso; nunca admitiu que eu sentisse medo. Ele sentia pânico do meu medo. Aquele dia, aqueles dias...

Os sinos da igreja badalavam freneticamente e ouviam-se tiros. Eu estava preso em casa. Revejo-me tremendo, encolhido debaixo de uma cama, pensando em meus amigos. Eu chorava muito; sentia medo de tudo. Acabei adormecendo ali mesmo e acordei com os berros do meu pai. Estavam me procurando havia muito tempo e, quando me encontraram, dormindo debaixo da cama, meu pai começou a me espancar gritando que eu era a vergonha da vida dele.

Reencontrei meus amigos; eu tinha um olho roxo, hematomas pelo corpo e uma faixa na cabeça. Não precisava dizer nada, mas murmurei que acreditava que a terceira guerra mundial havia começado. Malu assobiava e, indolente, disse que também ficara trancada no quarto. Estêvão permanecia triste e pensativo. Lóri segurou a minha mão e começou a chorar. Com muito esforço e em voz baixa, como se estivesse prestes a trair um segredo, Estêvão contou que o pai dele explicara que havia acontecido um golpe de estado e que possivelmente aconteceria uma revolução, coisa perigosa, terrível e...

- Eu conheço revoluções boas; por exemplo, o giro da terra em torno do sol é uma revolução boa.

Disse Malu. Estêvão olhou para ela quase eternamente. Malu buscou suco de goiaba que, magoado e doído, recusei. Eu estava de cabeça baixa, sentia-me culpado e covarde. Lóri, de olhos arregalados e tremendo, não soltava a minha mão; falava sobre a morte (agora não me lembro de que exatamente Lóri falava, mas era sobre a morte), me lembro de que Estêvão concordava com ela.

Penso que minha batalha com a estupidez da morte teve começo naquela hora. Àquela mesma hora, enquanto eles falavam da morte, eu decidia que jamais me tornaria um bruto. Não existia um bruto na vida nos quintais. Mas era dele, do bruto, a vida fora dos quintais. Eu vi. Ou... Penso ainda: a minha vida foi – é – uma luta contra a brutalidade. Tentarei melhor: a vida em si, a vida vida de Drummond, a nossa vida nos quintais, é resistência à brutalidade. Pode ser também: a vida começa onde termina a brutalidade. Ou ainda...: (existe este 'ou ainda', existe algo mais, mas não consigo escrevê-lo ainda).

Anos depois, nos tempos da meditação, Estêvão repetia: *'o homem bruto nada sabe...'*. Eu ouvia, não dava muita atenção.

A vida nos quintais, a vida que me importa, ameaça dissipar-se o tempo todo; vivo com medo de que eu simplesmente desapareça. Desaparecer e morrer não são a mesma coisa. Não posso esquecer-me. Tenho de esclarecer. Morrer e desaparecer não são a mesma coisa. Não podem ser.

Quando meu pai morreu de infarto, fiquei devastado e tornei-me o filho perfeito, posso dizer. Quando ele morreu, eu o odiava. Então, voltei para cuidar da memória dele – mas pode ser que seja da minha - e de minha mãe. Deixei-me levar por uma onda de ternura, por uma vaga ideia de culpa, dever ou reparação. Quem sabe? Mas, com certeza, deixei-me levar pela profunda esperança de amar o meu pai. Fiquei inebriado de pura confiança, quis plantar-me no território dele, casei-me com Malu e assumi os negócios. Não queria que meu pai simplesmente desaparecesse.

Mas logo perdi a inspiração. Minha esperança, aos poucos, foi se tornando letargia. Quando Malu comunicou-me que era melhor acabarmos com o casamento porque casamento verdadeiro não era daquele jeito, eu apenas abaixei a cabeça. Senti-me mais tonto, talvez mais imbecil. Portanto, muito mais covarde. Fiz as malas e saí.

Malu continuou igual: prestativa e atenciosa. Permaneceu na mesma casa, para ela, aparentemente, nada mudou. Eu não odiava mais o meu pai. Eu não sentia nada, não sabia nada, não queria saber de mais nada. Wolf e Estêvão riam de mim, *'nunca houve ex-mulher como Malu'*. Ela também ria, às soltas, e repetia: *'nem nunca haverá'*. Lóri não achava graça nenhuma, tampouco Laura. Eu não achava nada.

Comecei a viajar. A procurar-me nos mundos. Pensei que os mundos estavam distantes, confundi mundos e terras. Lóri tentou avisar-me. Não entendi. Chegou a hora de viver a morte de Estêvão e voltei, mais uma vez, à aldeia. Naquele dia, em mim, alguma coisa rompeu-se irreversivelmente. Entrei em pânico. Eu me asfixiava. O peito estava pronto para explodir; eu, à beira do descontrole; e a nuvem da loucura me assombrava.

Pela primeira vez, dormi – ou tentei - agarrado em Lóri e Wolf. Não dormimos. A noite foi longa e silenciosa.

Eles permaneceram quietos como monges em meditação. Eu estava inquieto como se estivesse em brasas. Vez por outra, acariciavam minha cabeça e ofereciam água. Naquela noite, Wolf não fez piada. Na verdade, estávamos agarrados e estarrecidos desde a hora do enterro. A morte não me separou de Estêvão; penso isso agora, mas naquele dia, tudo foi desespero.

Malu permaneceu calma ao lado de Laura até que Laura, explodindo em ira e rancor, foi levada para o hospital mais uma vez. Eu me lembro: Malu cuidou serenamente da loucura de Laura. Visitava-a todos os dias; tornou-se sua guardiã.

Eu, Lóri e Wolf nos afastamos. Continuamos ligados às crianças; na verdade, mais ligados. Laura não se opôs, e as crianças passaram temporadas conosco. Às vezes, viajávamos e tudo parecia normal. Com as crianças - Antônio e Davi - era como se Estêvão (penso agora) estivesse conosco.

Desde a morte de João Francisco, Laura internava-se, vez por outra, num hospital psiquiátrico. Usava medicação diariamente e isso a deixava fora do nosso alcance. Talvez fora de alcance de todo mundo. Quando saía do hospital, voltava ao trabalho e trabalhava muito, de manhãzinha à noite. Alta noite. Gostava de falar ao telefone, principalmente com Malu; falavam várias vezes ao dia. Depois da morte de João, o principal assunto de Laura e Malu era o estúpido egoísmo dos homens. Eu e Estêvão ficávamos calados, e, vez por outra, tomávamos um porre. Talvez acreditássemos que elas tinham razão: éramos mesmo muito egoístas. Talvez. Estêvão era mais ridicularizado; além de manter-se mudo nunca se estressava e gostava de mimar as crianças. Coisa muito inadequada e irresponsável, segundo Laura e Malu. Ele não se importava e continuava dedicado a Antônio e Davi. Para elas, Estêvão tinha muitos outros defeitos graves: gostava de história, de futebol, de canto gregoriano e de mato. Um doido de pedra, elas se lastimavam penalizadas. Quanto a mim, era apenas um bobalhão. 'Um filhinho de papai rico', repetiam. Consequentemente, um alienado, Laura ditava. Por muito tempo, eu me senti assim mesmo.

Agora é diferente: agora, não sei como eu me sinto.

Não me parece que Estêvão se preocupasse por ser um rico herdeiro. Isso significava nada para ele, e sabia que significava muito para muita gente. E ele não gostava de muita gente, se é que me explico. O fato é que, por anos a fio, permanecemos calados e errantes. Cada um ao seu modo. Calados e errantes: eu e Estêvão. A vida seguia; ele se mantinha ocupado com a medicina, os filhos, a filosofia, a música, o futebol. Lóri e Wolf, mergulhados nos livros. Lóri na biblioteca. Wolf na universidade. Laura ganhando dinheiro. Malu obedecendo a Laura. Eu viajando.

Assim ficou a vida depois da morte de João

Francisco.

Sinto frio e fome. Mas não quero comer. Estou tranquilo; é madrugada e há neve. Basta-me um chá. Estou escrevendo. Finalmente.

Eu perambulava pelo mundo e mandava notícias – muitas vezes pensei que viajava para mandar notícias. Escolher postais, fotografar, encontrar excentricidades, recolher bugigangas e enviá-las era um trabalho muito especial. De escrever, eu não gostava. Quando voltava, gostava de contar histórias. Passávamos noites contando histórias, conferindo livros e quinquilharias, minúcias que eu tinha pegado aleatoriamente pelo mundo afora. Depois de muita conversa, polêmicas e pesquisas, minha viagem terminava. Wolf, Lóri e Estêvão ficavam entusiasmados; minha viagem se tornava outra, e nossa. A vida era uma história de viajante, ou de viajantes e, então, eu começava a preparação para uma nova aventura.

Numa manhã chuvosa o telefone tocou. Wolf falou:

- Estêvão não fez a curva da estrada.

Vi Estêvão morto e pessoas barulhentas e aflitas como se soubessem o que é o desespero. Desespero é silencioso. É mudo, aterrorizante como a sombra de ninguém. Eu só vi vaidade naquelas pessoas turbulentas. Vaidade faz um barulho ensurdecedor.

E tudo mudou mais uma vez.

Nem leituras nem conversas. Sem piqueniques; sem domingos de futebol, sem canto gregoriano. As viagens se tornaram iguais. Nenhuma descoberta, nada para contar. Mas continuei andando. Eu não sabia parar, e a sobrevivência passou a me assombrar.

Uma noite, dormindo ao ar livre sob a lua no

deserto do Atacama, eu sonhei. Abraçados, eu e Lóri caminhávamos à margem de uma rodovia terrivelmente barulhenta. Caminhões grandes, cheios de mercadorias, tomavam conta de tudo. E nós dois, abraçados e felizes, caminhávamos sem medo e sem bagagem. Apaixonado, muito animado, eu fazia planos. Não me lembro deles, lembro-me que eu estava empolgado; ela me ouvia com aquele jeito comovido de 'maravilhosíssimo, fantástico, incrível'. O mundo era dourado. Parecíamos gigantes, embora caminhássemos por uma estrada com trânsito infernal, víamos tudo de cima; e tudo era pequeno. Então, ela se debruçou sobre o meu peito. E somente a história que eu contava e o beijo que beijamos tinham importância. Escrevendo agora, tranquilo e sossegado, não estou tão certo de que tenha sido sonho. Ou outro, não sei, sei que, numa noite no Atacama, acordei com uma saudade fininha.

Fiquei quieto por muito tempo sentindo o macio beijo de Lóri. Acho que não foi sonho. Um pontinho elétrico percorreu-me as veias e acendeu, ponto por ponto, o meu corpo inteiro. Poro por poro. Ainda era noite; uma noite imensa e estrelada, ocorreu-me *'puedo escribir los versos más tristes essa noche'*, e o vento frio do deserto soprou nervoso cantando magoado. *'Pensar que no la tengo, sentir que la he perdido, oír la noche inmensa, más inmensa sin ella...'*.

Meu corpo pulsou no ritmo do amor de entranhas. Decidi voltar e nunca mais me afastar de Lóri e Wolf. Todos os mundos possíveis e impossíveis concentraram-se neles; o mundo das terras distantes estava vazio e sem cor. O mundo dentro do mundo dentro do mundo dentro do mundo... Era eles.

Voltei.

Lóri estava esperando por mim e fomos morar juntos.

Sobre o tapete mágico da sala, voltaram as tardes, as noites, a lua, as leituras e o vinho. Mas, principalmente, chegaram as manhãs, quando esperávamos pela matinada dos bem-te-vis para sairmos da cama, ou quando não saímos da cama, pois eram muitos os livros de poesia que Lóri trazia para casa.

Wolf vinha muitas vezes. Na verdade, vinha quase sempre. Àquele tempo, éramos os três e, pacientemente, retomamos nosso caminhar. Líamos, viajávamos e Wolf estudava. A ausência de Estêvão tornou-se uma memória feliz. Antônio e Davi cresciam curiosos, cada vez mais parecidos com o pai e eram os nossos filhos. Lóri disse certa vez: 'somos quase cinco'. Fiquei incomodado.

Os meninos estavam conosco e me perguntei por que continuávamos afastados de Malu e Laura. Repeti a pergunta em voz alta e Wolf resmungou: 'romantismo pode ser fatal'. Lóri riu amarelo, vacilou, vacilou mais uma vez e, finalmente, perguntou: 'por que não?'. Lóri também quer amar todo mundo.

Wolf cedeu. Telefonei para Malu e combinamos um fim de semana na fazenda. Ela ouviu o convite com a eterna alegria e convenceu Laura com os meigos olhos negros. Apesar dos veementes protestos de Antônio e Davi – então adolescentes – ficou decidido que ficariam.

Saímos para a fazenda no meu carro – somente eu ainda insistia em ter carro – antes do nascer do sol. Assim que deixamos a cidade e entramos na estrada, Wolf e Lóri começaram um dueto desafinado: *"por tanto amor, por tanta emoção, a vida me fez assim, doce ou atroz, manso ou feroz, eu, caçador de mim...".*

Era um deboche. Protestei. A questão 'romantismo' era – ainda é, para mim - a polêmica mais apaixonada. Àquela hora, eu estava em desvantagem, perdera Estêvão, aliado pró-romantismo. Tentei censurar, mais uma vez, o niilismo e o pessimismo da racionalidade. Lóri cantou *'dramático!'* - também mais uma vez, ou seja, como sempre - e Wolf, me ignorando, continuou: *"preso a canções, entregue a paixões, que nunca tiveram fim, vou me encontrar, longe do meu lugar, eu, caçador de mim...".* E Lóri, descontraída e linda, terminou: *"longe se vai, sonhando demais, mas onde se chega assim, vou descobrir, o que me faz sentir, eu, caçador de mim..".*

Agora, penso que a música foi o maior alicerce da nossa vida; pôs poesia em nossa existência e fico mais contente.

Era uma descarada zombaria e, por isso, pensei que estava tudo bem. Juntos novamente: as brincadeiras, os medos, as mesmas vontades, as procuras, as memórias. As mesmas canções. Estávamos felizes.

Eu me rendi e cantei também. Mas ainda não gosto dessa canção, embora não saiba - como não sabia àquela hora -, a razão do meu desgosto. Meu desgosto não é questão de razão, a canção me acerta, me aponta. Fico sem jeito. De qualquer maneira, foi assim, cantando *'Caçador de mim'* que chegamos à fazenda. Laura e Malu já nos esperavam e havia um banquete de reis.

Conversamos agradavelmente saboreando a maravilhosa cozinha de Malu. Contemplamos o céu profundo e estrelado, o silencioso Deus da nossa infância. Por muitos anos, o silêncio de Deus foi o assunto preferido de Estêvão.

A noite passou suave e cálida; pareceu-me que todos os animais da fazenda vieram nos receber. Eu me sentia feliz e disse que o paraíso existia. Lóri aplaudiu e abraçou-me com seus modos superlativos. Wolf zombou solfejando 'O último romântico' de Lulu Santos. Malu sorriu-me com a piedade de sempre e Laura ignorou-me, também como sempre. Não me importei, pelo contrário, eu estava encantado, sentindo-me novamente apaixonado. Por Lóri, pelos amigos, pela vida, pela fazenda. Por mim. Estava tudo bem.

Então, o assunto mudou para as terríveis condições climáticas dos últimos tempos. Para um viés mais pragmático, posso dizer. Disso – do pragmático - Laura tem sempre muito a dizer; ela discursou sobre a radical imbecilidade humana, capaz de destruir o planeta. Não houve réplicas.

Dormimos tarde, bêbados e felizes.

No dia seguinte, durante o café da manhã, eu e Wolf decidimos sair para pescar e Lóri quis fazer a longa caminhada de sempre. Ela gostava de caminhar por cinco, seis horas seguidas, até o dia inteiro, sozinha, mata adentro. Esse hábito, adquirido na infância, deixava-a muito feliz. Lóri voltava cheia de histórias e nos divertia contando de monstros e anjos que habitavam a floresta. Naquela manhã, rimos dizendo que, à noite, teríamos novas histórias incríveis. Laura emendou que gostaria de dormir até mais tarde; significava que iria engolir mais pílulas. Malu não disse nada e voltou tranquilamente para seu quarto.

O dia estava iluminado e o lago, sereno. Era um espelho de prata cercado por morros em verdes de águas profundas ou de límpidos olhos claros. Na margem, eu e

Wolf sentamos sob um ipê que chovia flores rosadas. O sol subia preguiçoso e os raios incidiam, um a um, sobre a face do lago provocando uma extraordinária erupção de cores. Ficamos mudos e a ausência de Estêvão preencheu tudo. Inúmeras vezes, Estêvão meditou à margem do lago e, então, sentindo sua presença viva, permanecemos calados e solenes na posição em que Estêvão gostava de ficar. Em tempos de meditação, Estêvão passava dias sem iniciar nenhuma conversa, limitando-se a responder, gentil e laconicamente, quando lhe dirigiam a palavra.

Fui arrebatado pela beleza e, naquele instante, tudo fez sentido. Ao meu redor, a natureza pulsava: uma névoa pálida evaporava do lago e misturava-se com outra, mais densa e brilhante, que caia do céu. Com elas, o sol tecia uma cortina perolada criando uma ponte luminosa entre céu e terra. As árvores encaracolavam os morros dançando com a brisa; perfumes diversos passavam como ondas de um mar sereno. Um silêncio vivo, regido pelo compassado canto dos pássaros, arrematava minha bem-aventurança. Não vi o tempo passar; ou melhor, eu vi o tempo passar como Estêvão via. Ele enxergava o tempo passando majestoso e sereno. Àquela hora, eu vivi eternamente. Eu vivi eternamente.

Quando voltei ao lago, Wolf estava imóvel na ponta do píer segurando a vara de pescar. Sentei-me ao lado dele, preparei outra vara e ficamos assim. Lembro-me de pescar cinco peixes grandes e de Wolf dizer que prepararia o jantar.

Um horroroso berreiro de sirenes quebrou o encanto. Irritantes, elas se aproximavam enlouquecidas e, um segundo depois, entendemos que as sirenes invadiam a fazenda. Largamos tudo e corremos cegos, totalmente desnorteados. Chegamos ofegantes à casa da fazenda e vimos primeiro uma ambulância e um carro de polícia.

Pessoas desconhecidas entravam e saíam da casa com estranha arrogância. Entrei em pânico e o mundo tremeu. Meu coração disritmado quis me asfixiar. Uma intolerável sensação de repetição me derrubou e, subitamente, a manhã virou crepúsculo.

Minha lembrança é fosca e descontinuada. Eu me lembro: Wolf adiantou-se. Entrevi Laura debatendo-se e seus gritos silenciavam o mundo. Wolf e eu seguimos um policial que nos encaminhou para dentro da casa.

Diante de mim, o quarto de Malu surgiu escandalosamente iluminado. De roupa branca, deitada sobre uma colcha colorida, suas mãos seguravam um revólver sobre o peito ensanguentado. Vi os fixos olhos arregalados. Tenho essa fotografia impressa em algum lugar do meu corpo.

Caí sobre o sofá e meu estômago rugiu amargamente.

Sei que Wolf fez o que precisava ser feito. Ele contou. Ou melhor, ele ainda conta. Insisto e continuo interrogando-o. Ele não gosta. Laura chamou a polícia e o serviço médico. Outra vez, Wolf contou-me que saiu à procura de Lóri e que eu fiquei paralisado sobre o sofá.

Demorou tempo para que eu soubesse maiores detalhes. Ainda sei muito pouco. Às vezes, Wolf escreve qualquer coisa. Todavia, não pergunto à Lóri. A ela, eu não pergunto. Preciso escrever. Ainda falta. Falta muito.

Vejo-me deitado e petrificado; sinto aroma de chá. É tudo. Tudo ficou branco.

Depois, acordei com o chamado de Wolf e o

perplexo olhar de Lóri. Eles estavam de mãos dadas diante de mim, Wolf dizendo que a polícia havia nos dispensado. Devíamos voltar para casa. Eu não me movi, a princípio. Ele repetiu que devíamos voltar para casa. Eu ouvia, mas não me mexia. Lóri mantinha-se de pé, trêmula, segura pela mão de Wolf. Ela mussitava. Continuei mudo e eles esperaram. Sentaram-se perto de mim. Houve um silêncio duro. Longo. Muito longo.

Então, um palavrório desagradável começou a furar os meus ouvidos. Murmurei que não conseguia me mover e, carinhosamente, Wolf disse que estava ali para ajudar à barata de Kafka. Só Wolf poderia dizer uma coisa dessas naquela hora. Eles me levantaram e caminhei apoiado neles. Lóri tremia grosseiramente e continuava balbuciando. Ela murmurava poesia. *'Sede assim – qualquer coisa, serena, isenta, fiel; flor que se cumpre, sem pergunta'*. Eu me lembro, ela disse isso. Repetia. Lembro-me da poesia, não me lembro de mais. Lembro-me da fotografia de Malu morta. E do aroma do chá.

Em silêncio entramos no carro, Wolf na direção e, juntos, começamos uma viagem longa.

Havia música, não sei que música, havia música. Eu estava caído no banco de trás e Lóri parecia cochilar – ou meditar – ao lado de Wolf, que dirigia mansamente.

Aos poucos, o mundo foi se tornando novamente irrefutável: o sol incendiava cada centímetro. Estávamos na velha estrada que serpenteava as montanhas entre as fazendas. Comecei a reconhecer morros, curvas, regatos, animais e até árvores. A batida do meu coração doía. A batida do meu coração doía. Lóri continuava dormitando.

Uma eternidade depois, o sol começou a despencar

e o céu alaranjou. Vênus apareceu como um diamante sobre um manto coral. Senti medo. Tive vontade de segurar o dia. Wolf desligou a música de repente; penso que ele também sentiu medo àquela hora: o dia estava acabando.

Lóri abriu os olhos com o silenciar da música. Virou-se devagar e estendeu-me a mão. Apontei a estrela vespertina que crescia rapidamente aumentando a escuridão do céu. Ela suspirou e fez um carinho no rosto de Wolf.

Então, ele falou. Pela primeira vez, desde o começo da viagem, o dia inteiro havia passado, alguém falou: Wolf pediu a Lóri que nos contasse alguma história da sua caminhada na mata.

Ela sacudiu a cabeça e gemeu. Parecia apavorada. Senti compaixão, acariciei os seus cabelos, mas repeti o pedido de Wolf. Não sei porquê. Sentia piedade, mas me agarrei ao pedido de uma história. Lágrimas lhe escorriam como enxurrada. Ela continuou calada mirando as florestas e Wolf insistiu:

- Lóri, precisamos de uma história.

Ela olhou-o demoradamente e, em seguida, olhou-me com tristeza infinita. Repetiu esse movimento várias vezes enquanto mordia o polegar com força. Ele sangrava, ela mordia mais. Era quase desumano, mas, naquele momento, precisávamos desesperadamente de uma história. Balançando a cabeça e as mãos, de maneira desajeitada e involuntária, Lóri era a própria expressão da nossa angústia.

O carro engolia a estrada sem misericórdia e, balbuciando, Lóri, finalmente, começou a falar. Lágrimas continuavam silenciosas molhando seu rosto e eu acariciava timidamente sua nuca e cabelos.

Preparei a mochila para a caminhada – chapéu,

câmara, livro, caderno, lápis... As coisas de sempre. Fui à cozinha pegar água e uma faca; não se deve entrar nas matas sem uma faca, vocês bem sabem. Abri uma gaveta e, dentro dela, entre um punhado de coisas velhas, estragadas e esquisitas, eu me deparei com um revólver. A gaveta guardava um amontoado de coisas horripilantes: arames, pregos, martelos, tesouras, vidros vazios e facas enferrujadas. Uma gaveta assombrada, abandonada há séculos. Lembrei-me dos tempos em que eu conhecia cada centímetro daquela casa e tudo era limpo e organizado. Lembrei-me de Estêvão, mas quis esquecer. Fechei a gaveta e saí da casa pela porta da cozinha.

O dia estava encantado; havia uma sinfonia. A neblina perfumada evaporava das matas e nuvens coloridas escorregavam no céu. O sol estava gracioso e ameno. Eu caminhava devagar. Imortal e agradecida, sentindo-me a generosidade em pessoa, integrada à bondade da natureza, entrei no paraíso verde e, espantada, deparei-me com algo estranhíssimo.

Eu me arrepiei completamente e todo sentimento benigno esgotou no mesmo instante. Num súbito, fui atingida por um raio, que não vi, e me transformou: minha cabeça tornou-se um monólito pesado e o meu corpo, um organismo mecânico. Apenas um mecanismo. Converti-me em verdadeira aberração, um ser esdrúxulo, excluído do paraíso. Tudo ao redor estava morto e bem acabado. A simples ideia de viver pareceu-me insuportável. Então, a engrenagem que era eu, deu meia volta e marchou de volta pelo mesmo caminho.

No quintal, o cão olhou-me com surpresa. Se me olhou com surpresa o cão? Foi o que me passou pela mente. Por um momento, lhes digo, estranhei encontrar espanto num cão. Mas, logo em seguida, lembrei-me que, àquela hora, eu não era eu; eu era apenas um artefato bem programado. Então, aquele eu que não era eu, mas um maravilhoso sistema da moderna engenharia, pensou que era razoável que o espanto e outras antigas condições humanas tivessem migrado para os cães e, provavelmente, para outras espécies também. Eu não conseguia imaginar aonde a humanidade havia parado. Foi o que eu pensei, mas tal pensamento não significou nada. Entendi que a vida havia sucumbido à engenharia e nem me importei. É verdade, nada significava nada para aquele eu a que me vi reduzida. Por isso, simplesmente ignorei o espanto do cão, apaguei aquelas poucas elucubrações e entrei pela mesma porta da cozinha que estava entreaberta, como eu havia deixado havia pouco tempo.

Na cozinha, abri a gaveta milenar, peguei o revólver – um modelo antigo, daqueles bem pequenos, que vemos mulheres malvadas usarem em filmes antigos, sabem de que eu estou falando? Eu o coloquei na mochila. Com passos de lã, atravessei a sala e o corredor que estavam sombrios e abafados. Tudo parecia igual; aparentemente, a mesma sala e o mesmo corredor de onde eu saíra há pouco tempo. Sabia, no entanto, que era puro engano: tudo havia mudado. A vida de minhas esperanças e sonhos não passara de uma vontade ilusória e já fracassada. Não reconheci nada. Nem a mim. Ou melhor, eu me senti vencida, mas ainda assim, desejosa de um ato de vontade. Vencida, mas ainda resistente. Eu pensei isso. Ou não pensei, sei lá, nada, àquela hora, era o que havia sido. Talvez eu tivesse me tornado exatamente isso: um simples ato de vontade inominável.

Ouvi, com ojeriza, o desagradável ressonar de Laura e abri a porta do quarto de Malu. Ela estava languidamente encostada nos travesseiros, com os braços cruzados sobre o peito e examinava o teto com indiferença. Vi a pessoa que me acompanhara desde as primeiras lembranças: senti verdadeiro asco, quase horror. Enxerguei muitas coisas. Crueldade, incompreensão, falsidade, intolerância, abuso, dissimulação... O mal apareceu condensado na forma de uma mulher magra e pálida, de cabelos negros, deitada sobre uma cama colorida. Tive vontade de vomitar. Fui ódio puríssimo.

Ela me olhou sem surpresa, nenhuma fibra de seu corpo se moveu. Malu era uma certeza encarnada e inarredável. Senti-me como um inseto sob as devassas lentes de um microscópio. É verdade, sempre tentei imaginar como se sente um inseto examinado por um microscópio. Já pensaram nisso? Já lhes falei disso? Não lhes parece uma obscenidade? Tentei escapar da degradação, quis romper com o imperioso e me aproximei. Eu estava à procura da humanidade. Bem me lembro. Malu continuava viva examinando-me daquela maneira serenamente diabólica.

Não tive opção. Devagar, abri a mochila, peguei o revólver e disparei diretamente no seu peito. Um tiro apenas. Ela sofreu leve impacto – leve, muito leve, um impacto surpreendentemente leve - nem se moveu e os olhos, pregados em mim, fixaram-se arregalados. O cão latiu uma vez. Mil pássaros começaram a cantar dentro da minha cabeça. Observei o sangue brotando em seu peito como uma rosa que se abre; vi o vestido branco se avermelhando devagarinho como os dias de primavera que vivemos sob os flamboyants em torno da igreja. '*Delonix regia*', ouvi a doce voz de Estêvão pertinho dos meus ouvidos. Afastei-o.

Limpei a arma nos próprios lençois e a coloquei sobre a rosa; nesse momento, eu me lembrei de você, Pedro, que sempre abusa de mim: 'você vai demais ao cinema'. E repeti para mim mesma: *'é verdade, eu vou demais ao cinema, que bom'.*

E Lóri olhou para mim com a mais misteriosa das expressões. Não sei como dizer isso. Lóri tem sempre uma expressão misteriosa com aquele jeito desmesurado de dizer as coisas. Mas, naquele momento, ela pareceu-me mais desmesurada e mais misteriosa. Pior, impossível dizer que sua história não fizesse sentido. Pelo contrário, tudo parecia tão absurdamente plausível que comecei a tremer.

Wolf, atento, calado, continuou dirigindo devagar, mas evidentemente se esforçando muito para manter o controle. Sua expressão tornara-se pura aflição; coisa rara, muito rara, em se tratando de Wolf. A estrada estava vazia e subíamos a serra. Meu coração perdeu o ritmo mais uma vez e a respiração de Wolf acelerou.

Lóri retomou a história tentando manter-se calma. Não chorava mais, nem mordia o polegar. Apenas suspirava de vez em quando.

Tudo me pareceu muito bem: tudo resolvidíssimo. O quarto começou a ventilar e as sombras desapareceram. A luz e a música voltaram ao mundo. A poesia também. Tudo voltara a ser inesperado: a vida ressurgia e eu respirei com alívio. Pensei: agora posso confirmar. Tudo pode mudar, tudo sempre pode mudar. Posso lhes garantir. Eu não era mais um mero mecanismo. Eu estava viva outra vez.

Meu corpo inteiro pulsava em paz quando deixei o quarto. Muitíssimo tranquila, lembrei-me de que podia voar.

Atravessei o corredor com passos de gato, ouvi novamente os ridículos roncos de Laura e saí pela mesma porta. O cão latiu várias vezes e resolveu acompanhar-me. Recomecei a caminhada seguida por Aquiles e entrei no paraíso outra vez. A floresta efervescia como o teatro momentos antes de se abrirem as cortinas. Os animais estavam alvoroçados, sentiam-se as pulsações dos mundos. Agora, tudo estava por acontecer.

Descobri flores novas, recolhi pedregulhos surpreendentes e, em blues, ouvi o burburinho da água avançando no riacho. Escutei uma conversa engraçada entre bem-te-vis e surpreendi a dança dos tangarás na conquista do amor. Coisa rara de se assistir, como vocês sabem bem, pois os tangarás são arredios e discretos. Admirei os desenhos que sol rabisca enquanto desliza por entre as árvores. Cochilei sobre a grama macia e acordei com preguiça para o banho de cachoeira.

O cão havia desaparecido. Chamei por ele, mas ninguém respondeu. Certamente Aquiles também se sentiu verdadeiramente livre e adentrou para sempre na floresta. Foi o que eu pensei, e me senti feliz por ele. Sozinha, tomei o caminho de volta pra casa. O sol continuava amável e o céu era uma macia planície amareloazul. Mundos inimagináveis estavam por nascer, eu imaginava.

Lóri calou-se e se voltou para os verdes morros salpicados de amarelo. Wolf começou a resmungar, raspou a garganta; ia dizer alguma coisa quando Lóri o interrompeu:

- Nem ouse falar em Hanna Arendt...

Alguma coisa aconteceu; agora, a conversa era outra. Wolf calou-se e ficou atônito; eu estremeci. Era muito sério. Lóri havia proibido uma discussão normal, digamos assim, normal para nós. Quero dizer, faríamos qualquer avaliação segundo qualquer alguém, quero dizer, não um alguém qualquer, mas... Não. Wolf estava confuso. Eu, sendo asfixiado pelo meu coração.

Então, vacilante, imagine, vacilante, Wolf pediu que Lóri continuasse a história. Ele se controlava e várias vírgulas de preocupação apareceram-lhe na testa. Eu estava aterrado e o ar entrava rasgando minha garganta seca. Wolf, incomodado, eu posso dizer, muito aflito, rouco de angústia, praticamente ordenou que ela continuasse.

Lóri obedeceu com aparente displicência:

Na saída da mata, de longe, eu avistei Wolf sentado sobre uma pedra, parado, olhando para o céu. Quando me viu, ele se levantou, correu e me deu um abraço que jamais vou esquecer. O resto vocês sabem.

Descontrolando-se, Wolf gritou:

- Não! Ainda não sabemos. Essa história não acaba assim!

Eu me senti doente. Intuía uma estranha beleza, espécie de infinita misericórdia, velha verdade, na excêntrica história de Lóri. Desde então, sinto-me em dívida, não sei explicar-me. Ainda não sei, tanto tempo depois e ainda estou aprendendo. Àquela hora, eu me senti zonzo, embriagado, nauseado; não queria ouvir mais nada. Joguei-me sobre o banco e me encolhi como um feto. Hoje, engasgado com alguma coisa parecida com crueldade, obrigo-me a pensar. Quero a história. Mudar a história? Preciso escrever. De quem, a história?

Lóri fechou os olhos, emudeceu e se imobilizou.

Reinou silêncio.

Resignado, vencido, Wolf ligou o som. Houve

música, eu me lembro de uma música consoladora que preencheu o carro. Mais não me lembro. Adormeci.

Dormi tão profundamente que o acordar foi demorado, muito custoso; lutei para retornar, reencontrar-me no carro, naquele doloroso e exaustivo tempo. Agora, Lóri estava ao volante e Wolf cochilava ao lado dela.

Eu estava entorpecido, respirava com dificuldade, queria reagir e me debatia; desejava acordar definitivamente.

A frase: *'essa história não acaba assim'* irrompeu em minha cabeça; a memória estremeceu. *'Essa história não acaba assim'* se repetia, obstinava em mim como martelo automático, ou machado afiado. A cabeça se partia, se multiplicava, se triturava. Eu me dissolvia perigosamente. Precisava abrir os olhos. Espreguicei barulhando, arrombando portas, quebrando paredes. Um sussurro.

Wolf despertou assustado, mas se aquietou. Lóri não se moveu.

Eu queria retomar o assunto, continuar o caso, inventar outra história. Eu queria falar, mas fiquei mudo.

Wolf estava sossegado. Aparentemente satisfeito. Lóri mussitava, provavelmente poesia e, logo, se disse muito cansada. De fato, estávamos exaustos; queríamos uma pousada. Senti-me inoportuno, recolhi a vontade de conversa e me rendi ao esgotamento. Aconteceu enquanto eu dormia, pensei. Ou não aconteceu, aconteceu o meu adormecer, suficiente acontecimento...

Dormir. Dormir. *'Uma história para você dormir'*, veio-me minha cabeça. Quase sorri.

Havia uma vertigem; alguma angústia teimava em mim.

Encontramos a pousada. Calados, sozinhos,

extenuados, seguimos cada um para um quarto. Não dormi; fiquei em estado letárgico e a noite foi eterna. Delirei histórias cruéis. Sem pés, sem cabeças. Histórias do mal. Da banalidade do mal, ops! Lembrei-me da proibição de Lóri. Pensei: a realidade do tempo, certeza de Wolf, significa que a infância acaba. E a ingenuidade também. Eu não queria...

Voltei ao dia com o suave assobio de Wolf. Levantei-me automaticamente, vesti-me, saí do quarto e o encontrei sério, triste, tranquilo, o Wolf de sempre.

Estava debruçado no parapeito da varanda e assobiava *'Águas de Março'* com o olhar perdido nalgum lugar perdido. Às vezes penso que só me lembro de insignificâncias e Lóri me aparece dizendo que só o insignificante significa.

Wolf deu-me longo e desavisado abraço. Fiquei emocionado. O abraço de Wolf é raro, mas inteiro; ao longo de nossas vidas, quando acontecia, era para dizer: 'está tudo bem'.

Descemos para o restaurante, pedimos café puro e esperamos a Lóri. Talvez não esperássemos; nada, ninguém. Lóri é vício meu, é. Àquela hora, pensei: eu começava a pensar coisas nunca antes pensadas. Por exemplo, Lóri é vício meu. E bebíamos o café, calmamente calados.

Lóri chegou linda, pura leveza. Usava vestido verde-água e voava. Beijou-nos com delicadeza de borboleta e senti-me bendito. Agradecido e vivo. A presença de Lóri. Voltei a pensar. Quanto a mim? Olhei demoradamente para Wolf: ele estava calmo e segurava a mão de Lóri que, por sua vez, segurava a minha.

Naquela manhã, quando ela apareceu com os olhos brilhantes e inocentes, pensei que Lóri era uma ideia simples: lembrança minha. Não me explico melhor, assim foi, foi. Eu pensei: Lóri é minha recordação. Lembrei-me do amor que Estêvão e Wolf lhe tinham. Senti ciúmes. Lóri pode ser invenção minha. E lento, lerdo, isso, de mim, eu já sabia.

Lóri é história minha. Continuei imaginando: lembrança e esperança. Sentidos que se implicam; razões para viver. Pensei também: viver a vida sem porquês. Viver para lembrar e esperar. Coisa de Lóri.

Não me senti satisfeito; queria mais. Mas me sabia desencontrado. Desconsertado. Desnorteado.

Pedimos um farto café da manhã e conversamos sobre poesia. Wolf declamou; não me recordo, Lóri disse que poesia é lembrança, e assegurou, pensei, minhas conjecturas. Ela estava satisfeita àquela hora. Wolf sugeriu que seguíssemos viagem.

O carro obedecia às curvas da estrada rumo ao topo da montanha, Wolf dirigia, ouvia-se 'Cinema Paradiso', Wolf acompanhava assobiando com alegria, e Lóri, debruçada sobre a janela do carro, fixava as lonjuras das matas. Estava sossegada. Lembro-me da canção porque Wolf não gostava, zombava da comoção de Lóri ao ouvi-la; mas, àquela hora, ele também estava comovido. O carro subia lentamente e nos deixamos envolver pelo frescor vibrante das árvores, abraçados pelo úmido aroma verde da nossa infância. Mundos de montanhas cobertas de florestas apareciam em ondas como um mar poderoso, e sereno. Ondas verdes desdobravam-se com o lamento da melodia do genial Ennio Morricone.

Apontando as manchas amarelo-ouro entre os milhares de verdes, Wolf disse a Lóri:

- São flores de ipê. Você sonhava viver numa mata de ipês.

Ela respondeu sem se voltar:

- As flores caem como chuva mansa; são transbordantes e efêmeras; momentâneas; talvez sejam magníficas porque morrem de repente. Nascem para uma única dança com a brisa. Quando vocês voltassem para casa choveriam flores, vocês ficariam para sempre enfeitiçados. Transformar-se-iam em vagalumes, eu imaginava.

Wolf gargalhou e, agora, eu me dou conta de que foi a maior gargalhada que jamais ouvi de Wolf. Riu com a alegria de quem ouve a mais sonhada declaração de amor.

Mas algo me espreitava, eu pressentia.

Paramos o carro e decidimos entrar na mata. Caminhamos muito tempo amassando folhas secas, ouvindo pássaros e riachos; gostávamos de nos transformar em floresta; fomos muitas vezes árvores nos quintais de infância.

Àquela hora, eu me senti pequeno, abençoado como se estivesse adentrando o santo dos santos. Os deuses estavam ao meu lado, ao meu alcance; eu podia tocá-los. Em mim, desenhava-se uma esperança sólida, quase certeza; eu não sabia o nome. Uma cigarra estridulava baixinho dentro do meu peito.

Wolf recomeçou a assobiar, Lóri queixou-se. Para provocá-la me juntei a Wolf: assobiamos alto dialogando com os pássaros. Quanto mais ela lamentava sua incapacidade de assobiar, mais abusávamos da lamúria assobiando mais alto, tornando-nos pássaros. Tive certeza de que a infância voltava. Vivíamos eternamente.

Encontramos um ipê recém-florido. Sentamos sob

os buquês dourados e esperamos concentrados e quietos. A brisa soprou, amarelos começaram a pingar. Como um despertar, eu falei:

- Dentro do mar é assim. O paraíso.

- Eu tenho medo do mar...

- Eu não gosto do mar...

- O paraíso está no mar, vida em silêncio e cores...

Eu falei, falei sem pensar, falei. Continuaram calados. Percebi: recuavam diante do mar. Eram diferentes de mim, eu me vi contente. A minha casa: o mar. Meu horizonte. O desejado silêncio de Lóri era meu. O mar. Como quem aprende a nadar, entreguei-me a uma felicidade profunda, mergulhando secretamente em novos sentidos. Pensei-me nascendo. Meu peito estava aberto e livre. O mar era meu. Eu me separava deles. Enfim, eu me separava.

Ouvimos o sonoro silêncio da mata e nos deixamos banhar pelas flores. Voltando a zombar, Wolf soprou:

- Então, devemos concluir que pegamos o diabo, o coisa ruim, o tisnado, o sem-nome, o dito cujo, o não-sei-que-diga...

Lembrei-me de Estêvão:

- *"O Senhor vê? O que não é Deus, é estado do demônio. Deus existe mesmo quando não há. Mas o demônio não precisa existir para haver - a gente sabendo que ele não existe, aí é que ele toma conta de tudo".*

Lóri bateu palmas em sua proverbial euforia. Wolf, mais solto que de hábito, abusou da ironia:

- Estêvão declamava melhor.

Saltei sobre ele com um soco mentiroso e, simulando uma luta, rolamos sobre as flores. Nossa simples verdade: viver vivendo. Vivendo a vida, por alegria.

Lóri começou a dançar; depois, subiu em árvores. Voltou aos seus trapézios e por ali ficamos.

O dia caía quando, cansados e abraçados, voltamos para o carro.

Retomamos a estrada e, no topo da serra, encontramos o mesmo bar de onde, muitas vezes - com Malu, Estêvão e Laura - saímos para acampamentos nas florestas. A memória tumultuou o coração de Lóri e ela quis recuar. Wolf olhou-me interrogando. Antes as respostas estavam com eles; agora, procuravam por mim. Pensei. Renovado, vivo, voltei a recitar:

- *"Perdoe-me o absurdo da frase, apareceu em mim, meu mestre."* Quero dizer: entremos.

Ela riu, ele também, e entramos. Não é exatamente um bar: apenas ponto de parada à beira da estrada. Uma pequena casa onde se percebe que o mundo é grande e as gentes são diversas. Havia o velho Chico. Pedimos água, arroz, feijão, batata, mandioca, salada de folhas... O velho estranhou:

- E a carne?

- Não!

Respondemos em coro, um entendimento mudo. Desde aquele momento, sem conversa nem promessa, deixamos de ingerir bebida alcoólica e de comer carne. Assim é até hoje. Aconteceu à revelia, quero dizer, aceitamos sem especulação, discursos, polêmicas e argumentações. Isso – não especular, reconsiderar, debater, discutir, etc. – foi acontecimento verdadeiramente novo em nossas vidas. Estávamos nos silenciando? Não. Estávamos mudando de assunto. Finalmente mudando de assunto.

Eu estava pensando.

Enquanto comíamos, decidi revelar um segredo pateta. A extravagância que em mim nascia– *'meu mundo é o mar'* -, que eu ainda não entendia bem, não reconheceu nenhum sentido naquela espécie de segredo; por outro lado, pensei que devia uma história à Lóri.

Havia anos eu perdera um dedo numa viagem ao Oriente. De pronto, Lóri não se deu conta da perda, mas quando a percebeu, tanto se horrorizou que me deixou irritado. Ela chorava e exclamava seus gemidos hiperbólicos. Quanto mais eu dizia *'tudo bem, tudo bem, não foi nada'*, mais se escandalizava. Repetia cenas de desconsolo; se debulhava em lástimas e, por isso, por pirraça, decidi que não contaria a história da perda do dedo. Ela se revoltava, eu me negava. De manipulação à sedução, de ameaça à deserção, eu resisti. Fui mais duro do que supunha. Hoje, agora, continuo descobrindo-me. Preciso escrever.

Naquele tempo, cansado de viagens, eu tinha voltado para Belo Horizonte e vivíamos felizes. Que? Eu voltei do Atacama e Lóri voltou para mim. Sinto-me um menino mimado. Estou envergonhado. Ainda há muito o que refazer.

Mas, enfim, naquele momento, no antigo bar à beira da velha estrada, sentindo-me jovem e forte, ingênuo, recém-nascido, senti vontade de contar-lhe a famigerada história. Eu me sentia definitivamente outro. Quem? Um habitante do mar; é só o que eu sabia...

Lóri olhou-me pasmada; resmungou os ais e uis, recordou esforços vãos e acusou-me de crudelíssima crueldade. Respondi com sereno amor:

- Agora eu sei contar.

Vencida – ou vencedora -, ela sorriu. Colocou os

cotovelos sobre a mesa e descansou o queixo sobre as mãos. Olhou com o canto dos olhos para Wolf, que representava uma expressão vaga, escondendo o prazer que sentia. Lóri esperava linda e exultante. Só uma história satisfaz o coração de Lóri. Só uma história.

Depois de perambular semanas por aquele país encantado, sentindo-me personagem das mil e uma noites, eu me senti sozinho e saudoso. Tive vontade de chorar. Inconsolável, pensava em me embriagar; queria me enganar, afogar a saudade, sufocar a memória. Procurei por todo canto e não consegui nada.

De repente, do chão, - eu estava sendo observado, com certeza - apareceu um moleque dizendo que me entregaria uma garrafa de vinho por um dinheiro que era muito mais que o dobro de tudo que eu levava comigo. Aceitei sem vacilar, não tinha dúvidas de que conseguiria negociar com o garoto.

Lóri e Wolf entreolharam-se rindo da minha autoconfiança; nunca fui bom em negociações; sou atropelado por uma falsa, e irrefletida, segurança. Digo melhor se disser que, muitas vezes, meu palhaço se machucava. Mas estou melhorando, vou prosseguir. Vou escrever.

Wolf, que não perde a piada, disse que eu devia ter me lembrado de que Estêvão, o diplomata, o santo, não estava comigo. Concordei, mas me defendi lembrando-lhe de que, àquele tempo, eu era o Pedro, o bobo, o velho, e que tudo me parecia simples e solucionável com um sorriso. Era um argumento, uma mentira verdadeira. Àquela hora, mais que antes, eu era o velho Pedro bobo. E feliz.

Segui o garoto numa desembalada corrida por ruas

compridas e estreitas. Como uma lebre, ele corria entre becos e travessas sem olhar para trás; eu só o acompanhava com muito esforço. Atravessamos bairros inteiros que me pareceriam iguais: labirintos de casinholas de argila, pintadas de um branco puríssimo.

Lóri lembrou-se da casinha da Nhanhá. Tinha razão, aquelas casinhas, aqueles bairros da encantada cidade milenar, todos brancos, eram muito parecidos com a casa da Nhanhá; coisa que eu não havia percebido. A lembrança de Lóri ficou plantada em mim, ocupando-me um canto da mente, mas continuei contando minha desventura.

Apesar de estar correndo atrás de um garoto desconhecido, entrando em labirintos misteriosos, eu não sentia nenhum estranhamento. A cada passo, eu ficava mais à vontade e mais curioso. Mais animado. A tristeza, a saudade, a vontade de me enganar, desapareceram. Era bom correr entre aqueles corredores brancos.

Mas chegamos a um porto enorme onde havia uma impressionante feira; formigava uma multidão inquieta e barulhenta. Centenas de pessoas se espalhavam entre tendas num emaranhado de cores e vozes. Havia tudo: roupas, joias, antiguidades, tapetes, utensílios domésticos, livros, perfumes, comidas, amuletos, animais... Havia tudo.

Ao fundo, via-se o movimento dos barcos e, vez por outra, ouvia-se o rugido de um navio imenso. Eu já estava embriagado; queria derreter-me naquela teia colorida e frenética.

O sol se punha no mar; a água límpida multiplicava os raios do sol ao infinito; as cores pousavam aqui e lá, cintilando cada centímetro. Aromas suaves, em contraste com a balbúrdia e o rumor da multidão, vagavam entre as tendas. A barafunda dissonante soava-me a acalanto e ninho. Não me importavam os barulhos, a confusão, o movimento: tudo era música. Minha solidão era linda e verdadeira. Musical. Era.

Havia um único problema: o garoto. Tentei livrar-me dele, mas o moleque não arredava pé; começou uma ladainha, misturando idiomas, gesticulando, repetindo que era impossível desfazer o negócio. Foi se exaltando enquanto eu repetia que não queria mais nenhuma garrafa. Tentei lhe dar meu dinheiro, fiquei bravo, mandei que desaparecesse, ameacei uns bofetões. Foi pior: ele começou a gritar como um cabrito e pessoas se aproximaram perigosamente.

Mudei de tom e continuei tentando uma negociação. Depois de muita conversa, diz, não diz, ouve, não ouve, ele aceitou ficar com o vinho desde que recebesse todo o dinheiro combinado. Eu daria se tivesse, daria mais. Mas não era possível, confessei que não tinha nem metade do prometido.

Foi o fim do mundo. Homens me cercaram e o garoto desapareceu. Discutiam entre si, ignorando-me completamente; não permitiam que eu abrisse a boca. Travava-se de um debate sobre a injúria e a desonra. A questão era minha vergonhosa trapaça.

A discussão ficou tão calorosa que, aos poucos, me envolveu. Eu cometera o pecado de brincar com a palavra. Imperdoável para muitos; para outros, ainda havia perdão.

Formaram um círculo e me colocaram no centro; eu não tinha autorização para falar. Todos argumentavam. Foi uma experiência inesquecível: um momento, eu me estarrecia sendo condenado à morte; em seguida, eu mesmo pensava que merecia ser condenado à morte; logo depois achava tudo ridículo, absurdo, uma farsa. As controvérsias ficavam mais e mais intensas.

Passaram horas e eu girando, de criminoso a idiota, de injustiçado a farsante, de culpado a vítima. Eu mentira, era fato. Eu quisera mentir, outro fato. Eu não podia falar, mas se pudesse eu não teria o que dizer. Certamente não saberia o que dizer.

O debate prolongava-se indefinidamente, os homens continuavam falando, ninguém tinha pressa, mas para mim, a coisa andava rapidamente de mal a pior. Afinal, fui condenado.

Alguns homens levantaram-se e saíram. Ficaram uns poucos, os algozes. Pedi perdão, aleguei estrangeirice, fiz juras e promessas. Esperneei e chorei o quanto pude. Ninguém deu ouvido. Foi dada a sentença e, para mim, chegou o fim do mundo.

Deixaram-me nu. Em seguida, formaram uma fila e, um por um, passando diante de mim, me esbofeteou com calma, um gesto rápido. Tediosa obrigação de dever. Eles me batiam e, virando as costas, saíam calmamente. O último homem da fila trazia uma faca. E eu desmaiei.

Lóri colocou as mãos sobre a boca, de olhos arregalados, soltando seus gemidos. Wolf mantinha a expressão de fingida surpresa: com mal disfarçado prazer, ele me estimulou a continuar.

Acordei, sei lá quanto tempo depois, num beco pútrido e escuro. Continuava nu, enrolado num cobertor e tinha a mão direita envolvida em trapos. Aspirei o nauseante cheiro de sangue. Sentia-me extenuado, mas me arrastei entre ruas estreitas e casas iguais, até que algumas pessoas, parecidas com as que tinham me condenado e executado, compadeceram-se de mim. Levaram-me para um hospital e...

Wolf interrompeu:

- Meu telefone tocou e enviei dinheiro bastante para cem garrafas de vinho, mas não para um dedo novo, certo?

Lóri explodiu:

- Você sabia!

Não deixei que ela continuasse:

- Mandou o dinheiro e o sermão: nem só de vinho vive o homem.

Eu e Wolf rimos às lágrimas; lembramos as vezes que repassamos minha pobre história com Estêvão. Ele ria e chorava ao mesmo tempo. Estêvão era especialmente animado com aquela gente; admirava tudo que vinha do oriente, só tinha preguiça de viajar. Tanto repeti a história que é certo que ela mudou. De fato, Estêvão a contava de maneira mais interessante. Ríamos muito, inclusive da inocência de Lóri. Foi maldade.

Contar e recontar histórias de viagens era acontecimento importante em nossas vidas; o centro era Lóri. Reuníamos em sua casa, e lá reconstruíamos a viagem. E dessa história – a perda do meu dedo no Oriente – ela foi excluída. Maldade pura.

Ela ameaçou uma cena; nunca lhe passara pela cabeça que compartilhávamos, com leviana cumplicidade, a história que lhe era recusada. Lóri acreditava que Wolf e Estêvão sofriam da mesma ignorância; e, agora, sentia-se traída. Três vezes traída. Não posso dizer que ela não tinha razão. A incipiente cena dramática foi cortada por Wolf chamando para retomar a viagem. Ela se rendeu e eu lhe dei um beijo. Saímos cantarolando a canção de nossas vidas.

- Porque se chamavam homens também se chamavam sonhos e sonhos não envelhecem, de tudo se faz canção e o coração na curva de um rio, rio, rio...

Assumi o volante, Wolf indicava o caminho e Lóri se encolheu no banco de trás.

Viajávamos, andávamos por andar, ninguém pensava em chegar. E assim rodamos por dias. Estradas e histórias. Caminhadas e matas.

De repente, eu me senti muito cansado; exausto, na verdade. Um agudo ataque de incerteza e uma absoluta urgência de voltar tomaram meu ser. Meu corpo amoleceu, a cabeça rodou e o estômago revoltou. Senti imperiosa necessidade de retornar, rever as curvas, remover pedras, apropriar-me dos caminhos. Não sei mais o quê. Eu tinha de voltar, é tudo.

Pensava muito, sem fé, confesso. Mas meu corpo foi categórico. Foi ele quem estancou. Sem nenhuma certeza, simplesmente dizendo que estava voltando, girei o carro.

Lóri resmungou. Não voltaria de jeito nenhum, não havia sentido, repetia, pior, não admitia que fosse eu a querer tal coisa, eu, logo eu, que gostava de andanças, que reclamava quando ela pedia explicações, esclarecimentos, definições... Eu, logo eu, que protestava porque ela falava demais, perguntava demais, repetia demais... Eu, logo eu, queria voltar? Nada para rever, nada a refazer. Tudo acabado, Lóri esbravejava.

Pedi gentilmente – eu estava tranquilo - que ela se calasse e, então, ela gritou exigindo que eu parasse o carro. Não parei. Wolf manteve-se calado. Mais que calado, imóvel.

Pedi que ela fosse mais maleável (falar em maleabilidade para Lóri foi surpreendente), disse que as coisas haviam mudado e que eu precisava voltar para ter certeza da mudança. Argumento mal arrumado, fala desconexa, admito. Não sei dizer que diabo de demônio estava solto dentro do meu peito. Eu não sabia o que estava fazendo, mas estava decidido: eu voltaria, de qualquer maneira, eu voltaria.

Lóri começou a chorar. Então, Wolf moveu-se e voltado para ela, começou a declamar:

- *"Levou tempo, eu sei, para que o Eu renunciasse à vacuidade de persistir, fixo e solar; e se confessasse jubilosamente vencido até respirar o júbilo maior da integração. Agora, amada minha para sempre, nem olhar temos de ver, nem ouvidos de captar a melodia, a paisagem, a transparência da vida, perdidos que estamos na concha ultramarina de amar"*. Perdidos que estamos na estrada que leva a lugar nenhum... Portanto, amada minha para sempre, voltemos!

Lóri, contrariada, continuou resmungando:

- O mundo virou, eu não quero voltar, ele decide tudo, você não sabe nada, nem declamar, nem gostava de Drummond...

Tentei uma antiga brincadeira. Um de nós dizia qualquer coisa, do nada, sem nenhum porquê. O outro emendava uma associação, seguida pelo terceiro, e depois o outro, e o seguinte e assim até que... E continuávamos improvisando, despreocupados com nexos e desconexos. Às vezes dizendo coisas absurdas; outras, revelando sentidos insuspeitados ou, ainda, descobrindo profundidades. Era divertido; brincávamos durante horas; e brincando, despreocupados e soltos, criávamos histórias incríveis que Estêvão e Wolf gostavam de escrever. Lóri adorava essa brincadeira.

Estêvão era o melhor, só Lóri conseguia competir com ele. O jogo continuava até que alguém se sentisse cansado e pedisse para sair. Estêvão e Lóri nunca desistiam. Laura não gostava; aliás, Laura não gostava de brincadeiras; Malu brincava sem entusiasmo, como uma concessão aos malucos e desocupados que éramos nós.

Naquele dia, a reminiscência me bloqueou, fui o primeiro a me cansar. Wolf rosnou chamando-me de Laura, mas também se calou. Lóri, ao contrário, ficou entusiasmada, esquecendo-se completamente do mau humor de momentos antes. A leve, descontraída e tagarela Lóri estava de volta.

Ela respirou fundo, acariciou nossas nucas e continuou falando sozinha; falava pausadamente, emendando poemas, inventando casos, repetindo histórias. Aparentemente, um punhado de disparates; apenas aparentemente, como já sabíamos. Por fim, como não conseguiu que voltássemos à brincadeira, ficou séria e disse:

- Está bem; então, eu vou contar a história do meu futuro.

Ficamos felizes. Havia outra história.

Houve um circo proibido, um circo cigano. Malu e Estêvão eram obedientes, ficavam; eu fugia do colégio para o acampamento dos ciganos. Fiquei amiga, vivi uma vida inteira com eles. Um dia, uma linda cigana leu a minha mão e disse que eu me casaria com um cigano de olhos azuis; um trapezista; eu teria muitos filhos, seria feliz e seria trapezista também. Um dia.

Lóri falava com aquele jeito de anjo empolgado; eu me senti de volta aos quintais, mas, no exato momento em que eu senti isso – tardes nos quintais -, Lóri calou-se como se tivesse escutado o meu sentimento. Voltou-se para a janela do carro e se perdeu outra vez nas matas.

Wolf pediu que ela continuasse. Ela resistiu; eu fiquei imaginando porque eu tinha ficado fora daquela aventura.

De repente, ficamos tristes. Curiosos, e muito tristes. Lóri estava perturbada, parecia arrependida de ter começado a falar. Quis mudar de assunto, apontou os vagalumes que anunciavam a chegada da noite. Suspirou, disse que sonhava com eles, vagalumes são fadas, a vida depende verdadeiramente da existência de vagalumes...

Wolf não cedeu.

- Sim, e a cigana?

Lóri respirou mais fundo, mais séria; cedeu.

Vânia era o nome dela; perguntou se eu lia a Bíblia. Respondi que não, ela disse que eu devia ler. Prometi que leria todo dia porque era condição para que ela me contasse tudo que estava escrito em minhas mãos. Eu cumpri. Até hoje eu leio a Bíblia. Naquele dia, ela abriu o livro e leu: *Isaias 6:8: "Depois disto, ouvi a voz do Senhor que dizia: A quem enviarei, e quem irá por nós? Então, disse eu: Eis-me aqui, envia-me".*

Fiquei muito assustada, não compreendi nada, ainda não compreendo; eu me arrependi e disse que não precisava me contar mais nada.

A cigana disse que não tinha volta: eu havia prometido e agora ia conheceria o meu futuro. Foi difícil, eu queria fugir, mas Vânia falou: eu morreria jovem.

Em seguida, começou a descrever o meu funeral.

Seria um sepultamento bonito, lindíssimo, porque um defunto jovem é mais fascinante. Haveria lua cheia; violões tocariam a noite inteira. Eu estaria vestida com roupas maravilhosas e perfumes extraordinários seriam espalhados pelo mundo. O meu marido não soltaria a minha mão; ele nunca mais largaria a minha mão, eu nunca seria esquecida, nunca estaria sozinha. A cigana falou.

Eu e Wolf fomos arrebatados e nossa tristeza cresceu. Lóri também ficou mais triste. Fez uma pausa, respirou o perfume das matas e continuou.

Vânia começou a chorar, eu me sentia muito bem, achei maravilhoso saber do meu futuro. Fiquei contente e agradecida. De olhos fechados, e com as lágrimas molhando-lhe o rosto, ela continuou falando.

Via-me morta deitada sobre uma cama de flores raras. Era noite de inverno e o mundo estava perfumado. Havia lua e uma profusão de estrelas. Violões tocavam aleluias e pessoas cantavam. A noite passou serena, sem vento, e o profundo céu estrelado não se moveu.

Eu estava sinceramente feliz imaginando um funeral tão lindo, mas Vânia estava triste e insistia para que eu voltasse para casa; pedia que nunca mais voltasse ao acampamento. Eu estava decidida a ficar, queria viver com os ciganos; estava empolgadíssima com o meu futuro. Ficamos discutindo; ela pedia que eu fosse embora e eu teimava em ficar.

De repente, Estêvão apareceu esbaforido. Estavam todos à minha procura e ele foi buscar-me antes que me encontrassem lá, seria um escândalo. Estêvão conhecia meu segredo e gostava de ouvir as histórias de minhas fugas para o acampamento dos ciganos. Vânia ficou aliviada e implorou que ele me levasse para casa. Eu não queria, Estêvão pediu, chorou, suplicou e prometeu guardar segredo. Prometeu a mim e à Vânia. Não tive escolha, voltei para casa com Estêvão. Ele me consolava sempre. Conversamos muito sobre meu futuro e, muitas vezes, tratamos do meu funeral. Muitas vezes. Estêvão sabia todos os detalhes dos meus desejos e nunca traiu o meu segredo.

Eu fiquei intrigado. Conheci Lóri antes de conhecer a mim mesmo. Minha vida era a história encantada de viver ouvindo as mágicas histórias de Lóri ela nunca havia me contado histórias da própria morte. Estranhamente, uma onda de misericordiosa verdade, uma misteriosa compaixão, estremeceu-me.

A história não me fez bem e meu mal estar tornou-se assombro, quase pânico, quando percebi que Wolf chorava. Ele não se movia e as lágrimas escorriam livremente. Ele compreendia aquele fim de história. Eu não. Era demais para mim.

Sinto-me aqui, agora, enquanto escrevo, tão perplexo quanto me senti naquele momento.

Escureceu. Um vento gelado invade o escritório e me entorpece. É difícil deixar a cadeira; eu me esforço. Estico pernas e braços. Levanto-me e acendo as luzes. Fecho a janela.

Lóri voltou a debruçar-se na janela do carro com os olhos perdidos na mata. Tirei o carro da estrada e estacionei. Continuamos mudos sentados dentro do carro. Eu estava apavorado, medo de ficar sozinho. Wolf chorava em paz, não era medo. Eram certezas; ele revisitava lágrimas da toda vida; estava mais vivo que nunca. Wolf estava. Lóri estava linda e muda. Parecia-me pousada longe, muito longe, na escuridão das matas.

No meio de uma chuva mansa – não sei por quanto tempo estivemos ali, suspensos, mas havia chuva -, Wolf sugeriu, mais uma vez, que procurássemos uma pousada para descansar.

Voltamos à estrada e seguimos uma luz que se via à distância na escuridão fria da noite. Surgiu uma casa pequena onde fomos recebidos por uma mulher jovem, acompanhada por um cão. Não vimos mais ninguém. Tomamos café com leite e fomos juntos para o quarto. O lugar estava aquecido e limpo e nos deitamos juntos numa cama grande. Dormimos agarrados um ao outro como se tivéssemos medo de que um de nós escapasse. Havia um amor imenso.

Sonhei: eu caminhava entre multidões. Via rostos, pernas, cães e carros. As pessoas estavam partidas; algumas eram rostos; outras, só pernas. Eu via braços e troncos soltos no ar. O mundo era assim, tudo normalmente pedaço. Havia tranquilidade e estava silencioso. Menos pra mim; eu era um monte de dúvidas e estranhezas. De repente, me vi diante de um espelho e eu estava inteiro. Aumentaram as incertezas, tive medo e quis correr; tinha medo de ser descoberto, como um criminoso, eu me sentia. Comecei a caminhar apressado, tentando ser como todo mundo, só apressado... No meio da disfarçada correria, esbarrei num homem velho. E inteiro. Assim como eu. Assustador. O velho estava sentado no chão de uma esquina imunda, encolhido e exausto. Estava morrendo. Sentei-me ao lado dele, não pensei. Ele deixou a cabeça cair sobre os meus ombros e morreu. Pareceu-me que estava à minha espera. Beijei o rosto cansado e falei baixinho para que ninguém ouvisse (tive uma clara intenção: que ninguém me ouvisse): 'Agora está tudo bem'.

Acordei sentindo-me estúpido, parvo e ridículo por ter falado: *agora está tudo bem* para alguém que havia acabado de morrer. Agarrei-me mais a Lóri e a Wolf.

Logo eles acordaram; continuamos agarrados em silêncio por um bom tempo. Era muito bom. Depois, levantamos, tomamos café e voltamos à estrada. Não me lembro de conversas; lembro-me de um prolongado silêncio.

Sinto-me exausto. Gostaria de interromper essa história interminável e não posso. Meus dedos doem. Minha cabeça dói. Meu coração palpita. Meus pedaços?

Quero música. Música.

'Old Fashioned Love', Alberta Hunter: "I've got that *old fashioned love* in my heart... I've got that old fashioned faith in my heart..."

Abro a janela e as luzes de Dublin começam a cintilar na noite; lembro-me dos vagalumes nas matas; o vento frio e a memória me machucam. Fecho a janela, volto-me para dentro e tropeço na montanha de caixas e papeis. Descubro uma pasta vermelha e soa a voz aflita de Lóri no dia seguinte ao enterro de Estêvão:

- Temos de resgatar os papeis de Estêvão; Laura quer se livrar de tudo.

Na mesma noite, fomos à fazenda. Sentados na sala de estar, muito bem comportados, conversávamos com Malu. Laura fora hospitalizada e as crianças estavam com o avô. A casa estava aos cuidados de Malu que nos contava, em minúcias, os detalhes da internação de Laura. Interrompendo-a, Lóri disse que queria passear pela casa, '*para me despedir das paredes*'. Malu balançou levemente a cabeça dizendo '*sim*' e abriu a boca murmurando alguma censura ininteligível.

Lóri levantou e caminhou. Examinava cada canto da sala, verdadeiramente emocionada. E logo desapareceu no fundo do corredor.

Eu e Wolf continuamos ouvindo o asséptico relato de Malu. Não demorou muito e Lóri voltou de mãos vazias. Estávamos agitados ao nos despedir: eu gaguejava, Lóri tremia e Wolf derrubou uma cadeira. Bem me lembro. Malu estava tranquila.

Tão logo arranquei o carro, Lóri pediu que eu desse uma volta ao redor da casa. Obedeci imaginando uma excentricidade a mais. Então, vimos debaixo da janela dos fundos, junto do muro, um monte de pastas, folhas, revistas e cadernos. Eu e Wolf ficamos boquiabertos e Lóri, muito nervosa, desceu do carro ainda em movimento; começou a catar aquela desordem de papeis, jogava dentro do carro enquanto gritava:

- Não imaginaram que eu sairia com essa montanha pela porta da frente, imaginaram?

Continuamos imóveis; eu me sentia criminoso e feliz. Lóri voltou arfando. Arranquei pisando fundo e, então, Wolf caiu na risada. Aliviada, secando o suor, Lóri me amou:

- É tudo seu. Guarde com você.

Não tive resposta. Senti medo e gratidão ao mesmo tempo. Wolf, evidentemente feliz, começou a assobiar.

Abraçado à pasta vinho, retorno à janela e agradeço ao vento frio que acaricia meu rosto. Dublin está riscada por compridas linhas de pequenas luzes amarelas. Parece uma cidade feliz. Lembro-me das alegres festas da paróquia em noites frias quando todos caminhavam pelas ruas, em fila indiana, segurando uma vela acesa. Concentrados e solenes, Estêvão e Lóri cantavam intermináveis ladainhas. É uma memória feliz.

Estou em Dublin há cinco anos e não quero sair. Só quero escrever.

É uma bela pasta robusta. Amarrada com fitas azuis. Bem colada. Preciso de uma tesoura.

Pelo estudo linguístico, étnico e histórico descobriu-se que os ciganos começaram a sair do norte do território indiano no início do século XI; provavelmente expulsos pelos invasores persas. Outra teoria diz que os ciganos são descendentes de um grupo que manteve a vida nômade independentemente da vitória persa. Outros ainda dizem que um grupo simplesmente deixou o território preferindo a vagagem à guerra ou à servidão.

O fato é que, quanto à origem dos ciganos, não há como fazer afirmações definitivas, pois, singularmente, eles não têm registros escritos. A tradição da oralidade tem caráter sagrado. As crianças aprendem muito cedo a recitar sua ascendência familiar por várias gerações.

Tratando-se de uma cultura itinerante e ágrafa é natural que a fantasia, incluindo devaneios sobre uma longínqua origem lendária, faça parte do imaginário cigano. O termo 'cigano' (espanhol gitano, inglês gypsy, italiano zíngaro) é uma corruptela de 'egípcio' pela crença inicial de que aquela gente nômade vinha do Egito; certamente eles passavam por lá antes de chegar à Europa Ocidental. Corroborava tal impressão o fato deles se autodenominarem povo 'rom', termo correspondente ao vocábulo egípcio, e sânscrito, para o significado genérico de 'homem'.

Foram estudos linguísticos e genéticos que conduziram os

cientistas à região setentrional da Índia. É importante anotar que os ciganos, que formam grupos muito diferentes entre si devido à assimilação cultural de cada região que percorrem, falam, sem exceção, o idioma 'romani'. De fato, a língua falada tornou-se garantia da identidade cigana. Trata-se, portanto, de uma etnia baseada na afinidade, quase exclusivamente, linguística.

Naturalmente, o termo 'cigano' não existe em 'romani'. Milhares de ciganos do mundo inteiro reuniram-se num congresso em Roma, em 1971, estabelecendo a denominação 'Rom' para o povo nômade, termo que, em romani, significa simplesmente 'homem', como eu já disse. O congresso rejeitou oficialmente o vocábulo 'cigano'.

Assimilar facilmente elementos culturais de cada terra é uma característica interessante; contradiz frontalmente o etnocentrismo e a xenofobia próprios do Ocidente. Ao mesmo tempo, deve ser compreendida como um mecanismo defensivo; estratégia de sobrevivência para atravessar territórios hostis.

Ciganos são, antes de tudo, espíritos viajantes, e mesmo quando, eventualmente, abandonam o nomadismo, não se enraízam; não concebem a propriedade privada nem acumulam valores. Negociam seus pertences e são naturalmente escambistas; lidam quase sempre com o ouro e pouco com o dinheiro.

A organização do grupo também é fundamental. Trata-se de um núcleo liderado por um homem, eleito por mérito ou por herança. Ser bom interlocutor é o talento mais valorizado. O líder estabelece as regras e distribui as tarefas; ele é responsável pelo sustento da tribo e zela pelas tradições. A ênfase na organização do grupo aparece claramente na grande celebração que é o casamento cigano. A festa dura, em média, três dias.

A família cigana não é uma questão de consanguinidade, mas de escolha. Portanto, um 'gadgé' – termo romani para pessoa não cigana - pode tornar-se cigano se aderir livremente aos princípios da tribo. Como acabamos de dizer, pode-se reduzi-los a dois: o nomadismo e a língua.

Pertence à tradição cigana um belo ritual funerário. Quando um indivíduo morre, o grupo inteiro fica de luto. Com variações segundo as circunstâncias, há um padrão geral: o corpo é lavado, perfumado e ricamente vestido antes de ser enterrado. Acredita-se na imortalidade da alma. Os pertences do morto são destruídos ou distribuídos; é uma maneira de encerrar o passado. É comum a mudança de acampamento depois da morte de alguém. Voltar à estrada é parte do luto.

Outros aspectos dessa concepção de vida são: íntima relação com a música - especialmente o flamenco, originário das miscigenações na região espanhola da Andaluzia -; elementos da cultura judaica — o povo rom pode ser descendente de hebreus que se assentaram no norte da Índia, foragidos do cativeiro na Babilônia iniciado no século VII A.C - e componentes do zoroastrismo — afinidades com a astrologia, por exemplo - que indicam assimilação da cultura árabe na passagem pelo Oriente Médio. O amor à terra e um entendimento especial com a natureza completam o quadro, condições facilmente explicáveis, ou mesmo impostas, pelo nomadismo.

É importante observar que, no relacionamento com os outros povos, o comportamento da mulher cigana é diferente — quiçá, oposto - do comportamento do homem cigano. Em geral, o homem dissimula sua origem - talvez porque precise driblar preconceitos para negociar melhor. Por outro lado, a mulher cigana exibe-se francamente, seja por uma roupa singularmente colorida, seja pelo comportamento claramente sedutor. E também: a mulher cigana apresenta-se como vidente.

Portanto, pode-se dizer que é no corpo da mulher que a cultura cigana se inscreve. De fato, os festejos do casamento são uma celebração da mulher; os cuidados estão voltados para ela, que se veste magnificamente e, de modo especial, de vermelho. O vermelho, com sua simbologia de alegria, paixão, fertilidade e vigor, predomina nos cenários ciganos.

Na comunicação intrafamiliar o olhar tem lugar de destaque. Neste ponto, num entendimento que privilegia o olhar, pode-se supor a fonte do imaginário que dá aos ciganos o poder de adivinhação; isto é, de vidência.

Merda! Quantas vezes sonhamos fugir com ciganos? Quantas vezes fomos ciganos nos quintais? O que Estêvão e Lóri têm com ciganos? Eles viajaram juntos algumas vezes. Viajaram sozinhos. Estou enlouquecendo. De muita coisa, nunca saberei.

A noite está fria e escura. As luzes da cidade imergem numa névoa úmida e densa e convidam para um passeio. Mas não sairei daqui. Vou escrever, escrever de novo e escrever outra vez, e mais uma, embora eu me sinta exausto. Sinto-me extenuado e parado no mesmo ponto da estrada quando Belo Horizonte apareceu subitamente no fundo do vale e eu desci do carro.

Naquela manhã, depois de acordamos abraçados, retomamos a viagem em silêncio. A frase *'agora está tudo bem'*, que eu havia dito em sonhos ao homem morto, ecoava de modo muito desagradável dentro da minha cabeça.

De repente, lembrei-me da Nhanhá. Lóri tinha se lembrado dela quando eu contava a aventura no Oriente.

Lembrei-me. Nhanhá era quem dizia *'agora está tudo bem'*; dizia todo dia. Ficávamos assombrados. Por que uma mulher cega, velha, pobre, vivendo sozinha num casebre de barro, dizia sempre: *'agora está tudo bem'*? Ela morava no fundo do quintal da casa de Estêvão; era uma casinha de tabatinga que ela mesma pintava.

Decidi procurar pela Nhanhá imediatamente.

Lóri revoltou-se mais uma vez; disse-me louco, era óbvio que ela estava morta. Já era velha quando éramos crianças. Respondi que ia procurá-la de qualquer maneira. Lóri continuou resmungando dizendo que eu a aterrorizava. Resisti ao choro e ao medo e insisti que a procuraria, mesmo sozinho. Mais uma vez, Wolf interveio de maneira definitiva:

- Nós não temos aonde ir...

Lóri assustou-se; gemeu e cobriu o rosto. Wolf não havia conhecido a Nhanhá, é claro; eu não me lembrava de ter falado dela. Aliás, naquele instante, me vi espantado; dei-me conta de que esquecêramos a Nhanhá. Todos nós. Até então eu tinha certeza de que conversávamos tudo, falávamos tudo sobre tudo.

Não. Nunca mais havíamos falado sobre a Nhanhá! Senti-me culpado até os ossos. Tentei consolar-me repetindo Neruda: *"Es tan corto el amor, y es tan largo el olvido...".* Apenas tentei. Em vão. Não sou Lóri.

Era fascinante. A casinha perfumada, a serenidade constante, o gato eterno. Nas tardes nos quintais, o barraco da Nhanhá era palácio, templo, cárcere ou caverna da feiticeira. Ela gostava mais quando era a caverna da feiticeira.

Malu não gostava dela; tinha *'nervoso de cegueira'*, dizia sempre. As outras crianças também não gostavam. Liberavam suas maldades: desarrumavam a casa, roubavam coisas, preparavam armadilhas e inventavam intrigas. Os três – eu, Estêvão e Lóri - tentávamos protegê-la. Decidimos que Nhanhá era nossa feiticeira particular; ela ria e se comportava como tal. Conversávamos muito. Tomávamos chá e ouvíamos histórias.

Sinto-me mal. Não sei nada. Nada. Para nós, estou

pensando, Nhanhá era parte dos quintais; nascera ali, cega, sozinha, acompanhada de um gato e com um sorriso no rosto. Penso melhor agora: não falávamos sobre os quintais. Nunca falamos sobre os quintais. Repenso: o silêncio de Lóri! Os quintais!

Naquele tempo, criávamos histórias com Nhanhá. Estêvão imaginava que ela era amante do pai dele; Lóri achava que era escrava. Eu ficava na dúvida: podia ser um, podia ser outro e podia ser ambos. Nhanhá adivinhava nossos pensamentos, ria deles e dizia que nossas histórias eram emocionantes. E, divertindo-se, alimentava nossas fantasias.

O barraco era apenas um cômodo dividido em sala, cozinha e quarto. Tudo limpo e perfumado. Uma cama de madeira, com colchão de palha, ficava cercada por uma cortina leve e branca. Diante da cortina, uma mesinha feita de caixotes e quatro troncos de árvores serrados como banquinhos. Sobre a mesa, uma toalha de crochê e uma garrafa com flores frescas, colhidas no jardim em torno da cabana. Exceção feita às flores tudo parecia de *'antigamente'*. Com ela aprendemos a palavra 'antigamente'. Sentíamos sábios e poderosos quando dizíamos: 'antigamente'. Ela ria.

Neste instante, sinto-me o mais egoísta dos seres.

Suas pálpebras eram fechadas; jamais vimos os olhos. Ela cozinhava, lavava, costurava e recebia visitas. Mas, principalmente, Nhanhá cantava; cantava divinamente em várias línguas e, para Estêvão, o preferido dela, cantava em latim. Ele pedia e ela cantava. Não cantava muitas vezes; ela gostava de silêncio.

Voltaríamos à aldeia. Eu estava aflito e, ao mesmo tempo, tomado por uma esperança doce. Ou seria melhor dizer doce lembrança? Dá no mesmo. Wolf estava tranquilo, evidentemente satisfeito; parecia sentir-se no rumo certo. Lóri, inexplicavelmente, continuava em pânico. Mordia o polegar, suspirava e não dizia nada.

Descemos a serra em silêncio. Chovia.

Agora, aqui, inexplicavelmente, estou com medo. Não sei o porquê. Procuro pela gatinha; como sempre, está cochilando sobre uma caixa. Vive entre as caixas. Atualmente penso que a Póli orienta a minha vida; de fato, sempre quero abrir a caixa sobre a qual ela cochila. Inventei isso: ela fica com a responsabilidade daquilo que eu vou encontrar. Humanos.

Rio de mim mesmo. Arrumação tipo faca de dois gumes: no fim, sinto-me obrigado a abrir a caixa porque a Póli dormiu em cima dela. Daí, se ela dorme sobre uma caixa e eu não abro... Os humanos! Somos comoventes. Putos patetas patéticos. Lóri adoraria ouvir isso.

Pacotes chegam: novas cartas e caixas velhas que Antônio e Davi ainda encontram de vez em quando. Não acham outro destino senão enviá-las a mim. Eu penso. O pai deles escreveu (ou copiou, como ele costumava dizer) milhares de páginas. O furor de Laura não conseguiu destruir muita coisa. Wolf pensa que não existem cópias. Jamais se escreve a mesma coisa duas vezes. Wolf pensa assim. Eu não sei. Eu não sei.

Póli salta da caixa, sobe na mesa, deita-se sobre o computador. Ela gosta disso. Há um email.

Pedro,

Você é triste, eu sei, eu também era. Você precisa viajar para viver; eu também. Mas somos diferentes. Não posso sair de casa. Não sou capaz, não gosto, tenho medo, tenho preguiça, acho chato. Antes, eu me sentia anormal: gostar de viajar sem sair de casa. Hoje eu me sinto normal. Repito sem culpa: gosto de viajar sem sair de casa.

Nada disso tem importância. Escrevo para contar uma coisa importantíssima; acabou de acontecer (não sei se eu li, se sonhei, se pensei ou simplesmente imaginei; o fato é que aconteceu). Pedro, a vida é uma memória mal traçada no corpo da gente. Eu precisava urgentemente dizer-lhe isso. Descobri tal coisa quando, hoje, pela manhã, surpreendi-me cantando Panis Angelicus. Você acredita? Precisei correr para contar: eu sei cantar Panis Angelicus! Wolf ficou muito impressionado quando ouviu; é divertidíssimo impressionar Wolf. Ele manda um beijo. Seus postais são os pães do nosso dia a dia. Eu te amo.

Lóri.

Encontro no computador a canção em latim e tenho vontade de chorar. Repito à exaustão. E choro.

"Panis angelicus, fit panis hominum; dat panis coelicus, figuris terminum; o res mirabilis, manducat dominum... pauper, pauper, servus et humilis... pauper, pauper, servus et humilis".

Ouço a Nhanhá explicando: o pão dos anjos virou pão dos homens; o Senhor deu o pão do céu e agora está tudo bem; é coisa maravilhosa comer o Senhor, pobre, pobre, servo e humilde. Não sei, é claro, se é certo; assim ela nos contava e assim ficou. Encantava-nos e, ao mesmo tempo, horrorizava. Horrorizava a mim, melhor dizer. Eu achava esquisito, absurdo, a história de comer o Senhor. Lóri e Estêvão achavam natural, ou melhor, achavam sobrenatural e se sentiam muito melhor quando comiam, diziam eles.

Lóri ficava em êxtase, Estêvão, mais contido, ficava solene. Nhanhá também gostava de contar histórias de santos; acho que ela conhecia as histórias de todos os santos. Nhanhá e Estêvão cantavam juntos: 'panis angelicus, fit panis hominum...' e, quando eles cantavam, Lóri chorava.

O carro para ao lado de uma cerca de paus secos amarrados por cipós. A cancela se move ao sabor do vento fazendo uma música antiga. Atravessamos a cancela e tudo se transforma.

Muitos anos depois, vivo a certeza de que volto ao mesmo lugar. Reconheço tudo: o caminhozinho de terra escura ladeado com delicadas florezinhas de todas as cores: vermelhos, amarelos e azuis entrelaçados, amores-perfeitos com pontinhos brancos e lilases tímidos... Aromas leves trazidos pela brisa.

Atravessamos o caminho como se voássemos. O tempo parou. E o coração batendo tuns... tuns... tuns...

Chegamos à cabana de barro e a porta estava entreaberta. Entramos sem respirar: a penumbra, o chão limpo de terra lavada, as paredes brancas, o teto de folhas de palmeiras bem trançadas. O sol perfura as palmeiras e pinga fios de ouro. Estamos no mesmo cenário sombrio e iluminado.

À esquerda, o fogão à lenha com fogo brando hiberna. Sobre a mesinha-caixote, margaridas num vidro com água. Vemos o gato e o gato nos vê. Outro gato? O mesmo? Não pode ser. Mas é igualzinho à Polinésia. Póli. Nome e apelido dados por Lóri e aceitos com alegria por Nhanhá.

Certa tarde, encontramos Nhanhá com um gatinho no colo; o bichinho miava e tremia; ela cantava tentando aquecê-lo. Contou que se tratava de uma gatinha – ela sabia tudo - e que despertara na madrugada com o choro da pobrezinha. Provavelmente perdeu-se da família, Nhanhá acrescentou. Imediatamente Lóri a chamou *'Polinésia'*; ela havia saído da aula de geografia e se encantara com a palavra. Nhanhá deu risada, disse que o nome era maior que a dona, mas que era bonito. E, carinhando a gatinha, repetiu: 'Polinésia'.

A leve cortina branca é puxada devagar. Surge uma pessoa pequenina, do tamanho de uma criança, de cabelos brancos trançados e usando uma veste branca. As pálpebras estão bem fechadas. Antigamente, ela era tão grande, eu pensei.

- Quem está aqui?

A mesma voz. Límpida. Forte e macia.

- Nnnnós, Lóri resmungou.

- Enfim! Quase me cansei.

Eu quis me apresentou e adiantei:

- Não viemos todos...

- Eu sei. E quem é esse?

Wolf resmungou laconicamente.

- Wolf.

- Ah! Fique à vontade, a casa é sua.

Ele não se moveu; eu, tampouco. E Lóri desatinou num choro franco. Nhanhá falou:

- Crescer dói, é só isso, chorar não faz mal. Melhor crescer que encruar.

O choro de Lóri aumentou.

- Vamos fazer um chá e comemorar a visita.

Ela se encaminhou para o fogão da mesma milimétrica maneira e meteu a mão dentro do fogo. Era assim que examinava se o fogo estava bom. Cantou:

- Pouco fogo; com licença, Póli...

Então, eu chorei. Lavei-me, deixei-me lavar. Minhas lágrimas correram como nascentes nas matas. Chorei como nunca chorei nunca mais. Lóri soluçava. Wolf estava hipnotizado e não respirava.

- É bom e justo chorar... A verdade navega nas águas salgadas do corpo. Por isso, não deixem de chorar... Nunca. É maneira de se clarearem as águas do corpo. Agora está tudo bem. As águas estão se clareando. Um bom chá melhora tudo.

Wolf deixou-se cair sobre um banquinho. Estava transformado: era um menino muito magro, usando óculos e camisa branca de mangas compridas. Uma criança séria, trêmula e muda. Pálido, o menino estava estarrecido. O menino era Wolf.

Wolf não chorava; não se movia. Estava petrificado. Desejei que ele também chorasse. Não chorou. Pensei que as águas de Wolf já estavam claras. Wolf chorava sempre, bem me lembrei.

Nhanhá saiu do barraco e permanecemos suspensos naquele canto de outro mundo. Um mundo de tempo bom, quando tudo é música.

Ela voltou trazendo lenha, uma panela com água, folhas e flores, como antigamente. Com agilidade, fez fogo e ferveu a água. Serviu o chá e tudo era silêncio ou choro.

Então, ela riu de nós. Quis saber se o gato comera nossa língua e debochou oferecendo uma mágica para que a recuperássemos. Lóri gaguejou:

- Éeeeaaapóoo

Nhanhá riu mais alto. O mesmo riso de

cumplicidade e compaixão.

- Não, não poderia ser... Esta é a Póli Terceira, neta da sua Póli. Parece com a avó; eu conto a história da avó e ela gosta; tem o mesmo pelo macio e, também, o temperamento sereno. A Póli Segunda foi desassossegada e descoroçoada. Estranho destino. Uma vez foi atacada por um cachorrão e, depois, por muitos. Muitos cachorrões. Muitas vezes. Foi demais para a coitadinha. Póli Segunda sumiu deste mundo. Só esta bichinha, Póli Terceira, continuou por aqui; os irmãos também se foram; ela ficou esperando comigo; agora, está adulta e é sábia. Saiu à avó.

Nhanhá se calou e se transformou. Eu vi cores, sorrisos, abraços e perfumes escapando-lhe do corpo e preenchendo o barraco. Vimos. E tudo mudou. E tudo que havia no mundo era o sentido do corpo que o amante acaricia.

Voltando-se para a esquerda, Nhanhá dirigiu-se a Wolf.

- Estou feliz porque você veio.

Ele murmurou algo incompreensível que dizia que ele também estava feliz.

- Agora está tudo bem. Vocês podem ir embora. E a Póli vai com vocês.

Respondemos em coro:

- Não!!!

Na verdade, quase gritamos. Nhanhá ficou séria, consertou o corpo no banquinho e levantou a cabeça. Falou com calma e autoridade:

- Não veem como estou cansada? Se não podem cuidar de uma gatinha, o que poderão fazer na vida? O que vieram fazer aqui? Eu lhes digo: vieram buscar a Póli! E mais: demoraram muito! Agora vão!

Póli saltou do fogão como se estivesse apenas aguardando uma ordem. Cruzou a porta sem olhar para trás.

Calados, sentindo um tremor de entranhas, seguimos a gatinha que correu pelo caminhozinho de flores em direção ao carro. Tudo simples e justo.

Entramos no carro, Wolf na direção. Lóri enroscou-se com a gatinha no banco de trás. O sol iluminava o dia, a luz era intensa e diversas cores cruzavam os ares. Calados, viajamos muitas horas. Posso dizer que viajamos muitos dias.

Parávamos para comer e para dormir, pegávamos novamente a estrada. Atravessamos cidades, talvez estados. Conhecemos pessoas e histórias. Não havia tempo.

Viajávamos e tudo continuava encantado como se nada acontecesse. Eu disse isso em voz alta e Wolf respondeu que Guimarães Rosa ia gostar de saber que vivíamos encantados. Lembrei-me de Estêvão que via em Wolf um personagem de Guimarães Rosa; eu nunca compreendera porquê. E, então, eu disse alguma coisa que eu não devia ter dito. Ainda não me lembrei do que eu disse. Mas não me esqueço do sentimento de profanação. Não me esqueço.

Preciso escrever. Preciso lembrar do que eu não devia ser dito.

O certo é que, de repente, houve um estremecimento e a cidade surgiu no fundo do vale. Era noite e pontos luminosos começaram a piscar como pequenas estrelas caídas.

Foi um encontro bruto. Assim que a reconhecemos nos sentimos inexplicavelmente aterrorizados. Wolf freou o carro de uma só vez.

Descemos.

Wolf e Lóri começaram a chorar calados; as lágrimas escorriam livres pelo rosto de cada um. Olhavam de um ponto para outro, inquietos, procurando qualquer coisa, um apoio, um abraço. Uma decisão a ser tomada. Não sei. Não sei. Estávamos perplexos: rigorosamente vivos e conscientes. Não havíamos pensado que a estrada nos levaria ali. No exato instante em que a cidade surgiu no fundo do vale, vivíamos a certeza de que a vida era estrada. Só estrada, e nunca, em nenhum momento, em qualquer lugar... Alguém disse que toda estrada chega, leva, obriga, termina. E então, de repente, ali estávamos nós: de volta a Belo Horizonte.

Eu não estava pronto para voltar para casa. Digo melhor: não estava pronto para ter uma casa. Ou... Não sei, ainda não estou em casa, estou na estrada. Estou.

Naquela noite, vendo, lá embaixo, as luzes tremulantes da cidade, olhei para Lóri e depois para Wolf. Eles compreenderam.

- Eu não posso.

Lóri estremeceu. Encolheu-se. Os olhos se apagaram. E logo se endureceu desolada como pedra esquecida no meio do deserto. Wolf segurou-lhe a mão. Estávamos na beira da estrada. Eu me vi desesperado sob o manto negro da noite. O céu estava no chão. Soltei-me. Bradei aos céus, uivei aos infernos. Gemi. Os caminhões trovejavam estupidamente. Eu me lembro. Eu me desesperei.

Então, ouvi o quase sussurro de Lóri:

- Nós esperaremos.

Ninguém jamais foi tanta esperança como Lóri. Wolf abriu-me os braços. Escondi-me entre os braços de Wolf gemendo ou rosnando, não sei: *'eu não quero parar'*. Ele murmurou:

- Eu entendo, eu entendo.

Lóri havia se acalmado; recupera-se como fênix. Estêvão disse, um dia, que Lóri parecia fênix, ela ficou puta da vida, sentiu-se pessoalmente ofendida, nunca entendi a razão, ficou semanas sem falar com Estêvão. Nunca mais se falou que Lóri recupera-se como fênix. Onde a ofensa? Pensei tudo isso enquanto ela me pedia fotografias e postais.

Eu pedi esperas. Eu pedi esperas. E pedi a Póli.

Lóri foi até o carro, pegou a gatinha, colocou-a em meus braços e se afastou sem olhar para trás. Entrou no carro, bateu a porta e cobriu o rosto com as mãos. Afagando a Póli, Wolf disse: 'cuide bem dela'. Depois sorriu, disse: *'quantas vezes dizemos o nada a dizer? Imagine, cuide bem dela!'*. Abraçou-me novamente, sussurrou *'cuidarei bem de Lóri'* e voltou para o carro.

Caminhei à beira da estrada. Caminhei longamente à beira de estradas.

Depois, enviei postais de Dublin.

Caixas continuam chegando de Belo Horizonte. Ontem, descobri que nos escrevemos há mais de quarenta anos. Foi um susto. Telefonei para Lóri e ela não estava. Falei com Wolf. Ele riu de mim, disse que só tem planos para os próximos quarenta minutos e desligou.

Estou pensando. Estêvão dizia não compreender a ideia de futuro. Lóri ficou pensativa, subitamente pensativa e eu dei risada. Eu quis que fosse piada. Quis. Fico pasmo com a intimidade de Estêvão com a morte. Não quero admitir tal coisa. Fênix. Qual a ofensa?

Póli salta para outra caixa.

Lóri,

Você é a minha utopia. Salva-me de mim. (estou copiando de novo: agora o Pessoa, não é?).

Seja honesta comigo e reconheça que, de fato, ninguém me suporta, e eu reconheço, de fato, que eu mesmo não me suporto. Um dia, Pedro disse algo que só compreendi muito depois, muitos anos depois. Não te contei, contei? Ele disse: 'a insuportável leveza de Estevão!'. É bonito, soa bem e ele tem razão. É insuportável. Cuidado, Lóri. Existe uma leveza insuportável.

Tenho outra confissão: um dia, eu pensei em matar o Wolf, mas pensei que ele te ama e você a ele. Não posso matá-lo. Aliás, de fato, outra vez, mas de fato mesmo, não posso matar nem uma barata, e fico horrorizado porque Wolf me ama justamente por isso. Ele está certo, eu sei, não se deve matar, eu sei, mas é quase insuportável ser incapaz de matar uma barata. Só a você posso confessar-me assim. Tenho medo do Wolf e do Pedro; tenho medo de todo mundo; tenho medo do amor que me dão. Beijo, beijo grande, grandíssimo, risadas,

Estevão.

P.S1: as crianças estão felizes. É o melhor.

P.S2: Não se esqueça: trata-se do 'Malone Morre'. Estamos bem adiantados, lembra? Até mais tarde.

Não lemos isso! Não lemos. Eu não li!

Beckett!!?? Eu não li isso.

"Dentro em breve estarei enfim completamente

255

SOBRE A AUTORA

Médica pela UFMG, Magda Maria Campos Pinto vive em Belo
Horizonte e dedica-se à psicanálise e literatura. Seus trabalhos
literários, além de se concentrarem nas questões próprias da
linguagem, analisam as relações sociais
no calor das atualidades.

www.ingramcontent.com/pod-product-compliance
Lightning Source LLC
Chambersburg PA
CBHW030430160726
47991CB00005B/1668